創約
とある魔術の禁書目録《インデックス》
7
鎌池和馬
イラスト／
はいむらきよたか

CONTENTS

「一般的に考えればお分かりの通り、超絶者の一人ですよ」

『橋架結社』に属する超絶者。アリスをそっと支える執事

H・T・トリスメギストス

Designed by Hirokazu Watanabe (2725 Inc.)

創約

とある魔術の禁書目録《インデックス》

7

鎌池和馬

イラスト・はいむらきよたか

デザイン・渡邊宏一（2725 Inc.）

序章　力持つ魔女を捕らえよ　Happy? New_Year!!

一月一日、新年明けましておめでとうございますであった。

厳密には朝の七時三〇分を過ぎた辺り。

白い吐息をゆるりと風に流して。

かつん、という足音は、しかし紫電の散る低い音に掻《か》き消《け》されていた。

学園都市《がくえんとし》第三位の超能力者《レベル5》、発電系では最強格の中学二年生は冷たく暗い裏路地をふらりと歩いていたのだ。歩き、歩いて、あてどもなく歩き、そしてショートヘアの少女はふと立ち止まる。もしもこの場に誰か余計な人間が居合わせていたら、視線を投げる事もなく数百万から数千万ボルトもの溢《あふ》れるスパークに巻き込まれていたかもしれない。

狙って放てばどうなるか。

彼女の『本気』は一〇億ボルトに達する破壊力なのだから。

「ふうん」

適当に呟《つぶや》いて、電撃使い《エレクトロマスター》の少女は軽く片足を引く。

すとんっ、と。

バチバチと前髪から青白い火花を散らす少女の足元、すぐ近くの道路に金属矢が刺さる。物体の硬度や靭性《じんせい》を無視してあらゆる標的に突き刺さる『空間移動《テレポート》』併用攻撃は確かに脅威だが、どこまでいっても『点』の破壊にしかならないのが珠《たま》に瑕《きず》だ。どれだけ脅威的であっても、当たらなければ意味がない。

これでおしまいなら即座に反撃して片をつけるところではあるが、

「っ⁉」

しかし何かを察知した第三位の体が掻《か》き消《き》えた。

ザアッ‼　と、直後に辺り一面隙間なく金属矢が風景を埋め尽くしていく。アスファルトの地面もコンクリートの壁も、全部が全部蜂の巣だった。

もしも電撃使い側《エレクトロマスターがわ》に磁力を利用して高所の壁へ張りつく力がなければ、今ので終わっていただろう。

「今ので」

壁に手足を押しつけたまま、高い位置で視界を確保。

少女はようやく具体的に自分を狙う敵の正体と居場所を正確に把握する。

ビルとビルの間、狭い路地に立つのはツインテールの後輩。

「……ていうか、今のって何だ⁉　何よ⁉」

そう、おかしいのだ。

自分自身の体を含め、手に触れたものを任意の座標へ飛ばす『空間移動《テレポート》』では、今の現象は起こせない。実に一〇〇万本に届こうかという膨大な金属矢は、どこから現れてどうやって『跳んで』きたのか。

「そう」

しかし対する者は冷徹だった。ツインテールの少女の傍《かたわ》らに何かあった。

それは威圧。

ライオンでも狼《おおかみ》でもない。しかし確かに四本の脚で地を踏み、それだけでアスファルトを爪の形に大きく抉《えぐ》っていく、あまりにも巨大な獣。

未知なるエネミーを完全に飼い慣らしたツインテールの少女が、不敵に笑う。

さて、彼女は本当にその危険性まで正確に理解しているのか。

それは決して、ただの便利な武器ではない。

きゅうきゅうと美琴《みこと》の肩で何かが鳴いていた。カエルの形をした相棒が警告を発している。

その獣は、今や水面下からこの学園都市《がくえんとし》を静かに蝕《むしば》んでいく死の病でもあると。

安全よりも力を選んだツインテールは、おそらく気づいていない。

「これまでのわたくしでしたら、確かにお姉様には敵《かな》わなかったでしょう。しかし時代は変わったのですわ。もはや0から5までの六段階レベル評価は、単に人がその脳で意図して認識《にんしき》を逸《そ》らし量子力学的に超常現象を起こす時代遅れの方法は、必要なくなったのでございます」

「そっ、それはまさか⁉」

「……応じなさい。わたくしの能力の核心、胸の内に秘める質量ありしその実像。外から注入され内より育つ我が獣」

ツインテールの少女が人差し指と中指で挟んでいるのは四角。

一枚のカード。

それを右から左へ横一直線に振るい、ツインテールの少女は吼《ほ》える。

巨大な獣の全身へ鋭い切り傷が走る。いいや違う、それらはバスケットボールよりも大きな目玉を収める瞼《まぶた》だ。一一次元演算に対応した総数一一の眼球が、その圧が、つまりは視線が、一斉に標的たる電撃使《エレクトロマスター》いの座標へ注がれていく。

「次元《じげん》の顎《あぎと》に喰《く》われなさい、第三位。時の流れに置いていかれた覚醒なき古き冠よ」

慌ててゲームセンターのコインを取り出すが、もう遅い。

咆哮《ほうこう》は天へ反逆するように、地べたから世界を支配していったのだ。

「パ、ーソ、ナ、ル、セ、リ、オ、ン、・テ、レ、ポ、ー、ト、ッ、ッ、ッ‼‼‼」

「……と」

ズバシャバー、とド派手な効果音が鳴り響いていた。液晶テレビからだ。

一月一日、午前七時三〇分を過ぎた辺り。

主に国外向けの学園都市《がくえんとし》PR企画用ドラマは――――あるいはかつての暗部研究の真実から人の注目を遠ざける意味合いでもあったのか――――ようやく二話目のクライマックス、基本設定のインプットを終えてからの応用技で軽くひねって驚かし、といったところだった。凶暴極まりない寮監仙人とか謎の金髪洗脳女王仮面とか伏線がてんこ盛りだし、まだまだ先は長い。

(あの仮面は正体バレバレ過ぎて逆にミスリード臭い、という意見もミサカネットワーク内には滞留しているのですが)

「ミサカはお正月の朝帯から日没辺りまでは己の寿命を削ってまでフルマラソン観賞に挑む時代劇ぶっ通しスペシャルが日本の善き伝統……という話を年老いたカエルのお医者様から耳にしていたのですが、どうやら風習は変貌してしまったようですね、とミサカはエナドリお汁粉の缶を両手で包んで眠気をぶっ飛ばします。超能力バトル系のニッチなCSドラマを地上波放映に持ち込むとかテレビ局はいよいよ素材が足りていないんでしょうか?」

白い息を吐いて、のべーっと目の前の液晶画面を眺めているのはおでこに特殊なゴーグルを引っ掛けた栗色《くりいろ》ショートヘアの少女だった。常盤台中学《ときわだいちゅうがく》の冬服に分厚いコート、胸元には銀のハートネックレスがきらり。この時間帯はホットの缶が必需品だ。携帯カイロくらいでは全然足りない。

　とはいえこの少女は、オリジナルではない。

「まあ、アクションドラマ一〇時間一気観スペシャルもなかなかに過酷なラリーレースではありますが。……うえ、ホットだと一層ケミカル感がヤバいですねエナドリ。お餅の吸収具合がすごい、とミサカは各種薬物投与に慣れているはずの舌からの拒絶にうんざりします」

　年が明けると制度も変わるのか。

　このたび知らない内に公的身分が認められていた量産軍用クローン、『妹達《シスターズ》』。中でも検体《シリアル》番号《ナンバー》一〇〇三二号、一部の知り合いからは御坂妹《みさかいもうと》と呼ばれる少女が朝の七時半から白い息を吐いて詰めているのは、第一一学区東ゲート前の監視小屋だった。

　ゲート脇、駅のシェアオフィス程度の超小型個室には一応エアコンはあるのだが、『テレビ観賞がメインじゃありません、きちんとお仕事して外に意識を向けていますアピール』のため窓を開けて常に外の物音が聞こえるようにしておくべし、という謎の風習があるらしい。おかげで屋内だっつってんのに油断するとまつげとか白く凍って瞼《まぶた》がくっつきそうなくらい寒い。

（第三次世界大戦の時に別のミサカが装備していた、あのロシアっぽい帽子……。ぬくぬくするので今すぐネット注文したいのですが正式な名前が分かりません、とミサカはなまじ思い出

情報だけを共有している分だけ余計にしんどくなりながら寒さと戦います）

いくつか選択肢はあったのだが、本来の治安を守る大人達の組織、警備員《アンチスキル》の人数不足を補う意味で学園都市《がくえんとし》の余剰待機戦力が投入されるようになったので御坂妹《みさかいもうと》はそちらを選んだ。とはいえここは内外の旅客や貨物の出入りをチェックする最前線。こんな所に門外不出の（はずの）クローン人間が立っている事自体が、時代の移り変わりを感じる風景ではあるのだが。

やっぱり年をまたぐと世界は変わる。

「しかし良《い》いんでしょうか？　とミサカは新時代の情報資源について懸念《けねん》を表明してみます。七人しかいない超能力者《レベル5》は学園都市《がくえんとし》の広告塔とはいえ個人情報が無断でダダ洩《も》れている気がしますし、やるならやるで情報収集が雑なもんだから本来は逆立ちしたって出てこない奇妙な下《げ》剋上設定《こくじょうせってい》が盛り込まれているような気も……おや？」

と、そこまで言って御坂妹《みさかいもうと》は顔を上げた。

誰かこっち来る。

少女は傍《かたわ》らに立てかけてあったグレネード付きのアサルトライフルを手に取ると、監視小屋から外に出る。ゲートは一見開放的だがアスファルトからは分厚い車留《くるまど》めがいくつも生えている。二〇トン超の大型トレーラーが最高速度で突っ込んできたって問題ない仕様だが、逆にバイクや普通の人間だと素通りされる恐れは否定できない。……まあ素通りされた直後に機密保護名目が点灯して無人ヘリの機銃掃射で文字通り蜂の巣にされるだけだが。

これは第一の前提だが、そもそも御坂妹《みさかいもうと》は通行人の安全を守るために配備された人員である。

勘違いからそういう緊急アラートが発令しても厄介だ。量産軍用クローンと違って機械に茶目っ気は通用しないのだし。

「ひい、ひい」

相手はツンツン頭の少年だった。

傍《かたわ》らには頭の上に三毛猫を乗っけた白い修道服の銀髪シスターと、後は知らない黒髪巨乳が混じっている。こいつ誰だか知らないけど多分平常運転だろうと量産軍用クローンは遠い目をした。コノヤローの場合、女の子の知り合いなんて下手すると『妹達《シスターズ》』の総残数より増えているかもしれない。

何にも気づいていない上条当麻《かみじょうとうま》はへろへろで、もうなんか全部の前提を忘れてアスファルトの上で今にも大の字になりそうな感じの大声を張り上げていた。

「くそっ、やっと着いた……。学園都市《がくえんとし》のゲートまでやってきたあ!!」

「と、とうま。やっぱりでんしゃーは使うべきだったと思う。何故《なぜ》なら私達はあるばいとーをしてお金を手に入れたのだから!!」

「うるせえ結局渋谷《しぶや》で汗水流して働いたのは俺一人だけだろうが。それに年越し関係で夜通し電車が走っているっていっても、こんなナリで駅の改札なんか越えられるかよ、三一日に死闘を演じてそのまんまだぞ?」

「……うう、少年。だから私がタクシーでもハイヤーでも呼びつけると」

「アンタ雲川先輩《くもかわせんぱい》一切働いてねえのにナニその金使いの荒さッ!!　せっかくバイトして金《かね》を貯《た》めても金銭感覚がぶっ壊れたら破滅コースまっしぐらでしょ弩《ど》セレブ先輩っ!!」

新年あけまして無借金!!　とツンツン頭は吼《ほ》えていた。多分色々と辛《つら》いのだろう。

御坂妹《みさかいもうと》は銃身の下にグレネードまでついたゴツいアサルトライフルをぬいぐるみっぽく両手で薄い胸元に抱えて可愛《かわい》いアピールを注入しつつ、

「あなたでしたか、とミサカは出迎えします。そのまま本当にばったり路上に倒れていただければ新年あけましてぱんつおめでとう今年もよろしくぱんつの第一号となったのですが」

「……何だ?　おいちょっと待て、ミサカネットワークって二〇〇〇年問題みたいに年の節目でおかしなエラーが出るとかじゃないよな???」

普通に笑えない確認を取ってくる上条《かみじょう》。

御坂妹《みさかいもうと》はぼーっとしたまま、視線をちょっと上に上げた。

そのツンツン頭に潜って暖を取っている一五センチの神、オティヌスを眺めて、

「あなたは神様とかいうのですね、とミサカは挨拶をします。ぺこり」

「……そういえば、貴様の『奥』にいる者は私が世界をぶっ壊した時も記憶と人格を保持していたな」

「はあ、胸の内から『ふ◯っく寂しがりの神ボッチめヒロイン面《づら》して上条《かみじょう》ちゃんの隣を占有してるんじゃねえ』という発言者不明の声がこぼれ出てくるのですが原因は特定できますか？　とミサカは状況を確認します。ふ◯っく」

「言っておくが、私は特に博愛ではない。目の前のお前を殴れば奥にいる『ヤツ』まで痛みが伝わるというのであれば躊躇《ちゅうちょ》はせんぞ無礼者？」

これ以上続けさせると元日の朝から流血沙汰になりかねない香りを嗅ぎ取ったのか。ツンツン頭が慌てて割り込んできた。

「てか御坂妹《みさかいもうと》は何してるの？」

「クローン人間がぬるっと社会参加するための実験政策だそうです、とミサカは簡潔に答えます」

御坂妹《みさかいもうと》はあっさりとこぼす。特に隠す事ではないのだし。

何度でも言う、年は明けたのだ。

「ミサカ達クローンがすぐさま社会に受け入れられるかは未知数ですが、何もしないのでは好転しません。ひとまずミサカ達をいくつかのグループに分け、学習活動、公共活動、金融活動、労働活動、研究活動など様々な分野でテストさせるつもりらしいです。このミサカの場合は公共活動ですね、とミサカは胸を張ってみます。何しろ個体数だけはありますから、ぶっちゃけ全ジャンルを一斉に試して相性の良い分野を探るのが一番手っ取り早い、と」

「ヤツもいろいろ考えてるんだなあ……」

「何しろ新しい統括理事長ですからね」

「アレは色々考えすぎると怖くなる役職だけどな」

ところで、と御坂妹《みさかいもうと》はちらりと無感情な瞳をよそに振った。

上条当麻《かみじょうとうま》の顔の横。

そこでなんか、でっかいお尻が揺れている。

「これはそもそもどんな展開なのでしょう？　とミサカは一応説明を求めてみます」

むーむむーっ‼　というダクトテープで塞がれた声。

後ろ手にした両手首、両足の足首、唇は耐水性の頑丈なテープでしっかり拘束済み。

魔女達の女神アラディア、山賊スタイルで肩《かた》に担《かつ》がれての醜態であった。


……さて、上条側《かみじょうがわ》からしてみれば、だ。

だって仕方がなかったのだ。

一二月三一日の夜、渋谷《しぶや》で超絶者《ちょうぜつしゃ》アラディアは撃破したものの、そのまま放っておけばいずれ回復して再び襲ってくる。普通の警察などに預けても以下略。そうなると、やっぱりあらゆる魔術を打ち消して無力化できる上条《かみじょう》が面倒を見るしかない。

暴れん坊感が満載の山賊スタイルだってきちんとした意味がある。アラディアは各種薬品の粉末を地面《じめん》に撒《ま》き、そこに己の皮脂まで利用して、裸足《はだし》の足の裏で混ぜ合わせる事によって魔《ま》女《じょ》の膏薬《こうやく》を合成して戦うらしい。つまり足の動きを固めた上で、足の裏を地面から離してしまえばひとまず阻止できる。

が、ぼーっと見ている御坂妹《みさかいもうと》は、自分から説明を求めておきながらあんまり期待はしていなかったらしい。上条《かみじょう》が答える前からさらに口を開く。

「とりあえず、良い感じに名も知らぬ女性のお尻が大暴れですね。両手が使えないのにお尻だけ右に左に暴れるものだから、食い込みがとんでもない事になっています、とミサカはそっとため息評価を下します」

「むぐーっっっ!!!?!?」

「というかこのビジュアルで渋谷《しぶや》から歩いて帰ってきたのですか？　よく、途中で正義マンに声をかけられませんでしたね、とミサカはミラクルの発生を賞賛いたします」

「この不幸人間上条当麻《かみじょうとうま》がそういう運だの奇跡だのに守ってもらえると思ってんのか……？　ええ、ええ。ここに来るまで四回も職質を受けましたよ。四回ともアラディア担《かつ》いでダッシュで逃げ切りましたよ!!　多分そろそろ手配書とか作られていると思うんだこれーっ!!」

そんな訳でとっとと学園都市《がくえんとし》の中に入ってしまいたい上条当麻《かみじょうとうま》である。何でも外の世界から見れば、街全体が大使館みたいなもんだとオティヌスが言っていたし上条《かみじょう》には大使館が何かはサッパリ分からんがひとまず安全地帯らしいとは雲川先輩《くもかわせんぱい》も言っていたし！

一月一日、マジの元旦から元気に赤色灯を回してその辺車で走り回っている制服警官達も、学園都市《がくえんとし》の中にまでは入ってこられないのだ。……内部は内部で、別に警備員《アンチスキル》や風紀委員《ジャッジメント》が味方をしてくれる訳ではないのだから油断はできないのだが。

「ほんとはイギリス清教《せいきょう》とかに連絡しなくちゃなんだろうけど、窓口が分からん。でも冷静に考えたら学園都市《がくえんとし》の統括理事長とイギリス清教《せいきょう》の最大主教《アークビショップ》の間にゃ秘密のホットラインがあるはずなんだ。だったら実は、こっちの街に帰った方が魔術サイドに近づけるんだよ」

「統括理事長……」

「そ。今はあの第一位だろ？」

小さく息を吐いて、御坂妹《みさかいもうと》は道を譲るように一歩横に移動した。

「まあミサカはいつでも無条件であなたの側に付きますが、これが普通の警備員《アンチスキル》だったら両手に手錠をかけられていたかもしれませんね、とミサカは賢明アピールを見せつけてみます」

「助かる」

できればさっさと大人の警備員《アンチスキル》にでも預けてしまいたいくらいだが、前にアンナ＝シュプレンゲルが撃破後に逃げ出しているところを考えるとちょっと怖い。イギリス清教《せいきょう》からステイルなり神裂《かんざき》なりがやってくるまでは、幻想殺し《イマジンブレイカー》が使える自分がケアした方が良さそうだ。……というか、科学的な能力者でもなければ学園都市内《がくえんとしない》で事件を起こした訳でもない魔女達の女神アラディアってこの街の警備員《アンチスキル》は預かれるのか？　という心配もあるし。

「時に」

が、なんかスムーズに進まない。

無の表情のまま、何故《なぜ》か御坂妹《みさかいもうと》が掌《てのひら》をこちらに差し出してきた。

「……日本のお正月には、お年玉という制度があるという情報をミサカはカエルのお医者様から仕入れているのですが」

「……、」

上条当麻《かみじょうとうま》、一年の始まりから真っ黒に染まった。

お金で安全を買ったミスター賄賂のクソ野郎が学園都市《がくえんとし》へ帰っていく。

第一章　あけまして地獄、ことしもパニック　KOTATU_Syndrome.

1

「ぐおー、帰ってきた！　ていうか、あれ、俺の部屋ってこんな匂いしたっけ？」

「特にいつもと変わらないんだよ。私の完全記憶能力がそう言っているんだから間違いない！」

旅先から帰ってきた時あるあるにやられただけかもしれない。

ともあれ山賊モードで肩《かた》に担《かつ》いでいた荷物を下ろすと上条達《かみじょうたち》はもそもそとコタツに収まる。

が、

「寒いわっ！　なにこのコタツ中で北海道《ほっかいどう》の鮭《さけ》とか美味《おい》しく保存してんのか!?」

「ふわあ。人間、新巻は内部に塩を詰め込んであるから冷蔵庫に入れんでも保存《ほぞん》が利《き》くぞ」

一五センチのオティヌスは布団《ふとん》の中に入ると完全に埋もれてしまうため、天板の上で丸まる事にしたようだ。こんなのでもヒーターのスイッチが入ると床暖房的にぬくぬくできるらしい。

コタツで迂闊《うかつ》にノートパソコンを広げると熱暴走で吹っ飛ぶ理論のアレだ。

「インデックス、そっちのケーブルコンセントに挿して。そしたらスイッチをパチンってして」

「ぐぬー……」

「こら機械まわりだからって面倒臭がるな。お前が一番近くにいるんだ、誰かがやらなきゃ永遠に暖かくなれないぞ」

一月一日くらいはゆっくりしたい。

流石《さすが》に今から初詣とか無理、と言ったら雲川芹亜《くもかわせりあ》はふらりとどこかへ去ってしまった。昨日あれだけ命を懸けまくったっていうのに元旦からパワフルな先輩女子である。

コタツに肩まで収まった上条《かみじょう》がごろんと床に転がってテレビのリモコンを摑《つか》むが、何を押しても反応がなかった。外出から帰ってきたばかりなので主電源を切っていたのだ。不幸だ不幸だ言いながら一度入ったコタツを出てボタンを押し、もそもそ戻ってくる上条《かみじょう》。

テレビではなんかゆったりした音楽に乗せて日本全国の神社の紹介をしている番組とぶつかった。内容というよりも、室内音楽的に意識を預ければ後は勝手に眠りの世界に誘《さそ》われそうな感じだ。新年はこれで良《い》い。元日の朝っぱらから心臓に悪い衝撃的な映像とかは特にいらない。

「いんでっくすー……。初詣って昼過ぎでも良《い》い？」

「私は一眠りするんだよ……。とうま、この私がご飯ぶっ飛ばしてでも寝る方を取ったんだからこれはいよいよ本気って理解して」

『ここで五分間のショートニュースを。ヘッドラインはこちら、学園都市《がくえんとし》の内外で非公式な広がりを見せたエリートアレルギー「大掃除」は、名前を変え今も炎上を続けているようです』

そしてそれどころではない人がいた。

むーむーッ!! とフローリングの床に置かれた荷物が呻《うめ》いて右に左に体を転がしていた。あっちこっちダクトテープで塞がれている超絶者《ちょうぜつしゃ》アラディアだ。

どうやら夜と月を支配する魔女達の女神は何か言いたい事があるらしい。コタツに入れてほしいのだろうか？　何しろ一月に入ったっつってんのに踊り子さんみたいな変則ビキニだし。多分クラスに一人はいる、冬でも半ズボンの子の枠だ。そうなんていうか神裂《かんざき》お姉ちゃん的な。

『橋架結社《ウイツカ》』の超絶者《ちょうぜつしゃ》アラディア。

実践魔女とかいう連中の親玉みたいな空気を漂わせていたが、実際のところは不明だ。超《ちょう》絶者《ぜつしゃ》はボロニイサキュバスやアリスなど『存在しない架空の絵本や報告書』に由来する連中ばっかりで、インデックスの話によるとアラディアという女神も元々の信憑性《しんぴょうせい》だけなら結構怪しいものだったらしいし。

そういう架空の枠を好んで使いたがっている人間の魔術師なのか。

あるいは、あまりに大きすぎて人間側には正確な記述のできない存在なのか。

（……この辺も後できちんと話を聞かなくちゃなー）

コタツでまったりしながら上条《かみじょう》はそんな風に考える。四角いコタツの別のサイドに体を突っ込んだインデックスは微妙に目には見えない所で交差するように人様の上に乗っかりつつ、

「ねえとうま。アラディア、床に下ろしちゃって大丈夫なの？」

「裸足《はだし》を使って地べたで魔女《まじょ》の膏薬《こうやく》？　とかいうのを混ぜ混ぜする魔術師らしいからさ。一応両足は縛ってあるし、足首から下はダクトテープでぐるぐる巻きにして直接床には触れられないようにしてあるから大丈夫。と信じたい」

「……おい人間、面倒ならもうダクトテープを駆使して天井《てんじょう》から吊《つ》るせばどうだ？　こう、体中みっちみちにエロく縛ってデカい蜘蛛《くも》の巣《す》に捕らわれたっぽく」

むぐーっ!!　とアラディア側から何か抗議の声があった。横倒しのまま膝を折ってお腹《なか》を守ろうとするとお尻の強調がすごい事になる事実にはまだまだお気づきではないらしい。つまり防御になっていない。

インデックスは小首《こくび》を傾《かし》げて、

「じゃあ何で口は塞いでいるの？」

「あれ？　そういえば理由ないな。呪文とかじゃないし」

後ろ手に縛られた女神様の口元を覆うダクトテープをべりべり剝がしてみた。あれだけ激しく抵抗していた割に、拘束を外してもらう時はされるがままだ。結構素直で大人しい。

「ぷはっ」

まずアラディアはありったけの酸素を貪り、

「これからわたくしをどうするつもりよ貴方達《あなたたち》！　夜と月を支配する魔女達の女神に対してこの仕打ち⁉　このわたくしを『橋架結社《はしかけけつしや》』の超絶者《ちようぜつしや》アラディアと分かっていてやっているんでしょうね。わたくしは今日ここでされた仕打ちを絶対に忘れないわ‼」

もちろん後ろに回した両手も二つの足首をまとめたダクトテープもそのままだ。なのでアラディア側の威勢《いせい》は良《い》いものの、釣り上げたばっかりで活《い》きの良《い》い人魚さんみたいに左右にびたんびたんしている。

上条《かみじよう》は屈《かが》んだままインデックスのいるコタツの方を振り返って、

「なあインデックス、話聞けそうな感じじゃないけど」

「あふぁあ……。じゃあうるさいからもう一回テープで口塞げば？」

「オティヌスー？」

「……むにゃ。神の眠りを妨げる愚かなりし魔術の研究家よ、汝《なんじ》はダクトテープで全身スケベに縛られてクローゼットかキッチンスペースの床下収納にでも詰め込まれるがよい。ディスカウントストアに売ってる海外製の超頑丈なテープで」

ちょちょちょまま待っ⁉　と急にアラディアが狼狽《うろた》え始《はじ》めた。とにかく眠くて外の世界に対する注意が雑なインデックスやオティヌスに、己の末路でも思い浮かべたのかもしれない。

そして床下収納の四角い蓋を上に開けた上条《かみじよう》は、そこで何かに気づいた。

「あれ？　そうだよ、これ忘れてた……」

「ほんとに言われた通りに床下収納開けてんじゃないわよ⁉　文明にすがるだけの野蛮人、ちょっと神の恩恵とかち合うとかいう自由意志を大切にして‼」

顔を真っ青にして総毛立つアラディア。とにかく十字教《じゅうじきょう》を毛嫌いする魔女達の女神が神とか語っちゃっているんだからよっぽどの譲歩をしているはずなのだが、そもそも宗教関係がサッパリなツンツン頭の高校生にはこれっぽっちも決意のほどが伝わっていない。

上条当麻《かみじょうとうま》、今度は冷蔵庫のでっかい扉をがぱりと開けてみる。

「やっぱりだ」

「えっ……。ヤバい、ひょっとしてわたくしそっちに詰め込まれる可能性すら浮上している？　貴方《あなた》が今開けているの白い冷気《もや》とか出ているし野菜室じゃなくて冷凍庫の方の扉じゃない⁉」

いよいよ絶句するアラディアの目尻にじんわり透明な粒が浮かんでくるほどの事態になってきたが、ツンツン頭は『魔女達の女神の手作りシャーベット〜お正月は和風アレンジで黒蜜と白玉を添えて〜』が食べたい訳ではないらしく、

「やべえわ。お金は何とか稼いだけどお買い物に行ってない……。これじゃ結局何にも作れねえぞ、放っておいたら餓《う》えて死んじゃう‼」

「おい人間。そう狼狽《うろた》えるな、学園都市《がくえんとし》は日本の首都東京にある大都会なんだろ。イマドキなら元日だってお店くらい開いているさ」

「……それ近所のスーパーとかもちゃんとやってるって確信まであるか？　やだよ一月一日だけはお休みしますとかであっちもこっちも軒並みシャッター下りて拒絶されたら。きちんとお金を稼いでそのまま餓《う》えていくとか不幸過ぎるし、でも俺に限ってはだからこそありそうな未来なんだけど!?」

「ぶべー。……とうま、いざとなればアラディアがいるんだし……」

「待ってよ、なにこのいきなりの極限的生存状況。刻一刻とわたくしが尊い犠牲になる壮絶レールに乗せられつつあるような……っ!?」

すっかり喉が干上がっているアラディアだが、身動きは取れない。

実践魔女《ウィッカ》の術式は様々な薬品を油で混ぜ合わせた、いわゆる膏薬《こうやく》が全てだ。条件次第では単独で魔術サイド全体に匹敵するほどの力を持つとされる超絶者《ちょうぜつしゃ》であるものの、始動を潰されてしまえばか弱い（しかもちょっとえっちな格好の）お姉さんでしかない。

インデックス、オティヌス、三毛猫はコタツから一切動く気なし。

そして今、冷凍庫の扉を閉めた上条《かみじょう》まで体を縮めてコタツに戻ろうとしている。

彼らがコタツで眠り、再び目を覚ました時。かつ、そこで人間性を忘れてしまうほどの極限の空腹に見舞われた時が魔法少女アラディアちゃんの最期《さいご》だ。死の空腹で支配された小さな密室に外界のルールなど通じない。

女神アラディア、特にえっちじゃない方の意味でみんなにがっつかれちゃう☆

……人の口から語る事が禁じられた野性の儀式にせよ十字教《じゅうじきょう》からの一方的な捏造《ねつぞう》にせよ、なまじ世界中の古き儀式に精通する分だけこういう時のイメージはやたらと詳細なアラディアである。真面目な人ほど損をする、とも言う。

「ちちちょっとそこの貴方《あなた》！　上条当麻《かみじょうとうま》!!　今すぐ買い物に出かけてちょうだい、それくらい簡単な事でしょう⁉」

「……そいつをするにはやる気のチャージがあまりに足りない。いくら不幸に慣れている上条《かみじょう》さんとはいえ、この寒くて眠たい中、出かけた先でシャッターだらけだった時の衝撃を堪《こら》えられるとはとても思えん……」

「そうやってチャレンジを拒むとどんどんわたくしの生きるパーセントが狭まっていくのよ!!　ここに留《とど》まったって足りない食材は集まらないわ。ていうか、今日お店がやっているかどうかくらいスマホで調べればすぐ分かるでしょうっ⁉」

そうなのか。

肩まで完全にコタツに潜った上条《かみじょう》は（お布団空間《ふとんくうかん》を一人で独占していたインデックスに嫌がられながら）もそもそスマホを摑《つか》む。が、スマホ初心者が小さな画面を見る限り、通常営業日は平日・休日共に書かれているが元日ピンポイントでどうなのかまではっきりしない。

うつ伏せのまま、ぽてっと首を倒して床にキスしながら上条《かみじょう》は呻《うめ》いた。

おじいちゃんスマホが手の中から滑り落ちていく。

「ダメだ眠気と空腹で頭が回らん、もう検索をする気力も出ないよう……」

「お正月セールの特売ページのタブがピカピカ光っているんだから元日もやってるわよ‼　ヤバいお願い諦めないで上条当麻《かみじょうとうま》、今この場でわたくしの声を聞いて唯一あっちこっちに動いてくれるオペレーション可能個人は貴方《あなた》しかいないんだからあッッッ‼‼‼」

2

そんな訳で、えっちで優しい泣き虫アラディアお姉ちゃんがあんまりおねだりするものだから急遽《きゅうきょ》お買い物である。この人が騒ぐからコタツで眠れなかったのだ。

ついでに初詣を済ませてしまうのも悪くはないだろう。……雲川《くもかわ》には行かないと言って別れているので新年早々ビミョーに後ろ暗い気持ちにさせられる上条《かみじょう》だが。

「ぬおー、パワーが出ぬーなんだよ」

「ご飯とか作る気力もねえ……。おいインデックス。ひとまず食料品の買い物はするとして、今日はもうあっちでそのまま食べられる外食系とかにしねえ？　一月一日の元旦ど真ん中だろ、多分初詣やってる間なら屋台とかもずらっと並んでるって」

「何言ってるの屋台系はキホンご飯じゃなくておやつなんだよ、私は三食きっちりもらう！」

「商店街でコロッケだの焼きそばだののばっかり頼みたがるお前はおやつの幅が広すぎる。タコ焼き四個セットくらいならともかく、丸々一枚のお好み焼きは完全にご飯だろ！」

非常にのろのろとした歩みで玄関を出る上条達《かみじょうたち》。

と、納得できていない人が一人いた。

「……、」

超絶者《ちょうぜつしゃ》アラディアはしかめっ面《つら》で自分の左手に目をやっていた。

後ろに回した両手が解かれているのは、まあ良《い》いとしよう。だがダクトテープぐるぐる巻きで両足が手作りシューズ化しているのはともかくとして、今はさらに幻想殺《イマジンブレイカー》しでがっつり手《て》を繋《つな》いであるのはどういう事か、と顔に書いてあった。女神サマのお美しい小顔ではちょっと面積が足りないくらいびっしりとだった。

頭に恐るべきがついちゃうレベルの低い声で超絶者《ちょうぜつしゃ》が呟《つぶや》く。

「……これはなによ？」

「何って、アラディア対策」

想像を絶する冷たい声に対し、むしろ上条《かみじょう》はキョトン顔であった。

それだけ超絶者《ちょうぜつしゃ》とは人間から遠い存在なのか。バトルに必要であればボロニイサキュバスと一緒にお風呂《ふろ》へ入っちゃう熱血野郎は気にする素振りさえ見せていない。

「膏薬《こうやく》を作るのさえ潰せば超絶者《ちょうぜつしゃ》アラディアの魔術は役に立たない。まあ一応理《り》に適《かな》ってるけど、でも足元のダクトテープだけじゃ不安だろ。そんな訳で保険的な何かをと」

「わたくしの選択権とか女性に対するデリカシーとか少しは考える頭がないの？　しれっと恋人繋《こいびとつな》ぎしてんじゃねえええし!!」

「痛い痛い痛いっ!!　なにっ、それ今ナニをどうやってひねった!?　五本の指が全部バッキバキにねじれて締め上げられてますぅ!!!!!!」

　アラディアが手《て》を繋《つな》いだまま社交ダンスみたいにくるっと回った途端、必殺の玉砕大失恋《ぎょくさいだいしつれん》繋《つな》ぎを喰《く》らった上条《かみじょう》が握った手を離す事もできず学生寮通路に尻餅をついてのた打ち回った。警備員御用達《アンチスキルごようたし》の例のアレ、お淑《しと》やかな若奥様がしれっとこなすと大変お美しい合気道系の技に見えなくもない。

　しゃーしゃー蛇みたいに威嚇しているアラディアに、いかなる状況でも決して上条《かみじょう》の肩から落ちないオティヌスが呆《あき》れたように息を吐いた。

「やれやれ。……超絶者《ちょうぜつしゃ》アラディア、自分で体を動かしてみて分かってきた頃だろう」

「……、」

「今の貴様は本気で激怒してもこの程度、だ。昨日の今頃なら、ちょっと虫の居所が悪ければそれだけで面白半分にそこの人間の胴体くらい素手で丸ごとぶっ壊していただろうにな」

　チッ、とアラディアが小さく舌打ちする。

そうしながらも、やはり繋《つな》いだ手はそのままだ。指の関節を利用してねじるくらいが精一杯で、手首をもぎ取る事も肩を潰し切る事もできない。

尻餅をついて涙目な上条《かみじょう》からすれば、超人さんのパワーの違いなんぞサッパリだが。

「ふん。初詣とは何よ？」

「？」

「どれだけくだらなくても、先の行動予定を知っておく事は無駄にならないわ。反撃にしても逃走にしてもね」

……それを今ここで敵対者へ教えてしまうのは薄味で分かりにくいタイヘン高度なツンデレなのか？　という耳元からのオティヌスのコメントの真偽は判断しかねる。

「だ、第一二学区」

とにかく上条《かみじょう》はこれだけ答えた。

「学園都市《がくえんとし》の中でもほとんど唯一、神話とか宗教とか集中的に研究している学区があるんだよ」

……アラディアについてはダクトテープ全身ぐるぐる巻きミイラ状態にしてバスルームにでも放り込んでおけ、というオティヌスの案も実はあったのだが、それはそれで怖い。今はある程度は無力化できているとはいえ、相手は『橋架結社《はしかけけっしゃ》』の超絶者《ちょうぜつしゃ》。ちょっと目を離した隙に両足首のテープを剥がしてまた膏薬《こうやく》を作られたら、文字通り手に負えなくなる。

正直、アラディアには常に目の届く所にいてほしい。目的さえあれば躊躇《ちゅうちょ》なく人を殺す存在である事は骨身《ほねみ》に染《し》みているのだし。

上条《かみじょう》がおっかなびっくり視線を向けると、魔女達の女神の不貞腐《ふてくさ》れた声が返ってきた。

「？　なに？」

そんな訳で外出だ。

やっぱりお正月、一月一日はいつもと電車のダイヤも違うのだろう。上条達《かみじょうたち》が駅に向かうと、出入口で門松を見かけた。改札脇の駅員さんの控室には鏡餅もある。そして冬休みの朝っぱらだというのに一部のホームだけ中高生で軽い混雑ができていた。言わずもがな、第一二学区に向かう路線だ。カラフルな晴れ着の女の子も多い。

「……、」

ツンツン頭の少年はインデックス、オティヌス、アラディア、スフィンクスの順にちょっと視線をやって、

「(……ま、このぶっ飛んだ面子《メンツ》じゃな。ははは一思春期的な期待をするだけ全部無駄か)」

「おい人間、今何を諦めた？」

肩に乗った一五センチの神から耳を引っ張られる始末だ。しかし何と言われようが、お正月大冒険の旅に、シスター、神、魔女、猫のパーティ編成ではどう考えたって偏りがあるに決まっていた。だってこいつらに振袖とかは絶対無理だ。もしも無人島に一つだけ持っていけるも

のがあったら？　ここでカビ臭い魔道書だの謎の塗り薬だの真顔で答えちゃう娘達に水着でバカンスとか季節のイベント系なんて難解過ぎる。

　電車の網棚辺りを横一列に埋めている液晶の広告もお正月一色だった。高級デパートの初売りセール情報から今だけ学園都市《がくえんとし》のあちこちでスマホをかざすとARでお年玉がもらえますキャンペーンまで色んな宣伝動画が躍っていた。時折、雑な一二星座占いやネットニュースのランキングからそのまま引っ張ってきたと思《おぼ》しきヘッドラインが割り込んでくる。

『受験ボイコット、とでも呼ぶべき社会現象に拡大の兆《きざ》し。コタツシンドロームという危機感の薄い呼称を学園都市側《がくえんとしがわ》は推奨しておらず……』

「うう｜……」

「インデックス、慣れないなら目で追いかけるのやめた方が良《い》いぞ。あれで酔う人もいるらしいし」

「ていうかなんか蒸し暑い、見えないもやもやが下から立ち上ってくるのが気持ち悪い……」

　いつでも元気にはしゃいでいるインデックスがやけに大人しいと思ったら、どうやら電車特有のナゾの暖房にやられているらしい。

「……、」

　一方、アラディアは人混みの中でツンツン頭と手《て》を繋《つな》いだまま、ちょっと上の方を眺めていた。こいつも魔術サイド出身らしいし文明の利器に弱いのかな？　と思いきや、彼女が注目しているのはドア近くにある蛍光灯だ。

より正確には蛍光灯ジョイント辺りにひっそり取りつけられた、なんかスマホ臭い直径二ミリの防犯レンズだった。これには上条《かみじょう》も目を白黒させて、

「……アレ？　いつの間にあんなの導入されてたんだ？？？」

「（車内犯罪対策強化、つまりスリや痴漢用。……ふむ。この男、変にわたくしと手《て》を繋《つな》ぎたがっているし、人混みの中に利き手《て》が潜っている訳だから、適当な駅でドアが開いたタイミングを狙ってきゃー痴漢と叫べば大パニックになって逃げ出すチャンスができる？）」

「やめてもらえます人の社会的地位を勝手にガツガツ廃課金してのそういう回避不可能なチャレンジは⁉」

言っても、学園都市《がくえんとし》は東京都の三分の一程度だ。

歩く分には広大だが、電車を使ってしまえばあっという間に目的地へ辿《たど》り着《つ》く。

ゴォッ‼　と電車が第一二学区に入った。それだけで窓の外に広がる景色が一気に変わる。

「……凄《すさ》まじいな」

上条《かみじょう》の肩で、あのオティヌスまでもがそんな風に呟《つぶや》いていた。

分厚いコンクリとガラスの高層ビルの群れ。その隙間を縫う形で、巨大なピラミッドやギリシャ風の神殿が並んでいる。パルテノンは元々白くなかった説の研究のためか、プロジェクションマッピングで神殿に様々なカラーパターンが上書きされていくのが分かる。馬鹿デカい石

碑や女神像も事欠かない。川一面に流れているカラフルな色彩は落ち葉や花びらではなく自然分解される折り紙の人形で、これも住み分けなのか車両通行止めの高架道路を呑気《のんき》にうろうろしているのは鹿の群れだった。こうなると神話や宗教の研究施設というよりは、まるで世界中の観光名所のレプリカを集めたテーマパークだ。

上条《かみじょう》もあんまり縁がある学区ではないが、一応の基本くらいは頭に入っている。

「本気で神様を信じているっていうよりは、『何で人間は神様なんてものを信じるようになったのか』とか『信仰という特殊な心理状態を長く持続するために必要な威厳はどうやって作られたのか』なんていうのを調べる学区だからな。哲学や心理学、後は建築関係が強いんだっけか」

「「ふんっ」」

オティヌスとアラディアが二人して面白くなさそうな息を吐いた。まあ、実際に神と呼ばれる存在からすればそんなものか。

「(……こりゃ学園都市《がくえんとし》きっての対外非科学超常分析機関、つまりオカルト否定学会の総本山でもあるっていうのは話さない方が良さそうだ)」

「「全部聞こえてる」」

いつの間にか大変仲良くなっている神様属性の方々が揃《そろ》って声を放った直後、電車が第一二学区の駅に到着した。

わっと吐き出される人の流れに乗って上条達《かみじょうたち》もホームに出ていく。冗談抜きにちょっと列車が斜めに傾くほどだった。やっぱり元旦、初詣に足を運ぶ人は多い。

「とうまっ、具体的にどこ行くの？」

「決めてないけど。流れにまみれていれば有名な神社まで運んでもらえるんじゃね？」

駅構内にある出口案内ですでに神話関係《しんわかんけい》が滲《にじ》んでいた。『A9、大ピラミッド方面出口』、『樹木信仰、巨石文化、臨死体験研究はこちらの渡り廊下へ』こんな看板があちこちにある。

エジプト神話のピラミッドじゃ一月一日に何やってんだ？　というのも激しく気になるが、今はやっぱり神社で初詣だ。上条《かみじょう》は特に振袖女子の流れに逆らわず自動改札へ向かう。

と、

「……、」

まだ駅前である。

すでに半ば以上唖然《あぜん》とした感じで、アラディアは『それ』を見上げていた。四つの側面が全部ガラス張りで埋め尽くされた、五〇階以上はある超高層ビルだ。

「ち、ちょっと待ってよ……」

「ほーらーアラディア、早く神社行くぞー」

「神社でしょう⁉　これからわたくし達が向かうのって、この国で独自に発達した宗教施設で良《い》いのよね⁉　鳥居とか賽銭箱《さいせんばこ》とか狛犬《こまいぬ》とかがある‼　何であんな五〇階もあるハイテクビルに着物女子が次々と吸い込まれていく訳⁉」

「はやくー」

巨大なエントランスフロアには結構な人がいる。上に向かうエレベーターは二〇基以上あるらしいが、それでも軽い行列ができてしまっている。

フロア中央にはビル自体の案内図がある。そこにはこうあった。

『一～五階、総合案内・一般ショッピングエリア』、『六階、十字教《じゅうじきょう》・ラテンレリーフ大聖堂』、『七階、資料展示フロア』、『八階、エジプト神話・ナイルノモス大神殿』、『九階、仏教・大紅蓮寺《だいぐれんじ》』、『一〇階、神道《しんとう》・曙光神社《しょこうじんじゃ》』、『一一階、俗信・民話・多目的占い相談フロア』……。

もちろんここで言う神社とか十字教《じゅうじきょう》とかは魔術サイドにどかんと君臨するアレやソレではなく、あくまでも学園都市《がくえんとし》が科学的な目で見据えたガワの話でしかない。人がおみくじを信じてしまうのはどうして？　ですらなく、人が思わずおみくじなんて確率の産物にお金を出してしまう心理的条件はなに？　といった学問や研究の方が正しい。

夜と月を支配する魔女達の女神が両目をまん丸にするのは、歴史上何度あった奇跡だろう？

「うそお……？？？」

「学園都市《がくえんとし》はとにかく土地がないからな。デカい神社やお寺を平たい地べたにいくつも並べるほどの余裕はないんだって。だから、フロアごとに神殿を馬鹿デカい庭園つきで展開しているらしい。全部ビルの中なんだけど滝に打たれて修行とかもできるって話だぞ。ワンフロア丸ごとぶち抜きなら、面積だけで言えばそこらの学校の敷地《しきち》より広いんだし」

タダで配っている焼き餅につられそうになっているインデックスの首根っこだけ摑《つか》んでおく。エレベーター前の行列から一歩横に離れたら最後尾に逆戻りだ。

もちろんこのビル一棟だけのスペシャルな枠組みではない。

第一二学区のそこかしこでタケノコみたいにポコポコ生えている高層ビルの群れは、大抵みんな『こう』なのだ。ビルごとに属性や色彩も統一されておらず、雑居ビルのテナントみたいな感じで希望の場所へ各々《おのおの》の神殿や聖堂――――厳密にはそういう分野の研究がしたい大学のチームなど――――が勝手に収まっている。道路に面した一階が一〇〇均ショップで二階が教会、もここ第一二学区では珍しくない。

「とうまにしては珍しい。何でそんなにオカルト方向の知識を蓄えているの？」

……前に一切の煩悩《ぼんのう》を捨て去ろうとした青髪《あおがみ》ピアスが修行の旅へ突入して巫女《みこ》さんに萌《も》えた挙げ句お隣の寺から増援でやってきたプロ仕様の僧兵さん達から本気で叩《たた》き出されて学区全体レベルで出禁《できん》を喰《く》らった事があったからだ、という長々とした真実は墓まで持っていこうと上条《かみじょう》は己に誓った。ちなみにバカは一時の勢いで消してしまったハードディスクを復元するためジャンク街の裏側、悪い博士が人間の脳とか遺伝子とか丸ごと電子化してそうな辺りの一番深い層で散々のた打ち回っていた。いっそここまで徹底的に濃縮された欲望なら、それはそれである種の力が宿ったどす黒い結晶とかになってそうな話ではある。

上条達《かみじょうたち》の番が回ってきた。

それなりに大きなエレベーターでぎゅうぎゅう詰めになって上の階を目指す。ぶっちゃけ混雑し過ぎでボタンとか押している余裕はなかったが、まあ放っておいてもどこかの階――つまりワンフロアを丸々使ったデカい神社――に案内してもらえるだろう。

柔らかな加速感が、ふっと止まる。

両開きの扉が開いていく。その先に待っていたのは……。

3

出遅れた。

それが御坂美琴《みさかみこと》の抱いた第一印象だった。

そもそも年末のタイミングで入院したのがまずかった。念のためレベル、数日程度の検査入院とはいえ、このゴタゴタで帰省のスケジュールを組み立てる事もできず気がつけば学園都市《がくえんとし》で年を越してしまったのだ。ダメだ。やる事がなくて例の歌合戦をだらだら消化するだけの、ドラマもへったくれもない一四歳の冬を過ごしてしまった。中学二年生は人生で二度とやってこない（まあ留年で二回目とか言われても困るけど）というのにこの体《てい》たらくである！　ベッドに体を投げてうだうだとスマホの小さな画面とか観《み》てんじゃねえよ自分!!　窓の外でパンパン鳴ってるのはカウントダウンの打ち上げ花火だわ！　きゃー、わー、ハッピーニューイヤー。あれがハナマルの大正解だ、もう後先とか考えず闇雲にあそこへ身を投じる暴走精神が青春ってヤツだろう‼⁉⁇

猛省の一四歳であった。

そんな訳で一月一日午前〇時〇〇分〇〇秒から御坂美琴《みさかみこと》の激闘モードが始まった。

もちろん女子寮の規則とか全部ぶっちぎり、部屋の窓から抜け出して。

「ひいっ、はひい。おっ、おねえさま……ちょっとはお休みになられてもよろしいのでは……？」

「まだ〇時から八時間程度でしょ？　元旦は耐久レースよ、初日の出、甘酒、羽根突き、書初め、お年玉、おせち、餅つき、後は初詣！　一月一日にやる事全部試してやるんだから‼」

後輩のツインテール少女は『空間移動《テレポート》』を使うはずなのだが、そんな白井黒子《しらいくろこ》の息が上がる勢いで美琴《みこと》はビルの壁から壁に磁力を使って次々と飛び移っていく。明るい色の振袖と相まって、まるで蛍光カラーの流れ星である。

と、

「新年早々朝っぱらから騒がしいのがいるわねぇ。学園都市《がくえんとし》が生んだカミナリ様っていうのはやっぱり年中ゴロゴロいってるものなのかしらぁ？」

聞き覚えのある妙な声に美琴《みこと》の眉が動く。

ガィン!!　と彼女の草履《ぞうり》の底が五〇階以上の高層ビル、その一〇階部分から外側へせり出したバルコニーの手すりへ勢い良く吸着していく。

「……アンタこそ、派手な色の着物なんか着てこんなトコで何してんの？　ええと、この階って確か神社よね」

ビル本体から突き出たバルコニーはちょっとした喫茶スペースになっている。（おそらく清掃ロボットにでっかい櫛《くし》みたいな特殊アタッチメントをつけて）奇麗に整えた玉砂利の庭園に、真紅の毛氈《もうせん》を被《かぶ》せた縁台や大きな野点傘《のだてがさ》。食蜂《しょくほう》が両手で包むように持っている湯呑《ゆのみ》の中は白く濁っているので、あれは甘酒か。やたらと食材を気にする女王様の御眼鏡にはかなったらしい。

頭上を塞がないように、上層フロアのバルコニーはビル壁の別の面に移してあるらしい。

この一月一日の朝に、わざわざ寒い場所に出たがる人は何故《なぜ》か片目《かため》を瞑《つむ》って余裕であった。

「人生割とフリーな御坂《みさか》さんと違ってぇ、季節ごとのイベントってお友達が多いと人付き合いとか色々あるのよ？　例えば派閥メンバーの合格祈願とかぁ」

「はあ、アンタも年末の入院挟んだせいで帰省計画立て損ねただけでしょ」

「ぐっ。そんな土壇場《どたんば》になるまで計画力すら立てられない御坂《みさか》さんと一緒にされては困るんダゾ？　私は派閥のみんなから求められて学園都市《がくえんとし》に残っているだけでぇ……」

「(……自分の趣味を押しつけるだけ押しつけて周りから迷惑がられている事に全く気づいて

いないマンションのおばちゃんみたいなヤツだなこいつ）」

「聞こえるように言ってるわよね？」

　バヂッ!!　と熱力学第二法則とかぶっちぎって燃料もないのに勝手に火花を散らす大変SDGsな超能力者達《レベル5たち》の脇では、ツインテールの後輩と縦ロールの先輩が折り目正しく新年のご挨拶を交わしていた。そういえばあの縦ロールは三年生だから今は受験で超大変な時期だったか。常盤台《ときわだい》は三年間で世界に羽ばたける人材を完成させるという話だし。

　ガチャガチャという音が聞こえた。

　美琴《みこと》はそちらに目をやって、ギョッと両目を見開く。

　茶髪のショートヘアに白い肌。カラフルな和服が多い中では浮いて見える分厚いコートを着て、肩からグレネード付きのアサルトライフルまで提げているのは、自分と同じ顔をした少女だった。しかも一人ではない。同じ神社の境内に三人も四人も同時に居合わせてしまっている。

　学園都市《がくえんとし》第三位《だいさんい》のDNAマップを参考にして作られた量産軍用クローン。

『妹達《シスターズ》』と呼ばれる少女達だ。

「なっ、なに？　アンタ達、ちょっとここで何してんの堂々と!?」

　同じ顔をした少女達は表情も変えず同じように首《くび》を傾《かし》げるだけだ。あまりにぴったり息が合っているので、まるで麦の穂が風で揺れているように見えなくもない。

「何かと言われれば初詣の会場警備ですが、とミサカ一〇九九八号は過不足なく返答します」

「このミサカは敷地清掃《しきちせいそう》です。お姉様《オリジナル》こそこんな所で一体何を？　とミサカ一四九七九号は首《くび》を傾《かし》げます」

「ミサカはフツーに第二学区の博物館勤務をぶっちぎって初詣中ですが、とミサカ一九〇九〇号は上目使いで愛くるしく報告します」

「む。人間観察中のミサカは和菓子はともかくそちらの甘酒はフリードリンク枠の香りがします、とミサカ一〇七七七号は油断なく観察眼を発揮します」

「経済活動に参加するチャンスです、とミサカ一五八五〇号は新たな争奪戦の火種をキャッチします。おりゃー」

言っている傍《そば》からわいわいと妹達《シスターズ》の方で勝手に脱線していく。

白井黒子《しらいくろこ》はわなわなしながら、

「うわっ!!　お、お姉様がいっぱい、わたくしは立ったまま初夢を……？」

行き交う人々の反応も様々だった。知らぬ間に実用化されていたクローン人間に興味深そうにスマホのレンズを向ける人もいれば、同じ顔の少女達の横をすり抜けてお賽銭箱《さいせんばこ》の列に並んでいく人もいる。その扱いは、せいぜいちょっと変わったバリエーションのドラム缶型警備ロボットが街を走行している、程度のものだ。

「でも本物はやはり違う……。神々《こうごう》しさ、目には見えない女神感が!!」

なんかこちらへすがりついてくる白井黒子《しらいくろこ》を拳で迎撃しつつ、美琴《みこと》は思う。

受け入れられているのだ。

風景の一部として、街を構成する無害なピースの一つとして。

行き交う生徒や教師達と同じように。

「……、」

御坂美琴《みさかみこと》はそんなやり取りを眺めながら、ふと目を細めていた。

それは、確かに誰でも当たり前に享受できるお正月の一場面でしかないかもしれない。

だけどこの世の誰が、こんな光景を想像できただろう。

両手で甘酒の湯呑《ゆのみ》を包むように持ちながら、食蜂操祈《しょくほうみさき》もまたそっと美琴《みこと》の耳に小さな声を滑り込ませた。

「……生きてるうちにコレが見られて良かったわねぇ、御坂《みさか》さん？」

彼女も彼女で美琴も知らないところで妹達《シスターズ》と縁を結んでいたらしき事は美琴《みこと》も推測できる。

「自分の努力で作れなかったのは癪《しゃく》だけど、まあ、これは私自身のこだわりであってあの子達には意味のない目標か」

「楽ばっかりじゃないわよぉ？　今はいきなりの事実力に群衆は戸惑っているって方が正しい。愛と正義のバッシングって、ある程度心に余裕ができてから暴れ出すものなんダゾ☆」

「分かってるわよSNSの女王様。人に任せっ放しで終わらせるつもりもないわ」

二万人も作られた『妹達《シスターズ》』は、今ではその半分も残っていない。

その元凶を許せる日はおそらく一生やってこないだろうが、後悔とそこから生まれた努力くらいは認めてやるべきか。

と、

「ぬおーい御坂《みさか》、お前も初詣とかでやってきたクチ？」

「おなか減ったおなか減った、ぐおーっ!!　おしるこ、おぞうに、餅つき大会ぃーっ!!」

知り合いの声があった。

視線を振ってみれば、例のツンツン頭と不思議な仲間達が人混みをかき分けてこっちに近づいてくるところだった。多分いつものシスターにぐいぐい押されて軽食コーナーのバルコニーまで連れてこられたのだろう。その程度で新年早々動じるお嬢様方ではない。

ただし、

「「(何だあの冬でも変則ビキニのお星様露出女⁉　しかも見た事ない人は何故《なぜ》いきなり仲良く手《て》を繋《つな》いでるし!!⁉⁇)」」

御坂美琴《みさかみこと》と食蜂操祈《しょくほうみさき》の二人はこんな時だけ同時に仲良くシンクロしていた。上条当麻《かみじょうとうま》まわりは一日出遅れると週刊誌のバトル漫画並みについてこれなくなるので注意が必要だ。

あれは占い師？　それとも踊り子さん？　神話や宗教を科学的に学問化している第一二学区なら何でもありな気がするのが怖い。ただ、仲睦《なかむつ》まじい二人にしては女性側の横目が妙に殺気立っている（でも繋《つな》いだ手《て》は特に離そうとしない）辺りが不思議と言えば不思議だが。

それから、

「ええと……初めまして？」

ツンツン頭は美琴《みこと》の隣に視線をさまよわせ、そして扱いに困るといった顔で恐る恐る頭を下げていた。

食蜂操祈《しょくほうみさき》は、淡く微笑《ほほえ》んでいるだけだったが。

「んう？　なに、何で？？？」

きょとんとしているのは御坂美琴《みさかみこと》だ。

どうして覚えがないのか不思議でならないといった調子で。

ちょっと首《くび》を傾《かし》げて、それからビリビリ振袖中学生は何か合点《がてん》がいった顔をする。

「……そうか、普段見慣れない振袖で髪型とかも変えているから大変オトナっぽくて気づかなかったよ的リアクションか。着物着てんのはそこのそいつ一人とは限らないのにっ!!」

「待って、ナニいきなり暴れ出してんのビリビリさん？　どれだけ通常運転なんだよ新年最初の元旦くらい休みなさいよ！」

「着物は胸ある人の方が似合わなくて不格好になる伝説があるというのに!!」

「お前、なんか自分で余計なトコ深掘りして勝手に死にかけてね……ぎゃぶあッッッ!!!?」

ガカァ!!　と。

元日の神域で、特に雷神系のご神体とかがある訳でもないのに極太の雷が落ちた。不幸な人は今年も大体こんな感じらしい。

4

上条《かみじょう》としては、だ。

右手をアラディア対策に使っていたのがまずかった。しっかりと手《て》を繋《つな》いでいたが、体内を伝う高圧電流は手首の所で打ち消されたらしく超絶者《ちょうぜつしゃ》のお姉さんは無事っぽいが。

びくんびくんと玉砂利の上で不自然に震えているツンツン頭に向けて、だ。

「あの」

と、妹達《シスターズ》の一人が無表情で尋ねてきた。

というか身《み》を屈《かが》め、上条《かみじょう》の上着を指先でちょこんと掴《つか》んで離さない。

「ミサカはミサカネットワークを通じて他の個体、具体的には一〇〇三二号からお正月の風習を伝え聞いたのですが、とミサカ一〇九九八号はもじもじしながらあなたの出方を窺《うかが》います」

「ミサカもそれをやってみたいのです、とミサカ一〇七七七号は思い出おねだりを始めます」

「ミサカも乗っかります、とミサカ一五〇〇九号もあなたを逃がしません」

上条《かみじょう》はちょっと怪訝《けげん》な顔になった。

妹達《シスターズ》にとってはこれが正真正銘、生まれて初めてのお正月だ。思い出作りがしたいというのであれば突っぱねる理由なんかない。羽根突きや凧揚《たこあ》げ、後はカルタとか？　お正月らしいんだけど高校生が全力でやるような事でもない遊びをいくつか頭に思い浮かべながら、

「一〇〇三二って、御坂妹《みさかいもうと》？　お前達、一体ヤツに何聞いたんだ」

はい、と脳波のネットワークで常に同期しているのか、全員が揃《そろ》って頷《うなず》いた。

油断している場合ではなかった。それは絶対に聞いてはならない呪文だった。

そして地獄の扉が開いた。

「「「ミサカはお年玉という制度が存在する事を一〇〇三二号から教えられています、とミサカ達はこの元日から泥臭い金の話を持ち出してみます」」」

上条《かみじょう》は石化した。

……そういえば。走馬灯的に思い返してみれば、である。一〇〇三二号は東ゲートの警備を担当していたような。あの時ダクトテープで縛ったアラディアを通してもらうため、お年玉という名の真っ黒な賄賂を渡したのは確かに事実なのだが、アレがミサカネットワークを通じて『妹達《シスターズ》』全員へ学習されてしまったとでもいうのか⁉

無表情な瞳の中に¥だか$だかのマークが躍る、大変キケンな感じのクローン少女達がじり

じりと迫ってくる。

「待て待て待て‼　おとっ、おとしだま？　それちょっと、良《い》いけどお前達全部で何人いるんだ⁉　一人五〇〇円として、一万人弱で、え？　これだけでもう車とか買えちゃう額が飛んでいくんですけど⁉」

「……今時ぽち袋に五〇〇円玉一個とか、これが金《かね》に餓《う》えた小学生だったらほのぼのおじいちゃん相手であっても舌打ちする額ではないのですか、とミサカ一八〇〇〇号はジト目で牽制《けんせい》してみます」

「知らない番号が増えてるよッッッ‼‼‼　こっ、ここは妹達《シスターズ》全体《ぜんたい》でおいくらとか計算を簡略化していただく方向でどうか。ていうかミサカネットワークで記憶や経験が繋《つな》がるなら誰か一人にお年玉をあげればそれで済む話じゃ……」

「しかしそれでは不公平です、とミサカ一九五一八号は唇《くちびる》を尖《とが》らせてカワイイアピールぶち込んでみます」

「また初めて見る番号が……。ほんとこの神社どれだけの妹達《シスターズ》がうろついてんだ⁉」

「そう、確か東ゲートで一〇〇三二号が受け取ったお年玉の具体的な金額は……」

慌てて抱き着いて両手で無表情ちゃんの口を塞いだ。

「(バカやめてすぐそこにお正月の一日から風紀委員《ジャッジメント》の腕章つけた超生真面目ツインテールがいるんだからほんとアラディア密入国の話はほんとやめてっ‼)」

が、これはよろしくない選択肢だったらしい。

¥や$マークに瞳を支配されていたはずの妹達《シスターズ》に、新たな注目が生じたからだ。

「ミサカも」

「その抱き着きやってほしいのです、とミサカ一〇七七七号は全力のおねだりを」

「突然のお正月抱っこも日本の風習という訳なのですか、とミサ」

ちょっ、待、という上条《かみじょう》の嘆願は届かなかった。

美琴《みこと》は白井黒子《しらいくろこ》の、食蜂《しょくほう》は帆風潤子《ほかぜじゅんこ》の手を引いて速やかに包囲網の外へ脱する。

感電の衝撃で握手状態を解除してしまったのはやっぱりまずかったらしい。明確な死の匂いを感じたアラディアまでもがしれっと距離を取っていた。

インデックスなんかタダでもらえるお団子を頬張っていてこっち見ていなかった。

ちなみに妹達《シスターズ》の中でも初詣の会場警備を担当する検体番号《シリアルナンバー》は、迷子を見つけた際の保護手順、不審に置かれたバッグの対応、急性のアルコール中毒患者など要救護者を見つけた際に連絡するのは警備員《アンチスキル》が先か救急隊員が先か、などなど事前に様々な注意事項の伝達を受けていたはずだ。その中に、特に赤い丸で囲った重要項目も。

いわく、人員誘導の際はドミノ倒しが起こらないように注意すべし。

一〇〇人以上が一斉に同じ方向へ転んだ場合、その圧力は軽トラックを押し潰すほどの破壊力を持つようになってしまう、と。

ばぶぢっ!!　という嫌な音が元日から辺り一面に響き渡った。

無数の女の子達がもたらすやわらか圧力の前に、幻想殺し《イマジンブレイカー》は何の役にも立たなかった。

5

そこはただでさえ治安の悪い第一〇学区の中でも、ある意味で最も危険な刑務所だった。

そのはずだった。

「じゃーん!!　はっぴーにゅーいやーッ！　ってミサカはミサカはお決まりの挨拶を並べてみたり!!」

「……ナニしてやがる？」

面会室がとんでもない事になっていた。

一瞬、設計ミスで分厚いガラスの向こうに声が届いていないのかと思った一方通行《アクセラレータ》だが、そ

ういう訳ではないらしい。

全部聞こえた上で、見た目は一〇歳くらいの小さな少女がはしゃいでいる。その場でメチャクチャ飛び跳ねている。

「なにって、一人で寂しいあなたの面会にやってきたんだよ、ってミサカはミサカは事の経緯を説明してみたり」

「あァ？」

「だって黄泉川《よみかわ》がそう言ってた」

ギロリと打ち止め《ラストオーダー》よりさらに奥を睨《にら》むが、長い黒髪を頭の後ろでまとめた体育教師はニヤニヤ笑っているだけだ。『暗部』絡《がら》みのゴタゴタで片腕を折って吊《つ》っている割に、必要以上に元気が有り余っているらしい。

「まあまあじゃんよ」

「……ふざけてンのか黄泉川《よみかわ》。それから気配消して矛先向けられンの避けよォとしてる芳川《よしかわ》も」

チッ、といい歳《とし》した白衣の大人が舌打ちしていた。いい歳《とし》と声に出してしまうといらないトラブルに発展するので要注意だ。

「一方通行《アクセラレータ》。今のアンタが囚人なのは分かってるじゃん、そうやって正しさを示さないと学園《がくえん》都市《とし》は正しい形に戻らない事も」

黄泉川愛穂《よみかわあいほ》は癖で肩をすくめてから、吊《つ》った腕《うで》を刺激したのかちょっと顔をしかめて、

「でもだとしたら、囚人としての義務と権利は過不足なく使ってくれないとじゃんよ。面会はお前に与えられた正当な権利だ。正しい事して必要以上に苦しんで……じゃあそれはそれで人間としての手本にならないじゃん？」

チッ、と今度は一方通行《アクセラレータ》の方が舌打ちする番だった。

打ち止め《ラストオーダー》は何にも気づいていないのか、案外駆け引きを理解した上で気づかないふりをしているだけなのか。

「ったく、こンな正月からナニしにきやがったンだオマエ……？」

「あけおめ言ったらアレもらえるって話をミサカは知ってる、おとしだま!!」

「オイ大人」

低めの声をぶつけたら黄泉川愛穂《よみかわあいほ》と芳川桔梗《よしかわききょう》が同時に顔《かお》を逸《そ》らしていた。旧知の間柄のせいなのか、とっさの口笛まで同じ曲だ。

一方、打ち止め《ラストオーダー》が何やら大きな四角い包みを取り出してきた。

「見て見てーっ？　ってミサカはミサカはこいつをあなたに見せびらかしてみたり。一緒に食べよう、おせちだぞー」

「この分厚い防弾ガラスが見えねェのかクソガキ！　明らかに面会の範囲を超えてる!!」

えーっ？　という残念声。

至極真っ当な事を言うと呆《あき》れられるのは全部、破天荒を極めた己の人生がブーメランで跳ね返ってきた自業自得《じごうじとく》だと呑《の》み込《こ》むしかない。

打ち止め《ラストオーダー》は首《くび》を傾《かし》げて、やや不満げにこう続けたのだ。

彼女は蓋を開けて中を覗《のぞ》き込《こ》みながら、

「せっかく昨日の夜に頑張ってみんなで作ったおせち料理なのになー、ってミサカはミサカはしょんぼりしてみたり」

「……、」

見れば、既製品とは違ってあちこち歪《ゆが》んで見える。昆布巻《こぶまき》や伊達巻《だてまき》のいびつさはもちろんとして、包丁で切るだけのかまぼこすら厚さが均一ではない。(調理器具よりも化学実験装置な芳川《よしかわ》や、何でも炊飯器で料理を作る黄泉川《よみかわ》がこのおせちをどう作ったのかは謎だが)おそらくそもそもお手伝い係の打ち止め《ラストオーダー》は包丁を使わせてもらえなかったのだろう。数の子の断面が潰れているのを見るに、これは切れ味の悪い台所用のハサミか何かのせいだ。

この平和な元日に、切り口の形状から刃物の種類やサイズから手入れの状態まで細かく推測している殺伐を極めた自分自身にうんざりしつつ。

一方通行《アクセラレータ》はため息をついてこう言った。

「……ならー階の総合受付だ」

「？」

「書類関係は大抵そこにあるはずだっつってンだ。……差し入れの申請書類もな」

パッと顔を明るくした打ち止め《ラストオーダー》がどこかに走っていく。

黄泉川《よみかわ》と芳川《よしかわ》のくつくつという笑みに、舌打ちが止まらない一方通行《アクセラレータ》であった。

6

学園都市《がくえんとし》は東京西部《とうきょうせいぶ》、三分の一を削り取って造られた特殊な街だ。

つまり隣接する新宿《しんじゅく》の高層ビル群からなら、ある程度は高い壁の内側を覗《のぞ》き見《み》る事もできる。

一月一日だと、逆に人気《ひとけ》のない行政エリア。

背の高いビルの一角に、『彼ら』はいた。

始祖の始祖たる魔術師アンナ＝キングスフォードとゴールデンレトリバーの木原脳幹《きはらのうかん》。

「ほらほらお犬様、煙草《タバコ》ハ体ニ×《わるい》ですわよ」

『お願いだから、どうか老犬から生《い》き甲斐《がい》を奪わないでおくれお嬢さん。元旦くらいは葉巻ではなく和《わ》の煙管《キセル》で吸いたい気分になるものなのだよ』

「◎其《はいそれ》じゃあ代わりニ是《これ》ヲ、みゅーるミュール☆」

『おいよせやめろ!!　犬猫にその必殺おやつを差し向けるのは、ぐわアーっ!!』

最先端科学のマタタビっぽい何か（ごちそうの和牛味）をお見舞いされたゴールデンレトリ

バーが後ろ足だけで立って始祖の魔術師の手にあるスティック状の袋の切ったトコを必死に舐《な》め回《まわ》していた。不本意オーラでいっぱいだがぺろぺろは止められないらしい。

そんな中、だ。

くる、くる、くる、と。

レコード盤より大きいくらいの金属製の円盤が表に裏にとゆっくり回っていた。

映画などに使うフィルム缶だ。それはベージュ色の修道服を着た金髪のシスターが左右の手で挟み込むようにして保持している代物だった。

円盤の表面には、人の顔が貼りつけられていた。

アンナ＝シュプレンゲルだ。

それはただの模様ではなく、瞬《まばた》きもすれば呼吸もする。そしてフィルム缶の持ち主が問いかければ質問に答えるだけの知能も有している。

「……やれやれ。君を仕留めてそこで終わりにできないとはね」

「二九日の時点でアリスの存在には気づいていたでしょう？　当人の善悪以前の問題として、捨て置くには危険過ぎる相手だとも」

まあごもっともなのだが。

シュプレンゲル嬢はアレイスターとは違う。ひょっとしたら、誰もが嫌がる真実を口に出して嫌われる人物なのかもしれない。

「つまり」

大悪魔の体を乗っ取った魔術師アレイスターは、ゆっくりと深呼吸した。

左右両隣に侍《はべ》るのは、ゴールデンレトリバーと永久遺体に精密機器を埋め込む形で一〇〇年ぶりの蘇生《そせい》を果たした魔術師アンナ＝キングスフォード。

異形の側近で守りを固めた人間は、ここに改めて切り出す。

「『橋架結社《はしかけけつしゃ》』の活動拠点は一つではない、と？」

「リスク対策というのはおそらく間違いね。あそこに属する超絶者達《ちょうぜつしゃたち》は、自分の実力に関しては素直に自己評価をしているわ。だからより正確には、中心に立っているアリス＝アナザーバイブルの興味を一ヵ所に留《とど》めておけない、といった方が正しいのではないかしら」

そうやって世界の裏側に潜みながら、その絶大なカリスマ性によって表の人々へ様々な影響を及ぼしてきた。それを積極的に使ったのが、渋谷全域《しぶやぜんいき》で起きた巨大な暴動だろう。

『何がつまりだ魔術とかサッパリ理解できん』

「ふふっ、大丈夫ですよお犬様。放っておいても後デまとめてくれ〼《ます》。どうも『黄金』以降ノ魔術師ハとにかくしゃべりたがりノようです～」

アリス。

クロウリー式のMagickから生じた何か。

「アリスの製造者は……まあ、それが誰であれ今日《から》まで生きているとは思えんか。あの気紛《きまぐ》れな規格外を長期間手元で安全に制御できるとは考えられないし」

「あら。死が最悪のラインだなんてあなたにしては甘い評価ね。こうして現実に、死ぬより辛《つら》い格好にされているわらわを見ておきながら」

くすくすとフィルム缶が悪趣味な笑みをこぼす。

アレイスターは少し考えて、

「つまり君が一人で立ち上げた巨大ITのR&Cオカルティクスは、『橋架結社《はしかけけっしゃ》』の分析モデルだった訳だ。謎に包まれた敵対組織をより深く知るため、彼らと同じ形の組織を作ってロールプレイを重ねる事で、内部構造やもっと言えば脆弱性《ぜいじゃくせい》を探るのが目的だった」

言い換えれば、『橋架結社《はしかけけっしゃ》』も過去に似たような被害を出してきた訳だ。

超絶者達《ちょうぜつしゃたち》の利害によって、あるいはアリス個人の無邪気な気紛《きまぐ》れで。

ただR&Cオカルティクスほど露悪趣味ではなかったため、犠牲が水面下に隠れてしまって表に出ていないだけで。

「まったく浅はかよね。だからもう少し、あなたはわらわを泳がせておいても良かったのよ？」

くすくすとフィルム缶は笑っていた。

アレイスター＝クロウリー。その毎度の失敗を指摘する形で、

「……わらわの短期目標は、世界の裏側に根を張る有害組織の壊滅。せっかく『橋架結社《はしかけけっしゃ》』の

内部構造や弱点を暴いても、十分なダメージを与えられなければ払ったコストを取り返せない。わらわがやったのは、アリスを暴走させて彼らの会議を引《ひ》っ掻《か》き回《まわ》したくらいよ。あのまま放置してもらえれば、もっともっと面白い事ができたのに」

「君にとってはな。だが君以外の全ての者にとってはただの災厄だ」

学園都市《がくえんとし》やロサンゼルスで何が起きたかを思い出すだけで十分だ。

渋谷《しぶや》での騒動だって、とある少年とアリスの対立軸を作るためだけに最後の最後で全部ひっくり返そうとしていたし。

もちろん、『橋架結社《はしかけけつしや》』の拠点が世界中にいくつもあるからといって、こちらが手出しできないなんて理由にはならない。一〇〇あったら九九の一個先まで全部潰してしまえば済む話だし、空振りであっても隠れ家に残された資料や痕跡を元にアリスや超絶者達《ちようぜつしやたち》の行方は追える。

その上で気になるのは、

『魔術の仕組みうんぬんは脇に置くとして、R&Cオカルティクスは「橋架結社《はしかけけつしや》」の構造を知るために作られた架空の組織。つまり両者の構造は意図して似せてある、という事か？』

「◎◎○⧄《はいよくできまし》たー。ご褒美《ほうび》ノみゅーるミュール☆」

『頼むその呪文はやめてくれ!!　笑顔で封を切るなっ、くそオーッッッ!!!???』

最前線で拳を握って殴り合う子供達では、ここを思いつくのは難しいかもしれない。

こういう裏方こそアレイスターの本領発揮だ。

プライドを捨て、二足歩行でぺろぺろしてるゴールデンレトリバーの頭《あたま》を撫《な》でてあやしながら、アンナ＝キングスフォードはこう言ってきた。

「……だとすると、アリスヤ超《ちょう》絶《ぜつ》者《しゃ》達《たち》ハ只《ただ》◎《こうど》ナオカルトデ武装した無秩序ナ暴力集団では×《ない》、という事でしょうか」

「ふむ。世界の経済を動かすほどの金の力、強大な資金源が別に存在する？」

7

「……、」

実は、だ。

上条当麻《かみじょうとうま》には世界の裏側へ迫る鍵が二つあった。

一つ目は、言うまでもなく超《ちょう》絶《ぜつ》者《しゃ》アラディアの存在。アリス＝アナザーバイブルの潜む『橋架結社《はしかけけつしゃ》』を知りたいならアラディアから話を聞くのが一番だろう。ただ当然、単独で魔術サイド全体に匹敵するとかいう超《ちょう》絶《ぜつ》者《しゃ》の口をどうやって割らせるか、という問題がついて回るが。

そして二つ目。

ツンツン頭の少年は、ポケットの中のおじいちゃんスマホを少しだけ意識する。

（……雲川先輩《くもかわせんぱい》がボロニイサキュバスの服に仕込んだとかいう、ＧＰＳの発信機。世界のどこに何ヵ所隠れ家があるかなんて知らない。そういう面倒なのを全部すっ飛ばして、これを使えばアリス達が今どこで息を潜めているかはすぐ分かる）

ただしそれは、逆に言えば。

知ってしまえば再び激闘に身を投じる事になる、という意味でもある。今目の前に広がっている平和な元日の景色をがらがらと崩して。

「とうまー、こっちでお金を投げると信徒かどうかに関係なく東の方の神様がお願いを聞いてくれるってー」

「すげえざっくりした説明だなオイ」

というかインデックスはイギリス清教《せいきょう》のシスターさんのはずなのだが、神社で手を合わせても良いのか？　まあ第一二学区にある『科学的に宗教を分析する施設』はステイルとか神裂《かんざき》みたいな本職のオカルトとは無縁だし、どっちみちバッティングは起こらないとは思うが。

同じく、神社とは縁がない系のオティヌスが上条《かみじょう》の肩でぼそぼそ言っていた。

「（……しかし神様がいないと分かっている空っぽの社《やしろ》に賽銭《さいせん》を投げて両手を合わせて、こいつらは一体何に祈りを捧《ささ》げているつもりなんだ？）」

「みんな自分を拝んでくれないから寂しいのか神？」

上条《かみじょう》がツッコミを入れたら強めに耳を引っ張られた。人間如《にんげんご》きが一〇〇年早いらしい。

　ちなみに学園都市《がくえんとし》の皆さんは特に神様とか気にしてないと思う。振袖姿の美琴《みこと》とか知らない女の子とかも列に並んでいるが、そういう行事でそういうイベント、といった顔だ。ハロウィンを楽しむのにお化けを本気で信じるかどうかは関係ない、とでもいうか。何の神秘性もないコンクリでできた噴水を見かけるだけで何故《なぜ》か小銭を投げてしまうあの現象と似たり寄ったり、といったところか。よしんばジンクスっぽいものを意識していたとしても、それは『困った時の神頼み』と同じで具体的な神様の指名なんかない話だ。

　しかしそうなると、この結構な人混みの中で気になるのが一つ。

「アラディア」

「……、」

「おい頼むぞ。目を閉じて両手を合わせるからって、このタイミングで逃げ出すとかはナシにしてくれよっ」

　いつでも逃げたいらしい魔女達の女神アラディアに小声でおねだりする上条《かみじょう》。……これは年に一度の初詣神頼み枠にカウントしてほしくないのだが、お賽銭《さいせん》の行方はいかに。

　もたもたしている間に隣に誰か立ってしまった。

　縦ロールの女の人だ。大変リッチに五〇〇円玉とか賽銭箱《さいせんばこ》に投げると、両手を合わせて瞳を閉じて何かお願いしていた。本人は心の中で思っているつもりかもしれないが、可愛《かわい》らしい唇からちょっと言葉がこぼれている。

上条《かみじょう》の耳にはこう届いた。

「どうか、受験で合格しませんように」

…………………………………………………………………………………………

…………………………………………………………………………………………

…………………………………………………………………………………………。

(え?)

一瞬、呼吸が止まった。

瞼《まぶた》を開けた縦ロールは、上条《かみじょう》の視線を受けて小さく首《くび》を傾《かし》げている。

どうやら冗談で言っているつもりではないらしい。

「あの」

同じように言葉を詰まらせ、すぐ後ろから恐る恐る質問したのは蜂蜜色の髪の少女だった。

まるで爆弾処理でもするような慎重さで、

「帆風《ほかぜ》、今のは一体……?」

「ええ、ですから」

笑顔だった。

縦ロールの少女の言葉には微塵《みじん》も迷いが見られなかった。

「このまま時間が来たからという理由で何となく進学するくらいであれば、自宅に籠って女王のために自分は何をすべきか何年でも真面目に考えるべきかな、と」

「ほか……」

言いかけて、蜂蜜色の髪の少女が絶句する。

呆然《ぼうぜん》としている間に上条達《かみじょうたち》は行列からよそへ放り出されてしまう。境内からちょっと離れた辺りだった。そこでまたおかしなものを見つけてしまう。

縦ロールだけではなかった。

参拝客が思い思いの願いを書き込む絵馬をまとめた棚の方には、こんな文言でびっしりと埋め尽くされていたのだ。

『親や先生が合格しろとうるさく言いませんように』『悪目立ちしたくないので、身体検査《システムスキャン》で能力が上がりませんように』『お年玉とかいらない』『もう諦めたい』『勉強しなくても怒られませんように』『楽になりたい』『留年で良《い》いし』『つかれた』『恨』……。

「……何だ、こりゃ？」

上条《かみじょう》は思わず呻《うめ》いていた。

そういうイタズラ、という訳ではないようだ。一つ一つのペンの太さや筆跡なんかは明らかに違う。同じ人間がネガティブな言葉を並べていった訳ではなく、ちゃんと各々《おのおの》が自分の思いをぶつけて『こう』なのだ。

「コタツシンドロームか。丸まった語感の割になかなかの社会現象だな」

肩のオティヌスがそっと息を吐いて呟《つぶや》いた。

「そして何だかんだで学校の街である学園都市《がくえんとし》には割と致命的だ。この街は、良くも悪くも学生の競争社会で成り立っているからな。成績が悪くなっても構わない、停学や退学の処分を受けても気にしない。この考えが広まれば教師側に生徒を止める力はなくなってしまうはずだ」

どうしてこんな事になっている？

年末辺りに騒いでいたエリートアレルギーの『大掃除』は、一方通行《アクセラレータ》の有罪判決とR&Cオカルティクス壊滅がたまたま重なった事で自然発生した社会現象、らしい。そこから年をまたいで、コタツシンドロームという形に変わっているようだが。

白井《しらい》と美琴《みこと》もこんな風に言い合っていた。

「どうなって、おりますの？」

「そこの第五位のイタズラじゃないとすると結構ヤバそうね……」

積極的に他者を害する訳ではなく、自分の側が動かない事で一部のエリートを支える学園都《がくえんと》市《し》の構造を下から崩していく。

（R&Cオカルティクスから始まった社会現象。じゃあ、これもやっぱりアンナ＝シュプレンゲルのヤツが関わっているっていうのか……？）

アンナが今どこで何をしているかまでは、上条《かみじょう》も把握していない。

あるいはあの女なら、たとえ自分の手が離れたり何かしらの理由で行動不能になってでも、それでも状況が進行するようにセッティングを施しておくくらいの事はしていそうだが。

（……つまりは、アンナが所属している『橋架結社《はしかけけっしゃ》』の思惑が）

黙っていても、この平穏は守れない。

何もしなければじわじわと見えない手で学園都市《がくえんとし》が握り潰されていくのをただ眺めるだけだ。

上条当麻《かみじょうとうま》はポケットの中を意識する。

超絶者《ちょうぜつしゃ》ボロニイサキュバスの衣装に仕込んだGPSの発信機と繋《つな》がるスマホ。雲川芹亜《くもかわせりあ》からのとっておきのプレゼントだ。アリス＝アナザーバイブル含む『橋架結社《はしかけけっしゃ》』の隠れ家を一発で特定できる唯一のデバイス。

使うとすれば、多分ここだ。

上条当麻《かみじょうとうま》は決断して、そしてズボンのポケットに手を入れた。

8

新宿《しんじゅく》、高層ビルの一角。

中でも特に学園都市《がくえんとし》の外壁と隣接する物件だった。

『人間』アレイスターは大きな映画のフィルム缶を磨かれた床の上にそっと置いた。

『これは？』

座ったまま首《くび》を傾《かし》げるゴールデンレトリバー。

身動きの取れないアンナ＝シュプレンゲルへの悪趣味な嫌がらせではない。アレイスターは厳密な計算に基づいてフィルム缶の周りに白いチョークで複雑な模様を描き、正確に囲む。

「……わらわから逆に伝って、『橋架結社《はしかけけつしや》』の本拠地を探るつもり？」

シュプレンゲル嬢はこの状況でもせせら笑っていた。

そうしないとコミュニケーションが取れない人間を、アレイスターは何人も知っている。ウエストコットにメイザース、そしてアレイスター本人だってそうだった。

「そんなに強い縁がわらわと彼らの間を繋《つな》いでいるかしら」

「そこまでの仲間意識は必要ないよ。良くも悪くも君はアリスの性質に手を加えている。誰も望まなかったとしても、その影響は『橋架結社《はしかけけつしや》』にとって計り知れないだろう？　切っても切れないほどに」

だから、それを使う。

人に好かれる機会の少なかったアレイスターからすれば、むしろこちらの方が扱いやすい。

「つまり実行すれば、それだけでアリス達の居場所は知れる」

アレイスターの言葉に、そうか、とだけ木原脳幹《きはらのうかん》は呟《つぶや》いた。キングスフォード女史の目を盗んで細長い煙管《キセル》に火を点ける事に集中しているから、多分魔術については話半分だ。

「アンナ＝キングスフォード」

「◎《はい》、何か？」

びくっと、フィルム缶が明確に震えた。

当の女性魔術師は柔和に微笑《ほほえ》んでいるだけだ。

「実行は君が。私は容易《たやす》く魔術を使う事はやめた魔術師なのでね」

始祖の始祖に余計なポーズや箔付《はくづ》け、前口上などはいらない。

キングスフォード女史は、ただやんわりと掌《てのひら》をかざしただけだった。

じゅわ、という音があった。フィルム缶を囲む複雑な白いチョークの陣形。その一つの方角と、いくつかの文字が焼《や》け爛《ただ》れたように黒く変色したのだ。

読み解けば、分かる。

そしてアレイスター＝クロウリーは眉をひそめた。

こういう時、やはり悪い意味で『引き当てる』のがこの人間の才能なのか。

「……なに？」

9

ざわざわという音があった。

いいや、上条当麻《かみじょうとうま》の脳の処理能力が限界を迎えたのだ。だから周りで聞こえる人の声を一つ一つ分析しきれず、無意味な音の塊として誤認してしまっている。

そうせざるを得ないほどの何かが迫っていた。

神社の境内で。

平和に笑い合う少年や少女達の群れをかき分けるようにして。

上条当麻《かみじょうとうま》の手元には、おじいちゃんスマホがあった。画面には『橋架結社《はしかけけっしゃ》』の居場所が一発で分かるはずだった。

確かに答えはあった。

すぐ目の前、ほんの五メートル先に。

「せんせい、遊びに来たのですし☆」

アリス＝アナザーバイブル。

痛感する。

やはり彼女は、どこまでいっても規格外だ。

これまでの積み重ねが、先に居場所が分かるという上条側《かみじょうがわ》最大《さいだい》のチャンスが。

何の計画性もない幼い少女の無邪気な行動一つで、全部瓦解《がかい》した瞬間であった。

行間 一

むかしむかし、小さな女の子がいました。

今とは全然違って失敗だらけ。やる事なす事裏目に出て、何よりそんな自分が嫌になってしまうくらいちっぽけな女の子でした。

その女の子にとって何より悔しかったのは、きちんと正解があった事です。

絶対に答えのない意地悪問題ではない。

縫い針の頭にある穴のように小さいものだったかもしれない。それでも山のようにある選択肢から正解だけを選んで組み合わせていけば、ちゃんとみんな幸せになれる。なのに、そうならない。つまり残酷なのは世界ではなく、それらを選んでいる自分の方こそが『そう』であると突きつけられているようなものなのですから。

悔しい。

悔しい。

悔しい。

そうやって歯を食いしばって、何もままならなくて、裸足《はだし》のまま荒れ果てた大地を歩き続けて、煤《すす》と埃《ほこり》にまみれてズタボロになって。

そんな彼女に声をかける存在がありました。

それは確かに言いました。


『本当に、夢《ゆめ》を叶《かな》える覚悟はあるか』


頷《うなず》くのは簡単だったでしょう。

あるいはそこに勇気は必要なく、思考停止したままでもできる程度の話だったのかも。

だから次の質問こそが、話の核を大きく抉《えぐ》り出すのです。

それは確かに言いました。


『そ<ruby>の</ruby>た<ruby>め</ruby>な<ruby>ら</ruby>、自<ruby>ら</ruby>を器<ruby>物</ruby>に組<ruby>み</ruby>替<ruby>え</ruby>る覚<ruby>悟</ruby>ま<ruby>で</ruby>あ<ruby>る</ruby>か』


つまり、これはそんなお話。

いつか超絶者《ちょうぜつしゃ》とまで呼ばれるようになる小さな女の子の、どこかで間違えた物語。

第二章　釣り上げたのはどちらか　the_Consulate.

1

一月一日だからといって、いつまでも休んではいられない。

統計は語っている。むしろトラブルやアクシデントとは、絶対に起きてほしくないと思う一日こそをピンポイントで狙って実行される、と。

「……第一二学区に領事館だァ？」

『ええっとお……。より正確には、橋架結社学園都市《はしかけけつしやがくえんとし》領事館《りようじかん》との事ですけど』

「……、」

『はい不自然ですよねすみません！　外交関係が諸々《もろもろ》チェック不足でぇ……』

天井近くから答えたのはクリファパズル５４５。言うまでもなく、独房から出る事のない統括理事長の代わりに耳目を務める『人工の悪魔』だ。

領事館とは、つまり中で何が起きても手出しのできない治外法権エリアである。

大使館と領事館はどう違うの？

これについて大きなところでは、領事館には一国の代表として滞在国政府に交渉を迫る権限がない、というのが挙げられる。領事館の役割はあくまでも滞在国で暮らしている自国民と母国の間を繋《つな》ぐ業務全般であって、よその国と鍔迫《つばぜ》り合《あ》いをするのは大使館の仕事だ。

そう考えると領事館の方がぬるいと思うかもしれない。いきなり大使館が作られるよりはマシだろう、と。

でも違う。

ある国の領事館が存在するという事は、イコールその土地に該当国の人間が歩いているのが当然だという状態でもある。つまりアリス達が獲得したのは領事館の敷地《しきち》だけではない。学園都市全域に、魔術師という生き物が大手を振って歩ける環境を作ってしまった訳だ。

ぴんっ、と何かが弾《はじ》ける音があった。

壁や天井には紙で印刷した資料が貼りつけられていた。カラフルなヘッドのついたピンで壁に直接、だ。そしてそれらを結ぶ形で、カラフルな紐《ひも》が蜘蛛《くも》の巣《す》のように張り巡らされている。

アリスに、学園都市《がくえんとし》の暗部に、『橋架結社《はしかけけつしゃ》』に、『外』で起きた渋谷《しぶや》の騒動。

関係あるかないかはひとまず後回し。

あるだけ全部情報を並べて、関連性については後から紐《ひも》を使って可視化すれば良い。

……アリスについてはクリファパズル５４５の報告でしか耳にしていないが、逆に言えばそちらの方がおぞましいのだ。学園都市《がくえんとし》のあらゆるセキュリティが全く効かない相手が我がもの顔で練り歩いていた事になるのだから。

一二月二五日に『暗部』を血みどろに壊滅させたアンナ＝シュプレンゲルに、二九日に突如現れたアリス＝アナザーバイブル。

「クリファパズル５４５」

『はっはい‼』

「……何でオマエ、自分から紐《ひも》に絡まろォとする。ハッキリ言って邪魔だ」

『ふへへへへ。な、何故《なぜ》か避けよう避けようと思うと余計にどつぼにはまっていくと言いますか、ドッジボール下手なインドア系文学少女枠に収めて受け入れてもらえますと』

おかげでクリファパズル５４５は空中で軽く縛り上げられてしまっている。天井の角が彼女の定位置になってしまっている。

『あのう翼や両足がぎっちぎちくらいなら問題ないんですけど流石《さすが》にお股は……おふっ⁉』

構ってもらえれば何でも嬉《うれ》しいのか、ちょっと楽しそうな顔だ。なので殺人的に縄跳びが下手な娘状態になっている悪魔については一方通行《アクセラレータ》も放っておく事にした。

そう。

……こうしている今一方通行《アクセラレータ》が寝転がっているのは、独房にあるにしてはあまりに不自然なほど豪奢《ごうしゃ》なベッドだ。そしてここにいるという事は、事態は明白である。

面会は中止となった。

アリス＝アナザーバイブル達が学園都市内《がくえんとしない》で確認された時点で。

突然切り上げられても、分厚いガラスを挟んだ向かい側で打ち止め《ラストオーダー》は嫌な顔をしなかった。

ただ笑って統括理事長を見送ってくれた。

そういった無理をさせた、という自覚くらいは持つべきだ。

『あっ、あ、あのう……』

「何だ？」

『ええとですね、えへへえ、もし怒っていらっしゃるのでしたらいっそ二、三発思い切りぶん殴っていただいた方が私的にはいっそ安心できると言いますかなのでしてね……』

チッ、と一方通行《アクセラレータ》は舌打ちする。

そんな事をしても意味がないのは分かっている。天井の隅っこの辺りでカラフルな紐《ひも》に縛られているクリファパズル545はただ必要な報告をしただけだ。かえって、萎縮して重大な話を伝えそびれる方がはるかに恐ろしい事態とも言えた。

アリスはいる。

それだけではない、超絶者《ちょうぜつしゃ》と呼ばれる怪物達が何人も。

(……そもそも当たり前に飛び交ってる超絶者《ちょうぜつしゃ》って言葉の定義もこっちは摑《つか》めちゃいねェってのに。三一日の渋谷《しぶや》だったか。あの三下、ちょっと見ねェ内にどこの何に首突っ込みやがった？）

その意味不明な超絶者枠《ちょうぜつしゃわく》が学園都市《がくえんとし》で複数確認されている以上は、同じ街で呑気《のんき》に暮らしている人間と鉢合わせするリスクだってある。それは打ち止め《ラストオーダー》かもしれないし、黄泉川《よみかわ》かもしれないし、芳川《よしかわ》かもしれないし、他の人間の可能性だってもちろんありえる。

もちろん一方通行《アクセラレータ》とて無策ではない。通常の警備員《アンチスキル》や風紀委員《ジャッジメント》の他にも隠し球をいくつか揃《そろ》えている。例えば目の前にいるクリファパズル545もそうだし、ヒューズ＝カザキリや番外個体《ミサカワースト》といった直接戦力にも事欠かない。

だけど、それだって絶対ではない。

この世にそんな安心材料はどこにもない事を、第一位はよく知っている。

外で何があっても一方通行《アクセラレータ》には止められない。

壁の中と外は別の世界。

そして当然ながら、起きてからでは打ち止め《ラストオーダー》は守れない。本当に傷をつけたくないのなら、事が起きる前に動き出さなくては。

ドグン、と胸の真ん中で不気味な塊が脈を打つ。

己の心臓というよりも、何か巨大な卵でも抱えているようだ。

「……、」

理由はある。

でも『だから』でこの監獄を抜け出してしまえば、その時こそ全ての終わりだ。

それは一見心地よい感動をもたらすかもしれない。

だけど現実には、従えば世界を血の海に沈める怪物《かいぶつ》の囁《ささや》きでしかない。

「クリファパズル５４５」

『はっはひ！　ななな何でしょ⁉』

天井の隅っこで必要以上にびくびくしている悪魔に、ベッドに寝そべる一方通行《アクセラレータ》はいよいよため息までついて、

「怒らねェから手を貸せ。具体的にはオマエが着ているその英字新聞」

『あっ、このドレスですか？　うーん、この壁一面にある資料の中で足りないものと言いますとどういう記事になりますかねえ……』

「そォじゃねェ」

呆《あき》れたように一方通行《アクセラレータ》は言う。

そもそも人工の悪魔であるクリファパズル５４５のドレスはまともな新聞記事の寄せ集めではない。それは見る者によって千変万化する。その者の罪や汚れを最も強く意識させる形で。

つまりは、

「……見せろ。俺自身の闇を」

『っ。はい‼』

あちこち縛られた体を無理に動かして、悪魔は両手を頭の後ろにやった。

体を大きく誇示する。

ぐじゅり!! とクリファパズル545の痩身《そうしん》を覆《おお》うドレスの模様が大《おお》きく蠢《うごめ》いた。英字新聞のショッキングな見出しが次々と一方通行《アクセラレータ》の古傷《ふるきず》を抉《えぐ》りにかかってくる。

一つ一つの記事にあまり意味はない。

それとは別に、全体で何か巨大な怪物を想起させてくる。

そう、怪物はいる。

誰の胸の内にでも当たり前に。

それは振り回されればひたすら死と破滅の道へ引きずり込む恐ろしい存在だが、自覚的に制御さえできれば強大な力をもたらしてくれるはずだ。

同じ暴力でも、種類が違うものがある事を一方通行《アクセラレータ》は知っている。

同じ暴力を使わなくても、問題を解決に導く方法がある事だって。

(……呑《の》まれるな)

焦《あせ》り、緊張、怒り……そして身近なものを失うかもしれないという恐怖。

ゆっくりと深呼吸して、一方通行《アクセラレータ》は己の怪物を見据える。

(どこまで行ってもこいつは俺が自分で作ったモノ。なら俺自身の手でコントロールできねェ道理はねェンだ……)

最初に向かうべき先さえ見据える事ができれば、どれだけ迷走したってゴールに辿《たど》り着《つ》く。一方通行《アクセラレータ》は己の未熟さを捉えながらも、その指先を誰よりも高速《こうそく》に捌《さば》く。

(どこの誰だか知らねェが、敵はこの学園都市《がくえんとし》へ勝手に裏口を埋め込ンでやがる。問題はそれで何をしてェかだ。バックドアは手段や準備であって、目的な訳ねェンだから)

ベッドに寝そべって視線も投げず、ただ指先で色々なものを弾《はじ》いていく。

ベッドサイドのプリンタからコピー用紙を吐き出させ、ハサミで切り取り、指で飛ばし、虚空《こくう》を舞うコピー記事にピンを飛ばして壁に突き刺す。これに必要ならば重さのない紐《ひも》を鞭《むち》のようにしならせて空気を引き裂き、彩《いろど》りを加えていく。

下手に居合わせれば壁際《かべぎわ》に立たせての銃殺刑より悲惨な事になる情報整理を続けながら、だ。

「領事館とかっつったな。となると母体となる『国』が存在するはずだ」

『はひっ。ど、どうやら中米にあるサッカーグラウンドより面積の少ない小国をお金で買って、国としての資格や権利を獲得していたみたいですね。えへへ、だから外交官や領事館としての立場を公式に使って、学園都市《がくえんとし》の内部に飛び地を作ってきた』

「……誰が許可を出しやがった？」

『ひいい!!　国の外交は学園都市《がくえんとし》っていうより霞《かすみ》が関《せき》の領分ですから、多分そっちの官僚達が……。街の中だけ睨《にら》みを利《き》かせていたところ死角を突かれたみたいですう!!』

すとんっ、と新しく赤いピンが壁に打ち込まれた。

宙に舞う第一二学区の地図の一点をぶち抜く格好で、だ。

「……それにしたってよ。ここまで派手にやられて、網を抜けられたのが引っかかる」

『いやいや‼　これぱっかりは誰のせいでもありませんよ！』

少女の形をした悪魔が慌ててぶんぶん首を横に振った。

どうやら第一位の思考が内に籠ったら置いていかれると感じるらしい。いっそ軽《かる》く叩《たた》いてやった方が喜びそうな子犬モードだ。

『あの辺りはクロウリーズハザード後、復興基地として造ったはずの人工島やよそから船で引きずってきたフロートまで独立を宣言し始めててとにかくややこしいんです。恋多き乙女くらいの感覚でくっついたり離れたりを繰り返しているので、いつの間にか国の仕組みや真の統治者が入れ替わっていたとしても、発覚しにくいという側面もあるんです。旧R&Cオカルティクスも法の目をかい潜《くぐ》って世界中から大量の個人情報を集めるための、馬鹿デカいサーバーセンターを置こうとしていたいわくつきの地域ですしね』

「旧R&C……」

『まあ、その繋《つな》がりで美味《おい》しい標的データはアリス達にも筒抜けだったんでしょうね』

領事館。

言うまでもなく、国際法で守られた特別な敷地《しきち》だ。その中では通常の法律よりも相手国の法律が優先される。つまり極論で例えれば、敷地《しきち》内部《ないぶ》で殺人事件が起きた場合は外国の法律で裁かれる事になる。

科学技術の総本山である学園都市《がくえんとし》の内部に、人知れず魔術サイドの領事館ができた。

これ以上に危険なものもないだろう。

飛び地。

というよりも、侵略のための足掛かり、野戦飛行場や橋頭堡《きょうとうほ》といった方がおそらく近い。『領事館』という言葉だけなら平和的に見えるが、度合いで言ったら旧ソ連の核ミサイルをワシントンの喉笛に突きつけようとしたキューバ危機にも等しい事態だ。しかも今回は、事前発覚ではなく実際に配備されてしまった後である。

「……、」

大きなベッドに体を預け、天井を見上げながら一方通行《アクセラレータ》は思案する。

数々の事件記事とカラフルな紐《ひも》で作った、歪《いびつ》な四角いプラネタリウム。ここから見える全体像は一体何だ？

敵の狙いが見えないのは、単純に情報が足りないからか。

あるいはそもそも利害、愛憎、偶発、快楽など、攻撃の起点からして読み違えているのか。『橋架結社《はしかけけつしゃ》』の領事館。もちろん真正面から書類申請されていれば、こんな事になる前に排除していた。アリス達『橋架結社《はしかけけつしゃ》』の超絶者達《ちょうぜつしゃたち》は、審査《しんさ》で弾《はじ》かれない形で器用に書き込み内容を調整して領事館の設立許可を取りつけている。それも学園都市《がくえんとし》ではなく国の方へ送りつけて。

この学園都市《がくえんとし》に対し、騙《だま》して何かを得ようとする。

すでにそれだけで攻撃の意思ありと判断してしまう事もできる。アンナにアリス、あの連中は学園都市《がくえんとし》の『暗部』を刺激して沸騰させた『外なる元凶』であるのは確認済み。アレを何度も繰り返させる訳にはいかない。そして学園都市第一位《がくえんとしだいいちい》が牢獄《ろうごく》を破壊して外に出なくても、正規戦力を差し向ける事まで躊躇《ちゅうちょ》する理由は持ち合わせていない統括理事長なのだが……、

『そうい、う無茶は、やめてお、いた方が、良いわよー、?』


一方通行《アクセラレータ》は舌打ちした。

今のはクリファパズル545ではない。彼女は今も、天井の角の辺りで細い体をぐるぐる巻き、雨に打たれた子犬みたいに小さくなっている。

声の主は、壁に埋め込まれた大型テレビからだった。

今時ならむしろネットと繋《つな》がっていないモデルの方が珍しい。もちろん、刑務所の独房にテレビがある方がもっと珍しい事態ではあるだろうが。

赤毛のショートヘアに白い肌。

勝ち気な少女を飾っているのは、白くてふわふわしたミニスカートのドレス。

魔術師ダイアン＝フォーチュン。世界最大の魔術結社『黄金』の魔術師を参考にした存在で、

厳密には人間とは呼べない魔術装置。そして今は、欠員の穴を埋める形でイギリス清教《せいきょう》の舵取《かじと》りを行う最大主教《アークビショップ》の椅子を代理の形で掌握しているのだったか。

伸ばした指の腹に黒い箱の角を乗せ、くるくる回しながら彼女は笑う。

人間ではないのでその思考に『きっとこうであってくれ』、もしくは『これだけは起きてほしくない』などの曇りはない。ストレートに、残酷なほど的確に事実を切り取ってさらけ出す。

ととんっ、と寝そべったまま一方通行《アクセラレータ》はピンを二つ弾《はじ》いて壁に突き刺した。

イギリス清教《せいきょう》に、ダイアン＝フォーチュン。二つの記事が壁の一覧に加わる。学園都市内《がくえんとしない》の事件で見ると、かなり遠い印象だ。だが実際にどこからどこに紐《ひも》のラインが繋《つな》がっていくかは、これから次第ではあるが。

ニヤニヤと笑いながら魔術サイドの重鎮は語る。

『アンタが元々どういう人格構造の怪物かなんて興味ない。でも今の一方通行《アクセラレータ》は、学園都市全体《がくえんとしぜんたい》を治める統括理事長でもあるんでしょ？　だったら簡単にキレてんじゃないわよ。それをやっても良いのは個人の力を振り回している間だけだわ。下に多くの人間を従えている組織の長に許される話じゃない』

チッ、と一方通行《アクセラレータ》は舌打ちする。

相手はそんな反応を引き出せて満足なのだろう。天井の辺りでクリファパズル545があわあわ言ってるのも聞かずに、ダイアン＝フォーチュンはさらにこう続ける。

『本名も戸籍も不明な超絶者個人《ちょうぜつしゃこじん》を指名して退去処分を突きつけても効果はない。でもだからといって、領事館そのものを一方的に閉鎖する、なんて事は考えない方が良《い》いわよ』

釘《くぎ》を刺《さ》すように、ダイアン＝フォーチュンは言い放った。

『行動としてはできるけど、それをやってしまったら「橋架結社《はしかけけつしゃ》」と全く関係のない一九〇以上の国と地域が全部こう判断するわ。学園都市《がくえんとし》は、都合の良《い》い悪《わる》いだけで日本国家が正式に定めた領事館や大使館をあっさり潰す信用ならない暴走集団だって。口で放った約束を信じられなくなったら、外交どころじゃなくなる。科学サイドの総本山っていっても、完全鎖国制度で持続できる仕組みじゃないんでしょ』

「……、」

『コンドロニアード共和国。例のサッカーグラウンドより狭い中米の小国の話ならガチよ、どれだけ胡散臭《うさんくさ》くても国連に属して国際法を行使できる一個の国家がアリスの気紛《きまぐ》れでご購入されてるって事。だからその領事館については法律や条約に則《のっと》ってきちんと保護してあげないと、学園都市《がくえんとし》は外交のイロハも分からん子供の縄張りだって事実が作られてしまう。……そうなったら、これはもう魔術と科学の戦争にすらならないわ。わたし達魔術サイドが何をする訳でもなく、そっちの科学サイドが勝手に空中分解するだけよ』

「……オマエ達外野からすれば、願《ねが》ったり叶《かな》ったりなンじゃァねェのか？」

『まあねえ？』

ダイアン＝フォーチュンは特に己の利害を隠さない。

その上で、

『ただし、結果「だけ」じゃダメなのよ。誰のおかげで魔術が科学に勝利したのか、って流れの話はかなり大きいわ。アリス達のおかげで科学サイドが壊滅して魔術サイドが無傷で勝利した、なんて事実ができてしまったら、わたし達イギリス清教《せいきょう》としてもそれはそれで困るの。イギリス清教《せいきょう》、ローマ正教《せいきょう》、ロシア成教《せいきょう》。この三大勢力を無視して、超絶者《ちょうぜつしゃ》「橋架結社《はしかけけっしゃ》」をてっぺんとした新しい魔術サイドをみんなで拝む羽目になってもらっちゃあ、ね？』

確かに一見それっぽいメリットは見え隠れしている。

だが一方通行《アクセラレータ》はそういう分かりやすい線をばっさりと切り捨てた。

「アリスのヤツについては、一二月二九日にも断片的に観察している」

『あら。顔の見えない独裁者らしくノゾキ趣味が板についてきたじゃない、新統括理事長サマ？　前の変態アレイスターと面影が重なる日も近いかしら』

「……だがその上で言うぞ。アリス＝アナザーバイブル。あの野郎が、科学サイドと魔術サイドの対立だの魔術サイド内での地位独占だの、そォいう分かりやすいエサに喰《く》いつくタマに見えンのか？」

『わたしは直接見てないから何とも』

画面の中のダイアン＝フォーチュンは肩をすくめて、

『アリスは欲望に正直で忍耐とは無縁、っていうのが「必要悪の教会《ネセサリウス》」のホロスコーププロファイルだけどね。その分だと、もらえるものは全部もらうけどそのために行列に並ぶ事はできない、って感じかしら。あの子にとっては飴玉《あめだま》も一〇〇万円も一緒でしょ。自分の欲で動くかどうかよりも、計画性のある話をじっと待っているっていうのが確かにアリスらしくはない』

「……、」

『でも一方で、アレは「橋架結社《はしかけけっしゃ》」っていう一つの塊よ。つまり暴君アリスをトップに掲げているとはいっても、根っこは個人じゃなくて組織なの』

「……アリス個人としての思惑と、結社全体としての目的が乖離《かいり》しているってのか？」

『というか、おそらくてっぺんのアリスにバレないように何かをしているって方が正しいんじゃない？　合衆国大統領とルールを無視するＣＩＡとか、国際企業ＣＥＯと赤字経営を隠すスポーツチームとか、ロシア成教《せいきょう》の清らかな総大主教と変態バケモノ拷問マニアとか、まあ組織ってそんなもんでしょ。トップのご意思が末端まで浸透している例の方が珍しいくらいだわ』

そして学園都市《がくえんとし》とその『暗部』も。

新統括理事長はそういう構造を許さず具体的な行動に移ったが、出血がゼロだったとはとても言えない。

『だから注意して経過を観察するのよ。安易な衝突や排斥なんて事を考えれば、傷を広げるのは学園都市《がくえんとし》の方になるんだから』

イギリス清教《せいきょう》にだってイギリス清教《せいきょう》の思惑がある。

本当に何の損得もなく手を差し伸べられる人間はそうそういない。

その断片は、次の言葉からでも推測くらいはできるだろう。

『アリスは確かに規格外の暴君よ。でもそれ「だけ」を見ていては、思わぬところで足をすくわれるわ。アリスのせいでかすみがちだけど、周りに控えている超《ちょう》絶者《ぜっしゃ》だってその一人一人が頭にくるくらいの天才魔術師だっていうのは事実なんだからね』

2

寒い寒い。

体を小さくして震えながら、上条当麻《かみじょうとうま》は第七学区の学生寮に帰ってきた。

やっぱり真冬だ。時計はまだまだ午後六時辺り。夕方くらいの時間感覚なのに、すでに辺りは真っ暗だった。

ドアの新聞受けに珍しく紙のハガキが何枚か入っていた。年賀状だ。具体的には両親と従妹《いとこ》らしき女の子から。ただ、今は何でもスマホの方が優遇されるらしい。こっちの方に（多分上《かみ》条《じょう》が手に入れた新アドレスへの試し打ちも兼ねての）学校の連中からのメッセージがずらっと一覧で並んでいる。というか多分上条《かみじょう》一人だけではないだろう。一斉送信だからやる方は楽なのか。それでもまあ嬉《うれ》しいけど、ただこれは多分読破スルーしたら一年の始まりから超ギスギスするヤツだ。スマホ、持ったら持ったでめんどくせー世の中である。

「さてアラディアは耐水性のダクトテープで全身ぐるぐる巻きにして、と」

「……、」

「インデックスー、オティヌスー。今日はお鍋にするぞっ、上条《かみじょう》さんは知っているんですよ鶏《とり》ですき焼きを作れば安くて豪華に仕上げられるって話を！」

「ぬおー、今夜はすき焼きなんだよ!!」

「やれやれ。金がなかった頃、恨みがましくテレビのグルメ番組を睨《にら》んでいた恨みでも晴らそうとしているのか人間？　自前の感情に振り回されて金銭感覚を見失うなよ」

「うるさいオティヌス新年早々不吉な事言ってんじゃねえ。大丈夫、年末にオート録画で積み重なる一方だったお正月特集の料理番組は宝の山なんですう！　冬休みの間に絶対全部試すっ、山を崩す、もう俺は遠慮をしない。うちは貧乏状態を脱したんだァあああ!!!!!!」

「待って待って待ってよ!!　ヤバいこの流れからしれっとご家庭トークに流れていかないでちょうだいっ。ダクトテープのミノムシ状態で床に転がされているわたくしをもはや当たり前の光景として受け入れるんじゃないわよ!!」

扱いに困る戦利品お姉さんが急に慌て始めた。

アリス＝アナザーバイブルは再び学園都市《がくえんとし》にやってきた。『暗部』と衝突した時は向こうからさようならを切り出してきたくせに、この辺はやっぱり子供の感性なのか。口で交わした約束の効力が極めて希薄な辺りは無邪気でいて、しかしどこか薄ら寒いものを感じる。

アリスが直接顔を出してきた事で、これまで断片的にあった不自然で理不尽な切れ端が繋《つな》がっていくような気もしていた。

御坂美琴《みさかみこと》と、白井黒子《しらいくろこ》と、縦ロールの少女と、あと誰か。

第一二学区の神社で見た初詣の異様さを上条《かみじょう》は改めて思い出す。人生の成功を願わず、自ら破滅に向かっていくような絵馬で埋め尽くされた一角。中学三年生だというのにこの一月に受験への意欲を放棄するような口振りの縦ロール。

年末辺りの『大掃除』が名前を変えたと思《おぼ》しき社会現象、コタツシンドローム。

自堕落で勉強しない、仕事よりも遊びたい。

（……まさか）

上条当麻《かみじょうとうま》は思い出す。

一二月三一日の渋谷《しぶや》では、超絶者同士《ちょうぜつしゃどうし》の直接対決があった。彼女達の術式それ自体も脅威的だったが、同じくらい危険《きけん》を孕《はら》む事象が別に起きていたのも事実なのだ。

個人の強烈なカリスマ性と、それに振り回される大勢の群衆。

確かアラディアは魔女のサバト、ボロニイサキュバスは魔女狩りだったか。

（今目の前で不自然に広がっているコタツシンドロームについても、そういう性質が超絶者《ちょうぜつしゃ》から洩《も》れているって考えた方が良《い》いのか？）

例えば、アリスとか。

思えば前身だった『大掃除』が爆発的なデモ活動を見せたのは、彼女が初めて学園都市《がくえんとし》へやってきた日と被《かぶ》っていた気もするが……。

（いや、流石《さすが》に根拠がないか）

超絶者《ちょうぜつしゃ》には群衆を振り回す危険な力がある。ただあれが自覚的にできるものなのか、勝手に起きてしまうものなのかはまだはっきりしていない。アリス以外にも自堕落な超絶者《ちょうぜつしゃ》が『橋架結社《はしかけけっしゃ》』の中にいる可能性だって否定はできない。

誰が見ても明らかに怪しい容疑者を指差し、そのまんま真犯人と叫ぶのは正しいか。

何だかそんな話に陥っている気もするが。

「……、」

こんな中、だ。一度は上条《かみじょう》に負けた魔女達の女神アラディアは、安易に『橋架結社《はしかけけっしゃ》』に帰して良いものか。

安心して良いよとアリスが笑顔で請け負ったところで、果たしてその言葉はどれだけ信じられるのだろう？

上条《かみじょう》としても持て余しているけど、でも、安易にアラディアをアリス達の元に帰してしまうのは正直に言って怖かった。

何でアリス=アナザーバイブルに恐怖や不安を感じるのだろう？　と上条《かみじょう》は自問する。

初めて会ったあの日には、確かに彼を助けてくれた存在だったはずなのに。

帰る途中で立ち寄ったスーパーで大量購入した食材を発泡素材のパックから金属のバットや樹脂のトレイに移して冷蔵庫の色んな扉にしまう上条《かみじょう》は、肩のオティヌスへこう切り出した。

「……手も足も出なかったな、アリス達に」

「あの環境で周りに犠牲を出さずに戦う、という勝敗条件がそもそも設定を間違えている」

当然、だ。

いきなりアリスと再会して、そこで何も起きなかったはずもない。今の上条《かみじょう》は『敗北してそれっきり』なアラディアも抱えているのだから当然だ。秘密を守る事で利を得ようとする者は、その秘密を洩《も》らしかねない存在を攻撃対象とする。自明の理ではある。

上条《かみじょう》はおじいちゃんスマホをポケットにしまう。GPS発信機は諦めるしかない。

あの時、アリスは一人ではなかった。

厳密には左右に別の超絶者《ちょうぜつしゃ》が控えていた。片方は三一日に渋谷《しぶや》でも見かけた『旧《ふる》き善《よ》きマリア』。そしてもう片方は全く知らない初見の超絶者《ちょうぜつしゃ》。黒髪に燕尾《えんび》服《ふく》、黒《くろ》い杖《つえ》を手にした青年執事のような容貌の魔術師だった。

こちらだって、決して無力ではなかったはずだ。魔道書図書館のインデックスと量産軍用クローンの妹達《シスターズ》に、常盤台中学《ときわだいちゅうがく》の精鋭が何人も。第三位の超電磁砲《レールガン》に、空間移動《テレポート》を扱う風紀委員《ジャッジメント》、縦ロールの三年生と、あと誰か。上条《かみじょう》なんて無能力者《レベル0》がいなくても、能力開発の名門校に通う彼女達なら大抵のトラブルなんて自力で解決してしまう事だろう。

だけど、それでも。

むしろ、だ。

どうしても、実際には起こらなかった衝突について嫌な想像が止まらない。左右に控える超絶者《ちょうぜつしゃ》二人が息の詰まるような分厚い殺気で牽制《けんせい》をしてくれなければ、そこで常盤台《ときわだい》の少女達の足が止まらなかったら……気紛《きまぐ》れなアリスは一体『どう』動いていた事か。

上条《かみじょう》の手で、それは止められたのか？

年末、渋谷《しぶや》で出会ったボロニイサキュバスは世界で唯一上条当麻《かみじょうとうま》だけがアリスを操縦できるとか何とか言っていたけど、本当に？

『……「それ」は、やめておいた方が良《い》いですよ』

印象的な一言があった。

陰気な青年執事の言葉が上条《かみじょう》の脳裏から離れない。

彼が、誰に向けて言った言葉だったのかは、何故《なぜ》か顔が思い出せないけれど。

アリス自身はきょとんとしていた。むしろ両手を広げてウェルカムしていた気がする。

ただし、

『あの子の頭を下手に覗《のぞ》いても、あなたが極彩色の世界に呑《の》み込《こ》まれるだけです。アリスの世界はそれほどまでに底なしで、体感してしまう事は悲劇にしかなりませんから……』


実際、青年執事が彼女の首根っこをさり気なく摑《つか》んで止めなければそうなっていただろう。

アリス達は、特に上条《かみじょう》へ何かを強制はしなかった。

例えば夜と月を支配する魔女達の女神をこちらに渡せ、などの要求は何も。

それは裏を返せば、わざわざ交渉などせずとも必要になれば力業で奪い返せる、と言われているようなものだった。今の上条《かみじょう》では、彼らとの交渉のテーブルに着く事すらできない。

おそらくそういった事ができるのは、アリス達と同じ超絶者《ちょうぜつしゃ》の資格を持つ者だけだ。

何をもって超絶者《ちょうぜつしゃ》と呼ばれるようになるのか。

それすら分かっていない上条《かみじょう》からすれば、あまりに遠い条件である。


「……、」

「とうまお肉はー？」

「待て、鶏《とり》さんは包丁のあごで細かい血の塊を取り除くのが美味《おい》しくなる秘訣《ひけつ》なのだ」

意識して切り替え、上条《かみじょう》はメインの土鍋の他にフライパンも棚から出していく。すき焼きといってもただコンロで火にかけるだけでなく、ものによっては先に下味をつけたり軽く火を通しておいた方が生煮えの心配がなくなる食材もあるからだ。

お高い薄切り牛肉の場合はフライパンを使ってしゃぶしゃぶのように火を通すパターンもあるようだが、今回は（半生だと結構おっかない）鶏肉《とりにく》の塊を使う。これ自体はお鍋の底まで沈めてしまった方が美味《おい》しくなるはずだ。

「……領事館、とかって言ってたっけ？　アリスのヤツ」

「見た感じガキ丸出しだったし、単独で思いつくアイデアという印象もないがな。大方、毎度学園都市《がくえんとし》まで遊びに行くのが面倒だから秘密基地《べっそう》が欲しいくらいの無邪気な『おねだり』だったんだろ。それを現実路線で周りの超絶者《ちょうぜつしゃ》どもが形を与えていった。アリスの機嫌を損ねないよう、あの超絶者《ちょうぜつしゃ》どもが顔中脂汗まみれでな」

そもそも『橋架結社《はしかけけつしゃ》』の拠点が世界のどこに何ヵ所あるかは、おそらく誰も知らない。向こうからすれば、それが一個増えたくらいの気持ちでしかないのか。

（そういえば、『橋架結社《はしかけけつしゃ》』のアラディアとかボロニイサキュバスとかもどこかの国に地元がある訳なんだよな。現実味なさすぎてイメージできないけど……）

「領事館。なあオティヌス、ぶっちゃけ、どれくらいヤバいの？」

「両国間での相互信頼もなく勝手に設置された領事館なんて、ブラックホールよりもヤバい。いいか人間、領事館の中は誰にも捜査できないんだ。学園都市《がくえんとし》の博物館で何が消えてもどんな情報が盗まれても、いったん領事館で寝かせてから『外』に逃がせば手出しできなくなる。超絶者《ちょうぜつしゃ》どもが街中で何を盗んでも、外交官ナンバーの車にでも詰めて領事館の敷地内《しきちない》まで運び込めば永久にセーフだな。それ以上は誰にも捜査できない」

「……、」

「逆に、『外』から領事館に人やものを運び込まれる動きも学園都市側《がくえんとしがわ》は拒否できなくなる。今までは裏からこっそり外壁を越えておっかなびっくり侵入してきた魔術師どもだが、これからは違う。大手を振って危険な魔術師どもがやってこられる」

こういった動きを牽制《けんせい》するために国外退去処分という仕組みがあるらしいのだが、逆に言えばそれだけだ。退去を命じるだけで罪を裁く事はできないし、国外退去は『指名』制。オティヌスの話では、本名も戸籍も分からんアリス達超絶者《ちょうぜつしゃ》に使っても意味がない制度だとか。

つまり、現行犯で捕まえて『誰だか知らんがこいつは追放』はできない。

目の前の現実を放り出してでも、外交には必ず書類の作業を挟む必要がある。

そうなると、例えば学園都市《がくえんとし》上層部が『アリスは出ていけ』と名指ししたところで、領事館側はバイトで雇ったAさんを『あれがアリスなんだ』という事にして小金でも与えて追放してしまえば事なきを得る。本物のアリス=アナザーバイブルは大手を振ってお散歩したままだ。誰の目から見ても明らかにおかしい事態だが、書類仕事なんてそういうもの。そもそも顔も名前も照合できない人間には何も適用できない。

超絶者《ちょうぜつしゃ》アリスとは何者なのか。

それは本名なのか、数ある偽名の一つなのか。そもそも人間なのか、そうではないのか。

……明確に答えられる人間なんているのか？

この世界のどこに？？？

やる事があるというのは幸いだ。いつもの手つきでご飯の準備をしていなければ、かえって上条《かみじょう》は不安に押し潰されていたかもしれない。

「うにゃお。いんでっくすー、鍋の準備ができたぞコタツの上にあるもん全部どかせー。鍋敷きくらい置いてくれ」

「私は食べて食べて寝て食べる係なんだよ！」

「いいから手伝え居候《いそうろう》」

ちなみに上条宅《かみじょうたく》では鍋の時はカセットコンロではなくガスを使わない電磁調理器を使う。理由は言わずもがな。常日頃から大変不幸な上条《かみじょう》に不幸な偶然が重なった時、携行式のガスボンベで至近距離から不幸な目に遭うのだけは勘弁願いたかったからだ。

「……電磁調理器も電磁調理器で危険がゼロとは言えないがな。使い方をド派手に間違えると電源ケーブルから発火するみたいだし」

「やめてもらえますオティヌス新年早々何かの前フリみたいなそういう豆知識!?」

今日はお正月なので三毛のにゃんこにはいつものキャットフードの他に液状おやつのミュールさんを与えながら上条《かみじょう》が絶叫する。

すき焼きといっても結局はいつもの貧乏メシからの派生だ。そしてすき焼きの割下とは、うなぎ風のたれ、まつたけっぽいお吸い物と並ぶ貧乏メシ三大味付け法の一つでもある。

「みんなの茶碗《ちゃわん》がこれで、はいこれ卵、鍋の中を探る時はこっちの菜箸な。締めの雑炊とかはしないぞ。ご飯とうどんは別に分けてあるから、自分でクライマックスを見極めて勝手に茶碗《ちゃわん》の中に宇宙を作ってくれ。それじゃ始めるぞー」

「わあい今夜は食べ放題なんだよ！　いただきまーす‼」

「鍋だっつってんのにいきなり全力で炊飯器に向かってんじゃねえよインデックス‼　何をどんな勢いで山盛りにするつもりだお前!?」

ちなみに身長一五センチのオティヌスは見上げるほど馬鹿デカい土鍋に立ち向かうと焼けた絶壁《オーバーハング》相手にロッククライミングする羽目になるので、基本は上条《かみじょう》の茶碗《ちゃわん》から強奪するスタンスを選んだようだ。というかお茶碗《ちゃわん》の縁にお腹《なか》を乗っけて引っかかるポジション取りは何とかならんのか。

そしてこうなると、気になる人がいる。

「……、」

両手を後ろで縛られた上、全身をミイラみたいにダクトテープでぐるぐる巻きにされたアラディアさんが恨みがましい目でこちらを見ている。腹筋の動きがあれば自力で身を起こすくらいはできるが、後ろ手についてはどうにもならないのだ。

お腹《なか》が減っているのかもしれない。

「……おいオティヌス、アラディアはどうする？」

「何で私に聞く？　そもそも魔術絡《まじゅつがら》みのトラブル解決は英国製魔道書図書館の仕事だろ」

「あいつあの野郎笑顔でバクバクお肉とお米ばっかり食べてて全く機能してねえからだっ。おいインデックス!!　鶏《とり》の胸肉は豚さんや牛さんと比べればお安いけれど、それでもお肉はお肉なんだっ。贅沢品《ぜいたくひん》と認識して良く嚙《か》み締《し》めてお食べなさいって！　だからその超高速ペースは何なの鶏肉《とりにく》は飲み物じゃねえわ!!!?⁇」

何となく点《つ》けていたテレビの方ではもう第何世代かも分からんお笑い芸人がブリーフ一丁で体を張ったアクションを見せていた。お正月の伝統芸だ。若い衆《わかしゅう》から羽交い絞めにされた人気者のおじさんがアツアツのしゃぶしゃぶ肉をおでこにもらって元気にのた打ち回っている。あれはスタッフが美味《おい》しくいただくので宇宙の法則は暴れないらしい。

そっちは放っておいて、

「アラディア、はいあーん」

「っ⁉」

びくっとアラディアの肩が露骨に震えた。

怒りなのかそれ以外なのか、魔女達の女神の顔が真っ赤になる。

「じっ、冗談じゃないわ。わたくしは超絶者《ちょうぜつしゃ》アラディア、たとえ敗北したとしてもこのような上から目線の施しを受けるいわれはないってば……」

「ボソッ（まあ拒否するのは貴様の自由だが、下手にイヤイヤ首を振るとミラクルが発生して口以外の部分にアツアツの鶏肉《とりにく》をぶち込まれる羽目になるぞ。ほら、ちょうどテレビで達人芸を繰り広げているブリーフ野郎のように）」

「わ、分かったってば‼」

なんかオティヌスが小声《こごえ》で囁《ささや》いたらアラディアがヤケクソモードに入った。悔しそうに両目を閉じると、わななく唇をそっと開いていく。

何でご飯を食べさせているのに、謎のお姉さんからほんのり羞恥成分が混じり始めているのだろう？

首《くび》を傾《かし》げながらも上条《かみじょう》が改めて鶏《とり》すきを与えていくと、だ。

「あむっ」

食べた。

というか意外と素直でカワイイ。

ビジュアルが謎のミステリアス美女だと、小さな子供みたいな餌付けモードに変なギャップがある。

何回か噛《か》み締《し》めて、細い喉が動くのを確認してから、上条《かみじょう》は次を箸の先で摘《つま》む。

「ていうか、アラディアって嫌いなものとか苦手なものとかってあるのか？　ほら、アレルギー絡《がら》みとか」

「……ムリヤリに食べさせてからそれ聞く？　何もないってば。そもそも魔女は森の中から薬効になるものを探し当てて己の力とする生き物よ、口に入れるものに好き嫌いなんかあったら成立しないわ。はむはむ、んくっ。今食べたのなに、ゼラチン系？」

「そいつはしらたきでこんにゃくの仲間だ」

「こんにゃく？　がすでに相互変換不能な単語だけど？？？　こっちの白い四角はなに、まさか卵白やバターの塊ではないよね……？」

「豆腐だよ大豆を何とかしたヤツ。多分字面《じづら》は見ない方が良《い》い、作り方を知らないヨーロッパの人だと意味もなく拒否反応が出るだろうから」

「トーフ……？？？」

やっぱり英語その他諸々《もろもろ》では変換しにくい言葉らしい。共通トーンとかいうのが迷子になっていた。日本以外でもアジア圏なら普通に外国語が存在しそうな代物だが、角が五つの星くずと一緒にホウキで夜空を飛ぶ魔女達の女神の地元はそっち方面ではないようだった。

「あむあむ。白菜、お豆腐、味染《あじし》み系《けい》ならお麩《ふ》とかもイケるんだよ！　うまー」

結局はインデックスが美味《おい》しそうにガツガツ食べているから安心、と考えたのだろう。ただあの食欲魔王の場合は腹が減ったら火にかける前のポップコーンであってもガリガリ齧《かじ》って食べてしまうから（注、アマチュアが覚悟もなく手を出すと歯が欠けます☆）舌については全く信用できないのだが。

不思議そうな顔をしながらも、箸の先で誘われるままはむはむ口を動かしていくアラディア。見目《みめ》麗《うるわ》しいお姉さんが製法不明なナゾの食材を言われるまま食べてくれる画《え》ヅラは、冷静に考えると結構な事ではないか。これが悪趣味方向に全力で舵《かじ》を切《き》ったSF映画やサイコホラー小説なら今頃とんでもない大オチへの伏線ができているところだ。

……敵同士から始まったとしても、そういう方向の騙《だま》し討《う》ちをする人間ではない。そんな風に、ある種の信頼でもしてくれているのだろうか。

「これは知っているわ、ネギ」

「逆に英語で長ネギってなんていうの？　タマネギがオニオンなのは分かるけど」

「近いのはスカリオンとか？」

「ダメだ言葉の変換が追い着かねえ。新型地対空ミサイルのコードネームにしか聞こえん……」

文化なんてそんなものかもしれない。

キャロットとかも字面《じづら》だけ見ると何故《なぜ》かカワイイ系の印象が漂うし。

「ネギは魔女にとって馴染《なじ》みのある野菜ね。ガーリックやジンジャーと同じくらい、様々な薬品の起点となる代表的な薬効植物だから」

そういえば、本物の魔女は二本の足が生えていて土から引っこ抜くと絶叫するような植物ばっかり扱っている訳ではない、という話だったか。

「ネギが薬に、ねえ」

「何でも使えるよ。例えばタマネギとトマトがあれば、間抜けな王侯貴族が一〇倍の大きさの金塊と交換したがるほど稀少《きしよう》な薬《くすり》を作り出せるしね？」

「(……つまり単なる魔女《まじよ》の媚薬《びやく》だろうが。そういう分かりにくいセクハラボケがこの究極《きゆうきよく》朴念仁《ぼくねんじん》に通じるとでも思ってんのか？)」

「？」

上条《かみじよう》はきょとんとしていた。

魔神に超絶者《ちようぜつしや》。魔術のてっぺん同士の会話だと流石《さすが》についていけない。

アラディアは縛られたままもじもじ。どうやら食べたがっているようなので、ツンツン頭は大きなお鍋からいったん自分のお茶碗《ちやわん》に盛ったネギを改めてお箸で摘《つま》んでアラディアの口元に差し向けてみる。

「しっかし意外なトコで繋《つな》がってるものなんだな、ネギが薬になるなんて」

「まあ、ネギやショウガは風邪薬レベルの基礎薬品から世話になるし」

「あっはっは。そうそう、確か風邪を引いたら長ネギを××の穴に突き刺すとかいうアr」

日本の伝統を口走った瞬間にミノムシアラディアからドロップキックが飛んできた。

どうやらお食事中にはごっちゃにしてほしくなかったらしい。

3

そして困った時間がやってきた。

お風呂《ふろ》である。

「……いやあの、ここで議論が挟まる事自体がすでに心外だけど」

夜と月を支配する魔女達の女神アラディアさんが頭痛を堪えながら切り出してきた。

「困ったも何も、素直に全身のダクトテープを剝がしてわたくしがお風呂《ふろ》に入れば済むだけの話でしょう……？」

対して上条《かみじょう》、インデックス、オティヌスの三人は顔を見合わせると、

「いやでも、だって手と足のダクトテープ解いたら絶対逃げるし」

「暴れるかも」

「貴様は超絶者《ちょうぜつしゃ》サマなんだろ？　下手したら腹いせで面白半分に街とか国とか壊されるぞ」

何故《なぜ》かオティヌスだけはドSっぽい香りがあるのはさておいて、だ。

現実路線でシミュレーションしてみよう。

まず大前提として、アラディアはこう見えて渋谷《しぶや》で大パニックを引き起こした超絶者《ちょうぜつしゃ》の一人だ。下手に後ろ手や両足首のダクトテープ拘束を解くと、元の力を取り戻しかねない。

「それでも無理にダクトテープを剝がすとなると、だ」

「……無理にじゃなくて、当然の権利だと思うのはわたくし一人？」

「そうなると、お前の力を抑えておけるのは俺の幻想殺《イマジンブレイカー》しだけになる。つまり、こう、常に一緒に手《て》を繫《つな》いだままアラディアにはバスルームに入ってもらうしか……」

「この狭いバスルームで赤の他人と混浴とかナメてるの？」

なんかオティヌスは超ニヤニヤしながら、

「湯船を隠すように間にシャワーカーテンを引けば大丈夫だよえっちなアクシデントなんか何も起きないよ」

「何かの前フリみたいな説明はやめてってば!?　ヤバい、一〇分後の悲惨な未来が脳裏にありありと浮かんでくるし!!」

「ならどうすれば良いと言うんだ」

一番根っこの大前提として、今日はもうお風呂《ふろ》に入らないという選択肢はないらしい。魔女達の女神アラディアはお年頃の女の子ちゃんなのだ。何かあれば噛《か》みつき上等なインデックスさえも、ここ自体には異を唱えたりしない。

そうなると、

「やっぱりダクトテープで両手足縛ったままお風呂《ふろ》に入ってもらうしかないんじゃないか？

色々な安全的に」

「それで湯船に放り込まれたらわたくしは愉快な水死体になりそうだけど⁉」

「いやだから」

上条《かみじょう》は適当にタオルを掴《つか》んで、

「アラディアはそのままで、濡《ぬ》れタオルでも使って他の人の手でごしごしと」

提案にアラディアがおののいた。

結構本気で顔が青くなっている。

「まさか、貴方《あなた》がそれをする訳じゃ……？　おい男、いくら何でもそこまで天然でセクハラ魔王な訳じゃないでしょう⁉　ねえってば⁉」

「そもそも俺と一緒にお風呂《ふろ》は嫌だからあれこれ話し合っているんじゃなかったのか妄想爆発ドスケベ魔女」

冷静にツッコミを入れたら女神様がどったんばったん床で暴れた。ダクトテープぐるぐる巻きのミノムシモードなのであんまり怖くないが、油断して拘束を解いたら何をされるか分かったものではない。実際に上条《かみじょう》は殺されているのだ。

上条《かみじょう》はタオルを別の人に差し向けた。

きょとんとしているインデックスだ。

「例えばほら、こいつに頼めばまだセーフなのでは？」

「……、まあ、そういう訳なら」

不承不承、といった低い返事。

ところでAとBを天秤《てんびん》に乗せる『葛藤』には、マイナスとマイナスを見比べてどっちがマシかと考える、不毛なものも含まれる事をご存知だろうか。さらに言えば、本命の意見を受け入れさせるため、まず強大な別のマイナスをぶつけてから一回り小さなマイナスを提示する事で納得させる……といった交渉術が存在する事も。

そう、男の子の上条《かみじょう》よりは、という点だけで選択をしてしまったアラディアは、そもそも根本的なところを見失っていたらしい。

……この後、手足を縛られた不自由な状態のまま第三者の手で体をごしごしされる、というおかしな体験が待っている事にまで頭が回っていないようだ。

なのでこうなった。

『あっひゃっひゃっひゃ!?　待っ、ちょっと待ってそんな所に手を差し入れないでっ、ふっふ

ひ、お願いもうちょっとだけデリカシーを持っへってばあ!!⁉??』

『うるさいいいからじっとしていろなんだよ』


三〇分後。

すっかり美肌仕様で全身はピカピカ、長い銀髪の先までお手入れされてしまったアラディアがぐったりしながらバスルームから這《は》い出《で》てきた。

手足をダクトテープ拘束されたまま、息も絶え絶えに超絶者《ちょうぜつしゃ》が語る。

「……こ、ころして。おねがい誰かわたくしを殺ひてちょうらい……」

「なあオティヌス。アラディア何でこんなにダメージ喰《く》らってんの？」

「宿敵十字教《じゅうじきょう》のシモベの手でいいように全身まさぐられたのが魔女的には絶対に許せなかったんだろう。見ている側はひたすら面白いだけだが」

時間的には夜の一〇時を越えている。

何となく点《つ》けていたテレビの方はそろそろ深夜枠へノリが移行する時間帯だ。具体的には、お笑いはお笑いでも舞台やネット動画中心のマイナーな人達がお正月特番の枠をもらって頑張っている。前日の三一日からほとんどオール状態だったせいか、こんな時間なのにもう眠い。インデックスはさっきアラディアと一緒にお風呂《ふろ》へ入ったからよしとして、

「……俺は今日シャワーだけで良《い》いかなー、とにかく眠い。オティヌスお前はどうする？」

「ふざけるなよ洗面器に湯は張ってもらう。今日はぬるめでのんびり浸《つ》かりたい」

「はいはい。あふぁあ、終わったらこれだけ飲んで寝るかー」

？　とインデックスとオティヌスが疑問の視線を投げてきた。

上条《かみじょう》は眠そうに目元を擦りながら、

「甘酒。こんな時くらいしか飲まないだろうからな」

ところで。

実践魔女《ウイッカ》の権化《ごんげ》、魔女達の女神アラディアは植物、動物、鉱石など森の中にあるあらゆる薬効成分を取り出して己の術式に転換する魔術師という話だ。つまり、薬の効きが悪いと術式の実行に支障が出る。あらゆる薬品に対して過敏な体になっておく事は、自分の薬を役立てる上でも、敵対する魔女の手口を暴《あば》く上でも、両面で役に立つのだとか。

問題なのは、そういう事情を知ったのは全部終わった後だった、という点だった。

つまり高校生が口にしても問題ない、酒粕《さけかす》を使っていない甘酒の一杯でアラディアが大変な事になった。

「ひっく、うええ？」

「おいマジかアラディアの顔真っ赤になってるぞ‼⁉⁇」

ひっくひっくと不規則に肩を震わせているアラディアお姉ちゃんを見て、思わず上条《かみじょう》が絶叫していた。だって理屈に合わない。強い弱いに関係なく、そもそも酒粕《さけかす》なんぞ使っていないと言っているのに何でアラディアは勝手に自分を見失っているというのだ⁉

コタツの上に陣取るオティヌスは呆《あき》れたように息を吐いて、

「……こいつは薬効成分どうこうというよりプラシーボ効果だな。つまり、思い込みの力が人より強い。まあこれも、自覚的に制御さえできれば薬品系の魔女にとっては十分以上の武器に転換できるんだが」

「見た感じ思いっきり自分で自分に振り回されていますけどほろ酔いアラディアさん⁉」

「だから『自覚的に制御さえできれば』と言っているだろう人間。自己《じこ》憑依《ひょうい》系《けい》の依代《よりしろ》が『神を降ろした』と勘違いして己の自意識に呑《の》まれていくのと同じように、大抵この手の思い込みは弊害の方がデカい。気をつけろよ、ノンアルコールで物理的に酔っ払えるレベルの自己催眠パワーだぞ。こいつ扱いを間違えると想像妊娠くらい普通にやりかねん」

ひそひそ言い合っている間も、当のアラディアはこっちのやり取りに気づいていないようだった。フローリングの床へ力なく座り込んだまま――――そう、正座横崩しもしくは人魚モードとも言う――――何もない場所を睨《にら》みつけて、右に左にふらふら体を揺らしている。

「ふにゃー。にゃんにゃんにゃにゃーん♪」

「歌い始めた」

「おらー。手足を縛って自由を奪っているんだからそっちでお世話してってってばーあ？　そもそもわたくしは皆に傅《かしず》いてもらえる魔女達の女神よーこんちくしょう、ひっく」

「横からのしかかってきた⁉　ぐわあーっ‼」

「甘えん坊大作戦」

「脈絡よ。アリスといいボロニイサキュバスといい、超絶者《ちょうぜつしゃ》ってのは基本的にこういう自由気ままスタイルなのか……？　アラディアやっぱりダクトテープ拘束解いたらヤバい‼」

　両手を後ろ手に縛っていてもこの大暴れだ。しかも上体を横に振っただけの雑な体当たりで上条《かみじょう》を押し倒し、ツンツン頭とはクロスを描いたまま呑気《のんき》にすやすや寝息を立て始めている。どうやらボディプレス魔女アラディア、酔っ払うとハイテンションで瞬間放電して即座に電池切れになるお姉さんらしい。暴れるだけ暴れて後始末丸投げという一番面倒臭い人種だ。

　あのインデックスが反射的な噛《か》みつきをちょっと躊躇《ちゅうちょ》していた。シスターさんとしてもジヤッジが難しい状況らしい。

「ぐるぐる、とうまこの人どこに寝かすの？」

「ちくしょう超めんどくせえ……」

　仰向けのまま、呻《うめ》くように上条《かみじょう》が呟《つぶや》く。

　いつもの割り振りだと、インデックスはリビング側、上条《かみじょう》はバスルーム側だ。べろんべろんのアラディアはどうしよう……？　という話になった。なんていうか、このモードの泥酔者《でいすいしゃ》はどっちにも置いておきたくない。

魔女さんの下からずりずり這《は》い出《で》た上条《かみじょう》は、改めてアラディアの両脇に手を通してフローリングの床を引きずりながら、

「人間って重いっ。うーん、となるとやっぱりクローゼットかなあ……？」

「何となく個人の空間を壁と扉で区切ると安心するのは分かるが、頑丈な耐水性のダクトテープで手足縛った女をクローゼットに収納とか、もはやこの世界に人権はないな人間」

ぐにゃぐにゃになったアラディアは完全に無抵抗だった。今なら奴隷船に乗せても文句を言わなそうなので、タタミ一畳分もないクローゼットの中にぐいぐい押し込んでいく。

「はあっ、これでようやくの一安心だ」

言った途端、閉じた扉の向こうからゴヅンという重たい音が聞こえてきた。さらには酔ったお姉さんの呻《うめ》き声《ごえ》がついてくる。

『むー』

「……ほんとに大丈夫だろうな、これ？　超絶者《ちょうぜつしゃ》サマの謎の魔術の大暴走とかで、寝ている間に学生寮が潰れているなんて話にならなきゃ良《い》いけど。こう、フォークの使い方を間違えたミルフィーユみたいにぐしゃっと」

「とうま寝る前に食べ物の話はダメ、お腹《なか》すいてくるでしょ」

「男子寮に私込みで女が三人、ペット不可の物件だっていうのに猫が一匹か……。これで扱い

が学生寮というのだから恐れ入る。ほんと学園都市《がくえんとし》の大人達はどこで何をしているんだ……？」

4

とにかく散々な一日だったので、バスルームに閉じこもった上条《かみじょう》はなかなか寝つけなかった。眠いのに眠れない、というあの状態だ。体が疲れているのに心の方が妙に昂《たか》ぶっている、とでも言うべき状況。こういううつらうつらの時はどうしたって眠りが浅くなるので、変な夢を見たり金縛りに遭ったり、と入眠時の愉快な現象に巻き込まれる傾向も自然と高くなる。

夢にアラディアが出てきた気がする。

もちろん覚えていないんだから何の確証もない。後から適当な人影にアラディアの像を重ねて当てはめているだけかもしれない。そういえばこれが初夢になるのかな？　とはぼんやり考えたけど。

とにかく気がついたらおじいちゃんスマホのアラームが鳴っていて、窓のないバスルームで朝の到来を知らせていた。

冬休みだから切っておけば良かったと思う前に、すべすべした変な柔らかさを感じた。しかも毛布の中からだ。

「うっ⁉」

ここまでの破天荒はインデックスやオティヌスではありえない。バスルームには内鍵がかかるため、夜行性の三毛猫もここまでは遊びに来ない。そもそもスフィンクスはふさふさ系だ。だとすると、考えられる容疑者は一人しかいなかった。

「アラディ
「ぶっぶー。違いますし、せんせい☆」

結構本気で飛び上がった。

二度三度と上条《かみじょう》の全身が震えで跳ね上がると、同じ毛布の中にいる小さな少女は新しい公園の遊具でも見つけたようにきゃっきゃ笑って引っついてくる。

アリス＝アナザーバイブル。

一二歳くらいの、絵本の世界から飛び出てきたような金髪少女だ。

どうした、どうやってここまで入ってきた⁉　寮の玄関はもちろんバスルームにだって個別に鍵はかかるのに！　いやまあ、確かに初めて会った時もこんな感じだった気がするけど、前例があるからって何でもかんでも不条理を受け入れてはならない‼‼‼

一月二日。

朝っぱらから自分の命とか世界の行方とかが関わる超絶者《ちょうぜつしゃ》との対話が始まった。

「なに、え、全体的にどういう事っ？」

「むー。少女はせんせいのために眠い目を擦って早起きしてきたのですし」

「なにしにきたの」

「お年玉!!　プリーズですしっ!!」

くそおーっ!!!!!!　と上条《かみじょう》は絶叫した。軽々しく聞くんじゃなかった。パンドラの箱の蓋を開けてしまった気分だが、アリスの小さな見た目だと正統派おねだりなので断れない。金髪碧《きんぱつへき》眼《がん》の外国人（？）なのだから、日本の文化を体験させずに帰らせるのもばつが悪い。

「うう、くそ。ほらアリス、あけおめー。袋はないからこれで良《い》い……？」

「わーい、少女のはじめてなので!!」

朝っぱらから心臓に悪いコメントが男子寮の密室から全世界へ発信された。ていうか根本的に、何で高校生の上条《かみじょう》はお年玉をもらう方ではなくあげる側に回っているのだろう……？

青系のワンピースの上からエプロンをつけた少女。

毛布から出てきたアリスは同じバスタブでにこにこしながら、

「昨日はバタバタしていましたけど、いくらか余裕が出てきましたので、せんせいをご招待する事ができるようになったんですよ？　少女達の秘密基地へ!!」

「……、」

リアクションに困った。

橋架結社学園都市内領事館《はしかけけつしやがくえんとしないりようじかん》。それはまあ、全ての中心に立つアリスから見れば楽しい楽しい秘密基地だろうが、あそこに行っても大丈夫なものだろうか？　オティヌスの話では、領事館の中は学園都市《がくえんとし》のルールが——それこそ、たとえあからさまな犯罪であっても——通じない的な話があったはずだが。

とはいえ、ここで会話を断ち切ってしまえばそこでおしまいだ。

安全策を選ぶだけではひたすら下流に流されていく。

それでは何も好転しない。

雲川芹亜《くもかわせりあ》がせっかく仕掛けてくれたＧＰＳ発信機の利点は、アリス側から学園都市《がくえんとし》にやってきた事で消滅した。これも彼女の気紛《きまぐ》れ。何かの拍子にアリスが飽きて立ち去ってしまえば、二度と捕まえる事はできなくなる。

どんな意図があれ、あのアリスが目の前にいる方が奇跡的なのだ。

アラディアの処遇だって気になる。アリス達『橋架結社《はしかけけつしや》』は負けた超絶者《ちようぜつしや》をどのように扱うのか。それ次第で、アリスとの関係も大きく変わってしまう。

考え、そして上条《かみじよう》は決断した。

「分かった。アリスの秘密基地まで案内してくれ」

「むー」

いきなりアリスの声が不安定に低くなった。

危険な兆候、かもしれない。

言っている言葉は間違っていなかった。だけど、そもそも返答までに空いた一秒未満の小さな『間』が許せなかったらしい、と遅れて上条《かみじょう》も気づく。そういう空気の違いは、小さな子供の方こそ敏感だ。

「まあ良《い》いですけどっ」

「アリス、うう、そういえばお前朝ご飯は？」

「食べてきましたし」

ようやっとアリスが上条《かみじょう》の毛布から出てくれた。

彼女と一緒にバスルームを出て、ツンツン頭がまず確認したのはクローゼットだった。昨日と同じ格好で、縛られたままアラディアが窮屈そうな感じで瞼《まぶた》を開ける。

「うう……？　なに、何でわたくしこんな所に。というかここどこ？？？」

まだ寝ぼけているようだ。昨夜の破滅的な経緯は話さない方が良《い》いかもしれない。

それは同時に、

「？」

上条《かみじょう》の視線を受け、きょとんとしたまま小首《こくび》を傾《かし》げるアリス。

……本気でアラディアの口を封じるつもりなら上条《かみじょう》のバスルームへ忍び込む前にいくらでも

できたはずだ、でもアリスはそうしていない。ひとまずの安心材料と見ても良いだろうか？

もそもそ起きてきたインデックスやオティヌスのご飯を作らないといけない。

「とうまー、今日はパンなのご飯なの？」

「うわまた誰か増えてる!?　おい人間っ」

前日の鍋と違ってトーストと目玉焼きにサラダを添えた程度のお正月気分ゼロの朝ご飯だったが、見ている間にアリスも交じってきた。すでに朝ご飯は食べてきたはずだが、なんだかんだでアリスも焼いた食パンにチョコペーストを塗っている。インデックスと同じで、あればあるだけ食べる人のようだ。

『第二学区火器博物館で温故知新の兵器展が開催されております。係員の指導の下で本物のアハトアハトやPIATなどに直接触れられる貴重な機会という事で……』

「はー、ほおー、すごーいなので」

「アリス、テレビへ前のめりになってないでちゃんと手元見て、とんでもないトコまでチョコペーストが延びてる延びまくってるコタツの一面があ！」

というか、だ。

上条《かみじょう》としてはこっちのお世話もしないといけない。

「アラディア、お前はバターで良《い》い？　それともイチゴのジャム？」

「……、」

「ほら行くぞ例のヤツ。はいあーん」

「一昼夜を経てもこの悪夢みたいな扱いは変わらないようだけど……。あむ」

ほとんど介護的な気持ちで（後ろ手に縛られた）アラディアの世話をしている上条《かみじょう》だが、じーっという視線の圧を感じた。

なんかコタツの一角を占めたまま、アリスが上体だけぐりぐり動かして準備運動をしている。

「少女もあれやってほしいのですし、ふんっふんっ」

「え、ダクトテープで縛るヤツ？」

「うりゃー☆」

分からず屋の肩を目がけて笑顔で小さなパンチが飛んできた。

直接喰《く》らった上条《かみじょう》よりも、傍《はた》で見《み》ていたアラディアの方が座ったまま物理的に三センチくらいお尻が床から浮いていたが。

「食べるヤツ食べさせるヤツ！　やっぱりご飯は楽しく食べるのが一番なので‼」

本当に望んでいる事なのか、人の真似《まね》がしたいだけなのかは上条《かみじょう》から見てもいまいちはっきりしない。わざわざ拒否して怒らせる理由も特にないので、ついでに上条《かみじょう》はアリスにもトーストを食べさせてやる事に。

「はむはむ、これ食べたら行きますし」

「……、」

「少女達の秘密基地、第一二学区にある領事館へ!!」

5

同じ冬休みであっても、一月一日と二日は微妙に空気が違う。

初詣のラッシュも終わってどこか緊張の糸が緩んだような、谷の時間帯。いっそ三日や四日になれば帰宅の混雑が始まってまた賑《にぎ》やかになるかもしれないが、今だけは違う。今時は元日だってコンビニも牛丼屋も開いているものだが、それでも昔からあったであろう年始の休日感は、この一月二日にこそ凝縮されているのかもしれない。上条《かみじょう》には去年の記憶なんてないので対比のしようはないのだが。

上条《かみじょう》が窓の戸締まりやガスの元栓を確認している間、頭に三毛猫をのっけたインデックスとアリスを先に部屋から出しながら、

「ここ出ていった後はどこで何食べていたんだよ?」

「ふふー。『旧《ふる》き善《よ》きマリア』にあれ作ってもらっちゃいました、七面鳥にフライドポテト、それからふわふわシフォンケーキ!!」

「とうま」

「やめて完全記憶能力におねだりストック溜《た》めていくのほんとやめて」

余計な入れ知恵されるとご覧の通り、インデックスが作れ作れと騒ぎ出す。きちんとレシピを紹介してくれるお料理番組ならまだいい、だけど完全記憶能力の人に都会の美味《おい》しい名店紹介系のグルメ番組を観せてはならぬの法則が働いていた。

そんなまったり二日の空気の中、だ。

「(……おい人間)」

「(一応分かってる、って言いたいけど、戦争の神様とおんなじ目で状況を眺めていられる自信はないぞ)」

まず大前提として、アリスのお誘いは断れない。そうした場合彼女は上条《かみじょう》が言い含めれば諦めてくれるかもしれないが、アリスのご機嫌を取りたい複数の超絶者達《ちょうぜつしゃたち》がどんな行動に出るか全く読めなくなってしまう。

誰かを殺したり人質に取ったり、学園都市《がくえんとし》を半分くらいぶっ壊したり。

そこまで深刻にやらかしてから超絶者達《ちょうぜつしゃたち》が総出で『アリスと一緒に遊んで☆』なんて要求されたら流石《さすが》についていけない。

そしてこれは同時に、考えなしにアラディアを手放せない、という意味も含む。

命を狙われているアラディアを『橋架結社《はしかけけっしゃ》』の拠点まで連れていくのは危険に決まっている。が、学生寮はすでに知られているのだ。ここで(ダクトテープぐるぐる巻きで)お留守番を任せた場合、アリス以外の超絶者《ちょうぜつしゃ》が別行動で部屋を襲ってくるリスクは低くない。

これで正解か？

本当に見落としはないだろうか？

……魔術結社としての利害や計画性とは別にアリスの気紛《きまぐ》れという要素が強過ぎて、いくら考えてもいまいち自信が持てない。

「はあ、外に出る方がまだ良いわ……」

おんぼろエレベーターで下まで下りて表に出ると、アラディアは白い息を吐いてそんな風に呟《つぶや》いていた。それから自分の左手へ忌々《いまいま》しそうな目を向ける。いわずもがな、幻想殺《イマジンブレイカー》しの右手でがっつり握手されたままだからだ。

「……後はこれさえなければ良いんだけど」

「流石《さすが》にダクトテープぐるぐる巻きにして山賊スタイルで持ち運ぶんじゃ目立つからなー。スーツケースとか、宅配の人が荷物運ぶのに使ってる四角い台車とか、重たいものを簡単に運べて外から見ても目立たない仕組みについても調べておかないと……」

「努力の方向が間違っている事にどうか気づいてちょうだいッッ‼」

総毛立つアラディアだが、傍《はた》から見《み》れば仲良しモードらしい。犬の散歩中のおばあちゃんがこっちを眺めてにこにこしていた。知らない人とおめでとうございますを言い合う上条《かみじょう》。

と、

「むー。アラディアばっかりずるいですし」

反対側からアリスがそんな事を言ってきた。上条《かみじょう》が何か答える前に、小さな女の子が横から全身で体当たりしてきて、そのまま左腕にしがみついてきた。

「ふふー、それじゃこっちの手は少女のものなので！」

「あの、アリス？」

「？」

こっちを見上げてにこにこしているアリスはいつも通りだ。行き場を失ったインデックスが、右に左にとうろうろしている事にも気づいていないらしい。おかげで頭の上の三毛猫は落ちないよう必死だ。

上条《かみじょう》は恐る恐るといった感じで、

「……アリスは、アリスで良《い》いんだよな？」

「えへへー☆」

何故《なぜ》だかアリスはくすぐったそうに身をよじっていた。名前をたくさん呼んでもらって照れているのかもしれない。

これだけ見れば、やっぱりアリスはアリスだ。

一二月二九日。正体不明だけどその力で『暗部』に呑《の》まれようとしていたみんなを守ってくれた頼りになる女の子だった。アンナ＝シュプレンゲルと共に立ち去り、もう一回会える保証なんてなかったのだ。何もなければ、上条《かみじょう》はこの子にしがみついて身も世もなく泣き出していたかもしれない。

ただ、

「……、」

びくっびく、という小さな震えがあった。

アリスの反対側。つまり右手で握手をしているアラディアの方からだ。一二月三一日、渋谷《しぶや》であれだけの事をした超絶者《ちょうぜつしゃ》アラディアが、まるで両親から叱られるのを怖がって自分の家に帰れない小さな子供みたいに震えている。

それがアンバランスで、奇妙で、どうしても流しておけない。

アリス＝アナザーバイブル。

あんなに優しかったボロニイサキュバスさえ暴君アリスなどと呼んでいたが、実際問題、この子は一体何を抱えているんだろう？

「とうま、またでんしゃーに乗るの？」

「すげえよ俺。年末の金欠状態が嘘《うそ》みたいだ、ふはは当たり前にお金が使える……」

『橋架結社《はしかけけっしゃ》』の新たな本拠地。

謎の領事館は、地下鉄で二〇〇円も払えば誰でも行ける第一二学区にあった。

「じゃーん!!　ここですし」

自分のスカートも気にせずぴょんぴょん跳ねて、アリスはとびきりの笑顔でそう言った。

他の学区なら間違いなく目立っていただろう。だけど巨大なピラミッドや五重塔《ごじゅうのとう》が節操なく同居している遊園地みたいな第一二学区なら、逆にありかなと思ってしまう。そんな外観。

具体的にはサッカーグラウンドより広い芝生の庭園に、敷地内側にある門の奥には白い大理石を基調とした遊園地のお城みたいな建物があった。ただ、ゴシック式とかナニナニ庭園とかきちんとした様式に従っている訳ではないのだろう。なんか全体的に現実味がなく、空間全体が遊園地っぽかった。敢《あ》えて言葉でまとめるならホワイトハウス的な白亜の官邸を中心に据えた上で、あちこち無節操に尖《とが》った塔が増築されている、とでも言うべきか。左右の対称も崩れているし。

アリスの話では、中心の白亜の建物も平べったいけど一応は塔と呼ぶらしい。城の中で、特に主の居住及び行政機能を集約した施設。主塔または大塔、カタカナではドンジョン。

辺りで咲き乱れているのは薔薇《ばら》の花《はな》だろうか。一見すると赤い薔薇《ばら》の園《その》のように見えなくもないが、よく見ると白い造花を後から赤く塗り分けたものらしい。まだ準備期間なのか、作業の途中で放《ほう》ったらかしにされているエリアもある。というか城や神殿なんて普通に石を積んで建てたら一〇〇年経《た》っても完成しないものだってあるはずだが、これは何をどうやって誰にも気づかれずに用意したものなんだろう？

薔薇《ばら》。

白から赤への変色。

季節外れのミツバチは農業用品種改良なのか。その色は黒と黄。

無人の街と化したロサンゼルスの戦いでもそんな配色を見かけなかったか？

「……、」

もっともらしい事を頭に浮かべようとして、しかし上条《かみじょう》は首を横に振った。R&Cオカルティクスやアンナ＝シュプレンゲルと何度か直接ぶつかっているが、自分の命がかかわる以上はやはり分かったつもりが一番怖い。魔術の専門家ならインデックスやオティヌスがいるし、そもそも『橋架結社《はしかけけっしゃ》』側《がわ》のアリスやアラディアがいるのだ。変な想像よりも、彼女達から話を聞いて情報を取捨選択した方がはるかに有意義だろう。

実際、魔術や詐術の他に戦争の神でもあるオティヌスは、違う所に目をつけたらしい。

「(……領事館という話だったが、これだと構造的には要塞か、あるいは前線に設営する攻めの城だな。となるとやはり敵地の内側に堂々と作った橋頭堡《きょうとうほ》か)」

「おや」

庭園で、出入りの業者に包装紙や緩衝材で包まれた巨大な彫刻の設置場所をあれこれ指示出ししていた青年がこちらに気づいたようだった。

黒髪に燕尾《えんび》服《ふく》。時代がかった黒の外套《がいとう》。

それからまだ若い(?)のに地面をついている、つるりとした光沢の黒《くろ》い杖《つえ》。

どこか陰鬱な印象のある青年執事だ。

「……アリスを直接突きつけられて逃げ場を失ったとはいえ、まさか本当にのこのことこんな所へやってくるとは。しかも、同じ『橋架結社《はしかけけつしゃ》』のアラディアまで連れてくるだなんて流石《さすが》に予想外でした」

「アンタは……」

「H・T・トリスメギストス」

懐《ふところ》から革の手帳を取り出し、青年執事は静かに語った。

「そういえば昨日はわざわざ名乗りませんでしたね。一般的に考えればお分かりの通り、超《ちょう》絶者《ぜつしゃ》の一人ですよ」

握手はなかった。手帳のせいかどうかははっきりしない。

彼もまた『橋架結社《はしかけけつしゃ》』の一員。つまり世界をより良《よ》い方向へ変化させるため、同じ超絶者《ちょうぜつしゃ》同士で会議を重ねている特別な魔術師の一人だ。そしてアリスの気紛《きまぐ》れを誘導させかねない——と彼らが勝手に信じている——上条《かみじょう》の存在を快く思うはずもない。

頭に三毛猫を乗せたインデックスは眉をひそめて、それから口の中で何か呟《つぶや》いていた。

「……トリスメギストス？」

「ですし!! H・T・トリスメギストスはすごいんですよっ、紅茶《こうちゃ》を淹《い》れたら世界一なので。あと少女の服を畳んでくれますし、脱いだ靴も揃《そろ》えてくれるんですし！」

「それくらい自分でやってくださいよ、アリス」

　言いながらも青年執事は膝を折り、今のぴょんぴょんで泥が撥《は》ねたアリスのスカートの染《し》み抜《ぬ》きをする。ハンカチ、洗剤はもちろんドライヤーで乾かしてアイロンまで押し当てていた。

　ていうか、あれ？

　あんなにどこから出てきた？？？

「（ビビるな人間、あれくらいなら手品師でもできる。釣り具入れや飛び出す絵本みたいに、外套《がいとう》の内側に収納ケースを多数仕込んでいるとかな）」

「えと、アリスの教育係とか？」

「いえまさか。私なんて所詮は下働きの一人に過ぎません、敬愛する我が主君にそこまで影響を与えられるなどとは思っていませんよ」

　当のＨ・Ｔ・トリスメギストスは魔術の全てを暴《あば》く魔道書図書館の視線を受けても、意味ありげに微笑《ほほえ》むだけだ。

　上条《かみじょう》としては、超絶者《ちょうぜつしゃ》に再び会ったらまず聞いてみたい事があった。これは上条《かみじょう》の顔色を見ていくらでも答えを変えてしまいそうなアリスでは逆に頼りにならない。

　つまりこうだ。

「ぼ、ボロニイサキュバスは？　大丈夫なのか……？」

「中にいますよ。ただまあ、一般的に考えれば今は安静にしておくべきですけれどね」

　ホッとして……良《い》いんだろうか。これは。

救出派か、殺害派か。

Ｈ・Ｔ・トリスメギストス。彼は果たしてどっちだろう？

青年執事はアリスを出迎えつつ、自分達で構築した領事館を腕一杯に誇示して、

「アリスといえばお茶会ですが、原作では森の中にある家で漠然とやっていますからね。それもこの家自体には入れずに、表で。一般的に考えて舞台装置としてのハイライトはやはり、処刑処刑と連呼するトランプの女王が出てきてからでしょう。女王の城、あるいは裁判所。これ以上のものはございません」

上条《かみじょう》の胸に、目には見えない鈍いものがゆっくりと刺さってくるようだった。

思わずアラディアの手を強く握り込んでしまう。何かの合図かと勘違いしたのか、目を白黒させて無言でこっちを見る魔女達の女神だが、そういう計算なんかない。

処刑。

それに、裁判所。

……彼ら『橋架結社《はしかけけつしゃ》』は、負けた魔女達の女神アラディアをどう扱うつもりなのだろう。連中が学園都市《がくえんとし》まで来た理由は不明だし、アリスの気紛《きまぐ》れ成分《せいぶん》なら理由なんてないかもしれないが、それでも情報漏洩源《じょうほうろうえいげん》になりかねないアラディアをそのままにしておくとは限らない。

アリスはアリスで、そういう事とか全く気にしていない笑顔で、

「Ｈ・Ｔ・トリスメギストス！　少女はせんせいに秘密基地を案内したいのですし。でもただ

見て回るだけじゃつまらない!! 何か面白い遊びはありませんか? ほらほら宝探しとかっ、陣取りゲームとか! みんなで遊んでいると自然と施設を全部回っている系のヤツなので!!」

あっはっは、と笑いながら青年執事は映画のパンフやTRPGのルールブックを大量に取り出していた。紙の冊子は数がまとまると重たくなりそうなものだが。

「それなら一般的に考えて、こう言ってみると良《い》いですよ。『全ての秘密を暴いた者に私の遺産をごっそりやろうー』と」

「おおー、面白そうなのよ。じゃあ少女の力とか分け与えちゃおうっかなー? H・T・トリスメギストスすごーいですし」

「いえいえ。主君の望《のぞ》みが叶《かな》うようそっと支えるのが私の仕事ですから」

「じゃあざっくり半分くらいあげちゃおう!!」

ちょっと、というしっとりした女性の声が割り込んだ。

上条《かみじょう》がそう思った時には、すでにアリスの隣に別の誰かが立っていた。マタニティワンピースに、鍔《つば》の広い帽子で目線を隠す女性。やはり超絶者《ちょうぜつしゃ》の一角、『旧《ふる》き善《よ》きマリア』が小さなアリスのほっぺを指先で摘《つま》んで軽く引っ張っている。

意外にも、彼女は青年執事にではなく上条《かみじょう》に向けて声をかけてきた。

「……アリスはこのテンションで星の五割とかポンとあげちゃう人ですから、兆候が出てきたら羽交い絞めにしてでも止めてください」

「えっ、あ？　俺？　これ俺の話なの？？？」

「今のママ様達にはできない事だから、部外者のあなたに頼んでいるのですよ？」

ピリッ、と。

それだけで、全員の間に静電気にも似た緊張が走り抜けた。超絶者《ちょうぜつしゃ》連中はもちろん、インデックスやオティヌスも注意深く彼らの動向を観察している。

「？」

三毛猫さえ本能的に何かを感じ取って警戒しているというのに当のアリスだけが呑気《のんき》に首《くび》を傾《かし》げて、それから上条《かみじょう》の腕に改めてしがみついてくる。

切り出すのは怖い。

こうして一時的に捕まえているアラディアだって、三一日には手も足も出なかった。上条《かみじょう》は何度も殺され、超絶者《ちょうぜつしゃ》二人の反則に近い協力を得てようやくギリギリで勝てたほどだった。

もしも、何の助けもなく一人で戦場に放り出されたら？

あるいは一度に何人もの超絶者《ちょうぜつしゃ》がまとめて襲いかかってきたら？

というか根本的に、アリスが牙《きば》を剝《む》いたら……？？？

こっちはいつ誰に殺されるかも分からないけど、アリスのご招待を断ったら周りの超絶者《ちょうぜつしゃ》どもに何されるか全く予想できない状態だ。上条《かみじょう》は頭の中で情報をまとめながら、

「……この領事館っていうのも、そっち絡《がら》みの話なのか？　確かボロニイサキュバスのヤツも

言っていたよな。今、超絶者《ちょうぜつしゃ》の集まる『橋架結社《はしかけけつしゃ》』は俺の身柄をどうするかで救出派と殺害派で真っ二つになっているって」

「あ」

と、どこか間が抜けた響《ひび》きを洩《も》らしたのはＨ・Ｔ・トリスメギストスだった。

青年執事の視線は下、幼いアリスに向けられている。

彼女は音も感情もなく首《くび》を傾《かし》げて。

そして告げた。

「……ど、　う、　い、　う、　事、で、す、し、？」

ハッ⁉　と。

上条《かみじょう》は目を開けた。

慌てて首を何度も振って身を起こしていく。

それから今の今まで自分が芝生の地面に倒れていた事にようやく遅れて気づく。

（どうっ？　え、待って、いま、何が？　一体何がッッッ‼⁉⁇）

おじいちゃんスマホの画面を見ると、時間が一〇分くらい早送りされていた。

いいや。

アリス＝アナザーバイブル。彼女が低い声を放った直後、何が起きたのだ？　少なくとも上《かみ》条《じょう》の意識はどこかの時点でぶっ飛んでしまったようだが……。

見れば、だ。

H・T・トリスメギストス。あれだけ超然としていた青年執事は芝生の地面で尻餅をついていて、杖《つえ》とかどっか離れた場所に転がっていた。一体どこから取り出したのか、パニックのあまり全く役に立たない救命胴衣を両手でぬいぐるみみたいに抱き締めている。

『旧《ふる》き善《よ》きマリア』は何故《なぜ》かそっちを見ようとしない。

ガタガタという震えと甘い香りが五感を刺激したかと思ったら、アラディアが横から上条《かみじょう》にぎゅっとしがみついていた。悪夢《あくむ》に脅《おび》えてくまのぬいぐるみが手放せない小さな子供っぽく。

インデックスやオティヌスもどこかにいる、はずだ。この広い庭園だと、多分どっかの花壇か植え込みにでも体を突っ込んで全力で身を隠しているのだろう。

アリスだけが立っていた。

首《くび》を傾《かし》げたまま、いつもと同じ調子で少女は呟《つぶや》く。

「ですし？」

「はい！　はい!!　分かっております私達はとことん仲良し!!!!!!　一般的に考えて大切なお客様に対して無礼を働くような真似《まね》なんて絶対にいたしませんっ!!」

青年執事の声が完全に裏返っていた。

ボロニイサキュバスは言っていた。暴君アリスを唯一誘導・操作できるのは上条《かみじょう》だけだと。未《いま》だに何が何だかではあるが、確かに『こう』なら彼女が怖がる理由も頷《うなず》けなくもないか。

ともあれ、

「け、結論から言えば、私達の目的は上条当麻《かみじょうとうま》ではありません」

H・T・トリスメギストスは息も絶え絶えにそう言ってきた。

「一般的に考えて今回はより直近の、情報漏洩源《じょうほうろうえいげん》への対策にあります。つまりは同じ超絶者」

「っ」

「三一日の渋谷《しぶや》で色々話は聞いたでしょう。アラディアの他にも超絶者《ちょうぜつしゃ》と何人か接触したとは思います。……ですが、一般的に分かる通り今回の決定だけは覆《くつがえ》せない。ボロニイサキュバスも、『旧《ふる》き善《よ》きマリア』も、そしてそこのアリス本人も、この話はすでに結論を出しております。『橋架結社《はしかけけつしゃ》』を出ていった裏切り者には相応の報いを。これについては咎《とが》なき冤罪《えんざい》、という訳でもありませんしね」

「報い、だって？」

「そう」

ふっ、と。

青年執事の傍《かたわ》らに誰か立っていた。

一五歳くらいの女の子だった。ウェーブの長い金髪に褐色の肌、それら華奢《きゃしゃ》な痩身《そうしん》を飾るのは細いベルトや純金の装飾品だ。何となくネフテュス系というか、エジプト神話の女神サマとか踊り子さんっぽい香りが漂っている、と思ってしまうのはむしろ上条《かみじょう》の知識が乏しいからだろうか？

ご自慢な様子でアリスがぴょこぴょこ跳ねていた。

「ムト＝テーベ！　少女とおんなじ超絶者《ちょうぜつしゃ》なのよ‼」

……いよいよ一体ナニ神様なんだろう？　アリスやマリアくらいなら何となく名前を聞いた事くらいは――そのまんまで合っているか否かはさておいて――あるけど、アラディアやトリスメギストスなどになると字面《じづら》だけ見てもピンとこないレベルに達している。

アリスが自慢したがっているからだろう、青年執事が改めて口を開く。

「処罰に特化したエジプト神話系の超絶者《ちょうぜつしゃ》ですよ」

Ｈ・Ｔ・トリスメギストスからしれっと言われて上条《かみじょう》の背筋が凍った。

処罰。

ぎゅっと、こちらにすがるアラディアの手を強く握ってしまう。

「子《たみ》を守る母の記号を持つ超絶者《ちょうぜつしゃ》でしてね。彼女《きさき》は自分が決めたテリトリーを守るためなら何でもする女です。今設定されているのは当然、『橋架結社《はしかけけっしゃ》』となります」

つまり上条《かみじょう》にとっては超強そうなのに敵か味方かはっきりしない人だ。恐る恐るそっちを見たら、何故《なぜ》か褐色少女からぺこりと頭を下げられた。……さて、大変礼儀正しい殺し屋さんや戦争屋さんは歓迎するべきだろうか？　これはこれで上条《かみじょう》はちょっと扱いに困る。

処罰に特化した超絶者《ちょうぜつしゃ》。

褐色少女が寄り添っているのは、巨大でX字に突起を突き出した鋼鉄の柵……とは少し違う。鋭い槍《やり》を何本も何本も同じバインダーで留《と》めた塊なので、バリケードのように見えているだけだ。槍《やり》の穂先はガラス製で、得体のしれない蛍光ピンクの液体が中で揺れている。ただ一五〇センチくらいだと、槍《やり》としてのリーチはやや足りない印象もある。柄の真ん中辺りに手を添えてどつき合ったら刀や剣とあまり変わらないからだ。

おそらくは投《な》げ槍《やり》、その群れ。

特徴的な文言があった。全ての槍《やり》の柄には同じアルファベットが並んでいたのだ。

Drink_me、と。

「(……ふ、『不思議の国のアリス』絡《がら》みだわ、これ)」

「……、」

小刻みな震えを隠せないアラディアの囁《ささや》きに、上条《かみじょう》もまた沈黙してしまう。

「報いに処罰と、私は直接表現を避ける一般的で奥ゆかしい心の持ち主のつもりだったのですが、いっそ殺害とでも言ってしまった方が分かりやすかったですか？」

青年執事の言葉はあくまで冷静だった。

こつこつと杖《つえ》の先で神経質に地面を突きながら、

「超絶者《ちょうぜつしゃ》は、殺せる。それも処刑専門なら確定で」

はっきりと、Ｈ・Ｔ・トリスメギストスはそう言った。

やはりこれも手品の道具なのか、気がつけば細長い棺《ひつぎ》があった。大人の女性が収まるくらいのサイズ。あちこちに変なスリットがあるから剣とか突き刺す系の大道具かもしれないが。

「三一日の渋谷《しぶや》でお見苦しい戦いを見てきたあなたになら実感を持って理解できるでしょう？より具体的には、超絶者《ちょうぜつしゃ》から力を奪って弱体化させるのもその一つです。霊装『矮小液体《わいしょうえきたい》』。絵本の中では体を小さくさせる飲み物でしたが、おっと、そうやって弱体化した神を従えているあなたなら何の暗喩かはお分かりでは？」

一難去ってまた一難だ。

（とりあえず超絶者《ちょうぜつしゃ》総出で俺が袋叩《ふくろだた》きされる展開は避けたみたいだけど……。まずい、その矛先がアラディアに向けられちゃ諸手《もろて》を挙げて喜べないぞ）

上条《かみじょう》は視線を向ける。

優しいけれど気紛《きまぐ》れなアリスではない。三一日、上条《かみじょう》やボロニイサキュバスを助けるために無償で手を貸してくれた『旧《ふる》き善《よ》きマリア』の方だ。

アラディアにはアラディアの、ボロニイサキュバスにはボロニイサキュバスの、守るべきものがあったはずだ。なら、死者の肉体を心停止〇秒状態まで戻す『旧《ふる》き善《よ》きマリア』にも、そんな魔術師になりたいと思った理由が必ずあるはずなのだ。

しかし、彼女は上条《かみじょう》の視線を受けなかった。

大きな帽子を揺らして、すいっと顔をよそに逸《そ》らしたのは、あるいは上条《かみじょう》ではなく彼の腕に震えてしがみつくアラディアの目から逃れるためだったのかもしれないが。

(打つ手なしか……?)

歯噛《はが》みする。

それすらも相手に気づかれてはならない、という緊張が全身を包む。

(だとしたら、どうする。幻想殺し《イマジンブレイカー》一つでこんな超絶者《ちょうぜつしゃ》の群れに何ができる⁉)

そう思っていた上条《かみじょう》だったが、

「……ああ、違いますよ」

H・T・トリスメギストスは続けてこう言ったのだ。

ちっぽけな少年の勘違いを正すように。

「アラディアは確かにあなたに敗北してそれっきり、重要な情報を抱えたまま放置しておくのは組織としても危険な状況とは言えます。ですが同時に、アラディアは『橋架結社《はしかけけっしゃ》』の思想を理解・共感し、何よりアリスを敵に回す怖さは骨身で実感しているはず。一般的に考えて、甘言や拷問程度でべらべらしゃべるとは思えません。つまり、分厚い金庫の扉は後回しで構わない。それよりも先に、もっと薄っぺらな裏口をどうにかする必要があります」

「うらぐち……?」

ええ、と青年執事は頷《うなず》いた。

そのまま言う。

「我々の第一優先暗殺目標は超絶者《ちょうぜつしゃ》の新参者にして、巨大ITのR&Cオカルティクスを創るほどの超国家的な情報エキスパート。そしてアリスへの畏敬の念が足りず、あなたを含めた全てを巻き込んだ元凶の裏切り者……アンナ＝シュ、プ、レ、ン、ゲ、ル、です」

6

ちなみに黄泉川愛穂《よみかわあいほ》は黄泉川愛穂《よみかわあいほ》で、かつての同居人へのあけおめ以外に別の用事があった。

二日連続でこんな所へやってきたのもそのためだ。

新統括理事長の一方通行《アクセラレータ》が自分の根城にしてしまったためややこしいが、本来、ここは第一〇学区にある社会人向けの刑務所である。

警備員《アンチスキル》という職業柄、囚人の知り合いも自然と増えてしまうものだが、今回ばかりは流石《さすが》に特別枠の引き出しに入れてやっても構わないだろう。

つまりこうだ。

「よお闇のボルテージに覚醒《めざ》めた最強ブラック魔王鉄装綴里《てっそうつづり》。ちょっとヒラで平凡な警備員《アンチスキル》には思いつかない突き抜けた天才インスピレーションを私に授けてくれないじゃーん？」

『ひいいっ!!　やっやめてくださいよ先輩、どういう絡《から》み方《かた》してんですか絶対分かってて全力で茶化しているでしょうやだなあもう恥ずかしい!!!!!!』

面会室の分厚い防弾ガラス越しにびくびくしているのは、メガネに黒髪くせっ毛の小動物系女教師であった。あちこち怪我《けが》だらけ。何ともおっかない事に、AIサポートを受けたスピード裁判が高速過ぎて教員免許を正式に剝奪される前に刑務所へぶち込まれている。

(……ま、お役所の書類仕事は年末年始挟んじゃうとなー)

そう考えると、むしろ裁判所の方は師走《しわす》の末によく仕事をしてくれたもんだ、と黄泉川《よみかわ》はちょっと感心してしまう。

アンチスキル＝ネゴシエーターとして学園都市《がくえんとし》の闇を闊歩《かっぽ》していた姿は何だったのか。夢から覚めてしまえばいつも通りの涙目メガネが待っているだけである。

鉄装《てっそう》は両手で頭を抱えて机に突っ伏し、

『ぐ、ぐぬおお……。私何であんな事しちゃったんでしょう子供達を守りたいって考え自体は間違っていないはずだったのに行動選択の段階でアレを選んだって事はやっぱり私本性はドSのクソ野郎なんでしょうかこう恐怖の感情を引き出すだけなら遊園地のお化《ば》け屋敷《やしき》でも作って

いれば良いのにわざわざ暴力方向でイメージが固まって止まってしまっているのはお前の責任って言いますか』

「(……、うあー。まさかと思うけど一方通行《アクセラレータ》のヤツも私達には隠しているだけで、内心ではこんな風になっている訳じゃないじゃんな?)」

『あのう、黄泉川先輩《よみかわせんぱい》?』

首《くび》を傾《かし》げ、きょとんとする鉄装綴里《てつそうつづり》。

結局、教え子を守りたいという気持ちが折れていない辺りは変わらないか。ならこんな事しでかす前に先輩に相談しろというのだ。黄泉川《よみかわ》はそっと息を吐いて、

「まあいいや。とにかくちょっとお前の頭を貸せ鉄装《てつそう》、一時的とはいえ『暗部』とシンクロどころか出し抜くくらいに覚醒しちゃったお前の悪知恵が純粋に欲しいじゃんよ」

『い、いやですよ私はもうあんなアブない「暗部」には触らないって決めたんです。めっ。ちゃんとお勤めは果たしますので、それ以上はノータッチでお願いします。私はあなたの元部下でしかなく、所属だってすでに分かたれているはずですよ』

「ふうーん?」

『……えと、怖い。超おっかないですよ先輩? なにその「ふうーん」めっちゃ執着ありじゃないですかこれもう片思いくらいの強さで意識してんでしょ私の事!!』

「おいおい誰のおかげで私は腕《うで》を吊《つ》ってると思ってるじゃんか鉄装《てつそう》? あーいたたた冬の寒さ

は折れた腕に響くわあ……」

『くっ!?　でっでも私は屈しない!!』

「へえそう。独房エリアは似たような性別、年齢、職業なんかで固めてあるんだろ、となるとお前は教師枠じゃん。……さて、隣の房は確かテレスティーナとか言ったっけじゃん？」

『ぶふっ!?　……何で房の配置まで正確に知っているんですか……？　ていうかやめてくださいい何する気ですかあの人ほんとおっかないんですよ一人きりの独房だっつってんのに毎日虚空《こくう》に向かってゲタゲタ笑ってて収拾つかないし!!　多分もう白い粉とかいらないんです、自前の愛情と勇気と錯乱で分泌できる脳内物質の放出量からして天井突破で頭の元栓が壊れてんですよあの人!!!!!!』

「ちなみに知ってるかー鉄装《てっそう》、この刑務所だと模範囚なら独房から出して雑居房に移す特典があるらしいじゃん。いやー持つべきものはやっぱり友達だよ。えっちでアブないダークなメガネ先生同士、共通の趣味を持ったルームメイトができれば寂しい日々も輝いて見えるじゃんな？」

『分かりましたお願い私に仕事くださいッ!!　一体何が聞きたいんですかゲス先輩!?』

さて協力は取りつけた。

適当に頬杖《ほおづえ》をつきながら、黄泉川愛穂《よみかわあいほ》は頭の中でいくつかの情報を並べていく。

実は聞きたい事は一つではない。

その上で、ここ最近でまず潰しておきたい内容と言えばやっぱり『これ』か。

「雲川芹亜」

『……、』

「一二月三一日、『外』の渋谷《しぶや》で統括理事のブレインが目撃されているじゃんよ。ヤツが注目しつつも結局はタッチできなかったのが、ミヤシタアーク。馬鹿デカい複合施設だが、当然、ただの買い物目的って訳じゃあないだろう。何か心当たりはあるじゃんか？」

『ちなみに先輩の読みは？』

「あの女は自分から何かしでかすっていうよりは、事が起きてから追い回す人間だ。つまりミヤシタアークで元々何かが進行していて、雲川芹亜《くもかわせりあ》はそれを止めるためにやってきt
『多分それ、違います』

一言でバッサリ。

目を白黒させる黄泉川《よみかわ》に、くすりと鉄装綴里《てつそうつづり》は小さく笑った。立場は大きく変わったといっても、かつての先輩のそんな顔がよほど新鮮だったのか。

あるいはモードが切り替わったのか。

口元に手をやって、くすくすと笑いながら気弱な（はずの）女教師はこう宣告したのだ。

『雲川芹亜《くもかわせりあ》は結局「行かなかった」んですよね？　仮に事態の進行停止が目的だったら、しくじったとしても足は運ぶと思います。意地でもね。警備員《アンチスキル》だって通報から到着までの間に通報者が犯人に襲われてしまったとしても、どうやっても助けられないならじゃあ現場に行くのはやめようなんて話にはならないでしょう？』

万に一つの可能性で助けられるかもしれない、傷ついた通報者を手当てすれば命だけは助かるかも。あるいはそれすらダメでも、せめて犯人に繋《つな》がる証拠を見つけ出すために。守る側の人間なら、もう間に合わないと分かってしまってもそういう風に順次切り替えて動くはずだ。傷一つない第一希望が崩れた程度でいちいち立ち止まっていたら治安維持は務まらない。

そうなると、

「つまり……雲川《くもかわ》は事態解決のためにミヤシタアークを目指していた訳では、なかった？」

『ま、これだけで全部仕掛けた側、とまで断言してしまうのは流石《さすが》に可哀想《かわいそう》ですけど』

「……ふむ」

『でも、進行中の事態に横槍《よこやり》を入れて自分好みに操縦できる環境を整えたかった、くらいはやってそうですね。三一日、アクシデントが起きずに雲川芹亜《くもかわせりあ》がミヤシタアークに到着していたら何がどうなっていたかを想像してみれば良いんですよ。あるいは彼女一人では無理でも、一緒にいた人間を現場まで誘導できていたら何かが変わっていたのかも？』

「何のために」

『さあ？　例えば、新統括理事長でしたっけ。その人に任せておくだけでは不安な点を潰すためとかかもですね。何しろここ最近の学園都市《がくえんとし》は負けっ放しでしたから、新統括理事長の実力を疑う者が出てきても不思議じゃないと思いますよ？　私みたいにね』

「……、」

『とはいえ彼女は必要な仲間を集めるために対象の脅迫材料をかき集めて命を握った私ほど短絡的ではないでしょう。あくまでも合法のラインの内側にいながら、強大な力を確定で呼び込む方向でレールを敷いていると思います。見ている世界が違うのかな？　科学技術頼み「だけ」なら、むしろ学園都市《がくえんとし》の「外」に期待するのはやめると思うんですけど』

ではそれは、具体的に誰だ？

新統括理事長。つまりは学園都市《がくえんとし》最強の超能力者《レベル5》。

そいつが霞《かす》んでしまうほどの強大極まりない材料、駒というのは、一体……？

7

葉巻とか細長い煙管《キセル》とかではない。

「◎《はい》没収。そうですわよね、数ノ多い煙草《タバコ》よりライターノ方ヲ奪った方ガ健康的ですもの」

『わんわんわん!!』

「急ニ犬化して甘えても〆□《しめます》わ。煙管《キセル》だから本数カウントしにくいですけれど、そのハイペースだと立派ナチェーンスモーカーですわよね？　煙草《タバコ》ハ体ニ×《わるい》、是《これ》自体ハ議論ノ余地ノ×《ない》自明ノ理なのですから」

自分の好き嫌いを押しつける人へゴールデンレトリバーが飛びかかった。ニコチン臭い舌で顔全体をべろべろ舐《な》め回《まわ》すとキングスフォード女史は小さく悲鳴を上げて後ろへ尻餅をつく。

こいつやっぱり自分が匂いを嫌っていただけではないか。

「あうあう、メガネ、己ノメガネハ何処《どこ》でして……？」

『そして意外な弱点が分かったなおっとり女教師。こういうところは古典を生きる女なのか』

あの始祖の始祖がメガネをなくしただけでこのわんわんポーズだ。地《ち》を這《は》って探り探り手を動かしている泣き虫アンナ＝キングスフォードに、木原脳幹《きはらのうかん》は呆《あき》れながらアームの一つを動かしてメガネを渡してやる。

そんなやり取りを横目で見ているのは、ベージュ修道服に肩の辺りで金髪を雑に切《き》り揃《そろ》えた女。いいや、そういう大悪魔の肉体を乗っ取った魔術師アレイスター。

舌打ちして向かう先は、学園都市《がくえんとし》だ。

共に歩むゴールデンレトリバーからこんな合成音声があった。

『……今回は流石《さすが》に「向こう」にバレるぞ。私達は大所帯になりすぎたし、安全に潜るための準備も足りていない』

「分かってる。この私がゼロから創った街だぞ？」

そもそも涙目でメガネを掛け直すアンナ＝キングスフォードは潜入用途でチューニングした

迷彩モデルではない。連れ歩けば新しい網を張り始めている一方通行側《アクセラレータがわ》にすぐ知られるはずだ。

こんな状況、アレイスターとしても望むところではない。学園都市《がくえんとし》はすでに次の統括理事長に譲渡した後だ、明け渡した側がそう何度も出たり入ったりするのはよろしくないだろう。

しかし状況が動いてしまった。それもかなり大きく。

橋架結社領事《はしかけけっしゃりょうじ》館《かん》。

よりにもよって、科学の総本山の内側に作られてしまった飛び地の橋頭堡《きょうとうほ》。

何が盗まれても追跡はできないし、誰が入り込んでも止められない最悪の秘密基地。

(何でわざわざ合法的に作られた神隠し拠点へ自分から足を踏み入れるかね、あの少年は)

当然ながら、『人間』の目的は謎解きごっこではない。上条当麻《かみじょうとうま》。彼を『橋架結社《はしかけけっしゃ》』の脅威から助けられなければ意味がない。

自分で言った話を破ってでも、助ける。この辺り、毎度自分で決めたルールを守れず振り回されるアレイスターらしいとも言えるが。

『外壁』を飛び越えて学園都市《がくえんとし》の中へ。

『パレオ』

「ふふっ、ありがとうござい⧄《ます》。わざわざアームデ押さえてくれるだなんて◎《ほんとう》ニ紳士的ナお犬様ですわね」

妙な感慨や自己嫌悪《じこけんお》に陥っている暇はない。ベージュ修道服の女は仲間達と共に見慣れた街を歩きながらも、こう切り出した。

「……H・T・トリスメギストス」

アレイスターはどこか忌々《いまいま》しげな調子だった。

自らに確認を取るように、言い直す。

「ヘルメス・トート・トリスメギストス。エジプト神話の書記の神は聖守護天使エイワスとの関連が深い存在でもあったな。それにヘルメスとトートは私が自分で作ったオカルト辞書『777の書』でも対応している。……つまりアリスの他に、ここでも出てきたぞ。遠い昔に私が手掛けてしまった技術体系Magickの匂いが。ああもう私という人間はいつもこうだ、昔の自分を殴りたい」

夜と月を支配する魔女達の女神アラディアについては言わずもがな。

そもそも実践魔女《ウィッカ》という枠組みを新設したジェラルド＝ガードナーは生前アレイスターと交流があった。ヤツの魔女術に一部、男女の性から力を得ようとする香りが漂うのはこの影響だ。

と、メガネを取り戻して安定したアンナ＝キングスフォードがどこか楽しげに囁《ささや》いた。

「ふふっ。その論デ行くト、ボロニイサキュバスヤ『旧《ふる》き善《よ》きマリア』モまた？」

「……、」

「あらあら、Magick系デ♀《じょせい》形ノ超常存在というトどの辺りニなり〼《ます》かしら。エジプト神話ノ天空♀《めがみ》とも呼ばれるあのお方？　あるいハ黙示録デ語られる赤い衣ノ♀《レディ》でして？」

からかう声を聞けば誰でも分かる。キングスフォードはありえない可能性を潰してくれているだけだ。にっこり微笑《ほほえ》みながら、しれっと木原脳幹《きはらのうかん》から携帯灰皿を失敬しているようだが。

無理に全部を当てはめようとしても意味はない。

それでは何かと誤読を招きやすいMagickを齧《かじ》ったビギナーが陥る自家迷宮そのものだ。

魔術のややこしいところは、法則性それ自体は整然としていながら必ずしも答えが一択とはならない点だ。対応する答えが1と2を同時に含むケースもありえる、矛盾した状況をありのままに受け入れられなければ真実には辿《たど》り着けない、などとどこぞの僧院で断言したのはクロウリー自身でもある。

つまり、とりあえず保留、は思考を進める際には想像以上に重要な意味を持つ訳だ。

(……単純にクロウリー式『だけ』で全部説明できる訳でもないのか)

アリス＝アナザーバイブル、アラディア、H・T・トリスメギストス。

一方でボロニイサキュバス、『旧《ふる》き善《よ》きマリア』など、それ以外。

ひとまず同じ結社の中でもMagick由来と非Magick由来に分かれていると仮定してみよう。

ただしこれは、クロウリー式だから救出派だとかそうじゃないメンバーは殺害派とか、そこまで簡単な話ではないようだが。

「その出自はクロウリー由来か、そうではないか……」

「そして上条当麻《かみじょうとうま》ニ対するスタンスハ救出派か、殺害派か。といったところでしょうか」

すでにこの時点で派閥の組み合わせが四色に分かれてしまっている。単一の思想で魔術を振るう結社らしくもない。

さらに言えば、この四種とは別のイレギュラーが一つ。

「……何かしら？」

手にした大きなフィルム缶、そこに張りついた顔面が囁《ささや》いた。

アンナ＝シュプレンゲル。

『こいつは新参者として「橋架結社《はしかけけつしや》」とかいう組織に招かれた存在なんだろう？』

「つまり超絶者《ちようぜつしや》とは例えば一二の席に居座る伝説の誰かさん達という話ではなく、特定の条件さえ全部揃《そろ》えればメンバーの増減は割と自由自在らしいな」

「では問題デございい〼《ます》☆」

アンナ＝キングスフォードは気軽に言った。

かつてはこんな風にウェストコットやメイザースに接していたのだろうか。

「シュプレンゲル嬢ハどういう条件デ合格したノでしょう？　彼女ハ何ヲ期待され、そしてどんな形デ其《それ》ヲ×《うらぎ》る事ニなったのか」

『魔術の話は知らないが、組織の中で誰かを裏切ったという事は、一時的であれ信頼されていたという話でもある訳だ』

クロウリー式と非クロウリー式、救出派と殺害派。アンナ＝シュプレンゲルはそもそも『どこ』に潜っていた？

「それでは、時系列的に矛盾を含む思考だわ」

「……、」

黙考するアレイスターにシュプレンゲル嬢はくすくす笑って、

「少なくとも上条当麻《かみじょうとうま》の救出派と殺害派という枠組みは、わらわが『橋架結社《はしかけけっしゃ》』を裏切ってアリスをねじ曲げた結果生じた対立構造に過ぎないもの。つまり、元々組織に存在した引き出しではないわ」

となると枠は二つ。

クロウリー式か、非クロウリー式か。

もう一度考えてみよう。互いの魔術を見比べて、アレイスターとシュプレンゲル嬢を結ぶものはあるだろうか。

ややあって、ベージュ修道服の女は口の中で呟《つぶや》いた。

過程は矛盾を含んでも構わない。最終的に答えを導き出せるならば。

「……いや、なるほど」

「全体の輪郭は分かってきたかしら？」

「『橋架結社《はしかけけっしゃ》』の超絶者《ちょうぜつしゃ》。……個人で魔術サイド全体に匹敵するだの何だの妙に自信ありげな様子だったが、ようはそういう方向の話だったのか」

そういう意味でなら、確かにアンナ＝シュプレンゲルは資格持ちだ。

アレイスターは借り物の顎に手をやって、

「あれだけ自前の魔術で他を圧倒したアンナ＝キングスフォードは、しかしアリス達の選定からは弾《はじ》かれてしまうはず」

「◎《はい》。一方デ、×未熟《まだ》ナアレイスター＝クロウリーなら条件次第では超絶者《ちょうぜつしゃ》として受け入れられたかもしれ▱《ませ》×わね」

もちろん誰かに従って魔術を振るうなど、アレイスター＝クロウリーには無理だが。

ちなみに、アレイスターとシュプレンゲル嬢が同時に『橋架結社《はしかけけつしゃ》』に入れる道はない。

できるのはどちらか片方だけだ。

「全ての男女は星である、よ」

歌うような少女の言葉だった。

かつてアレイスター自身が提唱した、とある理論だ。

「あらゆる人は怪物を創り、神になれる。というか、そうなってしまえば『神』という単語が意味する定義すら変わるけれど。二〇〇〇年の周期を一つ区切って、すでに世界はそういう時代に突入している。それが、そもそもあなたの提唱していた『ホルスの時代《アイオーン》』でしょう？つまりそこが戦略の根幹。彼ら超絶者《ちょうぜつしゃ》が集まって生み出し、独占的に制御しようとしているモノ」

くすくすと。

フィルム缶の表面に張りついたまま、シュプレンゲル嬢はこう歌った。

「……ただし、アリスが『そう』なのではないけれど」

行間　二

魔女。

そう呼ばれた少女にできない事はありませんでした。

『力』を手に入れた少女は指を小さく振るだけでご覧の通り。夜空に星々を広げて、また恵みの雨を降らし、あるいは病に伏せる者に無償で薬を調合してみすぼらしい女性に豪華なドレスを渡しました。

たくさんの人が少女を拝みました。

たくさんの人が少女に感謝しました。

たくさんの人が少女を目標としました。

少女は夢の中を泳いでいました。もう少女を苦しめるものはありません。そういった元凶を目の前から取り除き、己を慕ってくれる皆を支え導くだけの力を手に入れたのですから当然です。

みんなが笑っています。

みんなが幸せそうです。

だからこれは、間違ってなんかいない。少女にはそんな確信がありました。だから少女は自らの行いに躊躇《ちゅうちょ》する事はありませんでした。だってこれは正しい事。みんなを幸せにできる素晴らしい行いなのだから、推奨こそすれ出し惜しみをする理由がありません。

ストレスとは無縁の世界で生きていました。

朝起きて夜眠るまで、少女の毎日は光り輝いていました。


でも不思議。

どうしてこの子は魔女と呼ばれているのでしょう？

第三章　次の一手　Witch_Trial.

1

「いただきます！　ですしっ!!」

「……、」

世界の中心でアリスが一〇〇点満点の笑顔を浮かべて宣言していた。

白亜の城の大きな食堂、これまたなっがいテーブルのお誕生日席に彼女は腰掛けている。もはや当然のように目一杯の料理が広げられていた。明らかに洋風文化なんだけど、一品一品運んでくるコース系ではないらしい。ナイフとフォークもワンセットしかない。

「ほらアリス、ちゃんとナプキンを着けてください」

「んうーっ」

「こちらは小皿に分けた方がよろしいのでは？　アリスはフォークよりプラスチックのカクテ

ルピックの方がお好きでしたよね」

「お弁当の爪楊枝《つまようじ》！　キラキラしていて透明なのがオトナで格好良いヤツなので!!」

青年執事、Ｈ・Ｔ・トリスメギストスは相変わらず外套《がいとう》の中から何でも取り出す。のみならず、わがままアリスの動きを邪魔しない形でテキパキ世話をしている。本人ははっきりと否定していたけど、やっぱり遠巻きに見ると教育係も兼ねているように見えなくもない。

「(……なあオティヌス。そういえばトリスメギストスっていうのは？　何かの神様？)」

「(もちろんそれなりの伝説はあるが、今ある世界に残るのは特定の個人を指す名前じゃない。古い学者達が匿名で論文を発表する時の、使い捨ての共通ペンネームみたいなものだな)」

捨《す》て垢《あか》ってそんな大昔からある由緒正《ゆいしょただ》しい文化だったのか。でも、じゃあそれを名乗る青年執事Ｈ・Ｔ・トリスメギストスとは、つまり何者なんだろう？

上条《かみじょう》には正しい西洋マナーとかサッパリ分からんのだが（そもそもヨーロッパだけでも西はグリーンランドから東はロシアまで、全部ひっくるめた『西洋』マナーなんぞ存在するのか？）、例の黒《くろ》い杖《つえ》は椅子の背にヘッドの部分を引っ掛けてある。

「……アリスの場合はその一品一品をいちいち待っていられませんからね。ええ、一般的に考えれば大衆食堂《トラットリア》のスタイルに合わせた方が彼女には馴染《なじ》みが良《い》いようでして」

「あっ、ミートボール！　材料はほとんど一緒なのに、でも何故《なぜ》だかお弁当の小さなハンバーグとはまた違う気がするヤツですし」

「ママ様的には餃子《ギョウザ》と焼売《シュウマイ》くらい違うモノですが、アリス」

「わーい中華も出てきたのですよ！」

しれっと同じテーブルで超絶者《ちょうぜつしゃ》の中でも処罰やら処刑やらが専門とかいう褐色少女ムト＝テーベがもくもくご飯を食べているので上条《かみじょう》は気が気でないのだが、目が合うとフレンチドレッシングの瓶を無言でこっちに回してくれた。どうも不機嫌なのではなく、殺しを生業《なりわい》とする彼女はこれで普通らしい。

ちなみにオティヌスは痺《しび》れ薬《ぐすり》でも警戒しているのか出てくる料理はまず三毛猫に与え、インデックスは普通にがつがつ食べていた。

「おいしーい。おうちご飯だけどお店のレベルって感じなんだよ」

「意外と家庭料理系なのな」

「(……意外とってどういう意味かなー、ママ様は溢《あふ》れんばかりのアットホームの塊なのに)」

上条《かみじょう》はおっかなびっくり、といった感じでスープ皿にスプーンを差し入れる。魔術のウルトラ回復役で雲川先輩《くもかわせんぱい》の話だと戦闘もできるらしくてしかも家事全般どんと来いとか、この人ちょっと十徳ナイフ過ぎる。

……何となくだが、超絶者《ちょうぜつしゃ》は料理に毒を仕込むといった搦《から》め手《て》は使わない印象があった。そんな事しなくても、殺す気なら真正面から力業で粉砕できてしまうからだ。

「アラディアもどうぞ。久しぶりにママ様の味に餓《う》えているのでは？」

「……、」

魔女達の女神は微妙といった顔だった。

少なくともアリスの方針があるからいきなり襲われたりはしないだろうが、それにしたって『橋架結社《はしかけけっしゃ》』内《ない》で自分の立場がどうなっているのか、判断しかねているといった感じ。

「Ｈ・Ｔ・トリスメギストス、付け合わせのジャガイモ食べないんですか？　なら少女が食べちゃうのですし」

「ベイクドポテトは後のお楽しみに取ってあるものです、アリス。ちゃんと説明してんのにお構いなしにフォーク刺して強奪しているようですが！」

涙目の青年執事が嘆いていた。まん丸のジャガイモ一個だけど、あれはジャガバターとは呼ばないらしい。

Ｈ・Ｔ・トリスメギストスは振り回されるいじられ役、『旧《ふる》き善《よ》きマリア』は胃袋《いぶくろ》を掴《つか》む格好でアリスをコントロールしようとしている訳か。それぞれのアプローチが見えてくると何気ない団欒《だんらん》にチェスや将棋のような包囲網が滲《にじ》んでくる。

もちろん、それだって完璧ではない。

だから救出派にせよ殺害派にせよ、超絶者達《ちょうぜつしゃたち》はアリスに干渉可能な少年を極度に恐れているのだろうし。

上条《かみじょう》はちらりと視線をよそに振った。窓の向こうはすでに真っ暗。陽が落ちるのが早い新年の話とはいえ、すっかり夜と呼べる時間帯だ。

問題、そもそも何でこんな事になっているんだろう？

答えはこうだ。

『え？　だってせんせいは少女の家にお泊まりするんですし』

さも当然な感じで言われてしまった。

もちろん断る事はできただろうし、アリスは引き止めなかったはず。だがその場合、必要以上にアリス＝アナザーバイブルのご機嫌を気にする他の超絶者達《ちょうぜつしゃたち》がどう動くか予想がつかない。

「うーん。なんかこれ、ぬるくなってきちゃったですし。炭酸水」

「新しいのを注ぎましょうか、アリス？」

「やっ!!　このグラスのが良《い》いですし！」

「はいはい。主君の望《のぞ》みを叶《かな》えられるよう私がそっと支えましょう」

そういう子供っぽいわがまま《こだわり》も慣れているのだろう。青年執事は懐《ふところ》からガシャシャシャ!!　と雛壇状《ひなだんじょう》の収納ケースが大きく展開したと思ったら、ドライアイスの氷嚢《ひょうのう》をグラスに押しつけて中身を冷やし直している。あの分だと炭酸ガスのボンベとかも入ってそうだ。

（食事中にはしゃぐアリスがとにかくあれこれぽろぽろこぼすので）身の回りの世話をしているのはＨ・Ｔ・トリスメギストスだが、料理を作っているのは『旧《ふる》き善《よ》きマリア』の方らしい。

他の人間や猫が先に食べるのを確認できたものしか口をつけない慎重派のオティヌスが、パンの欠片《かけら》を両手で摑《つか》んでこう囁《ささや》いた。

「（……人間、注目すべき者にきちんと目星をつけているか？）」

「……、」

「（この場合はアリスじゃないぞ）」

それは、まあ。

橋架結社《はしかけけっしゃ》領《りょう》事館《じかん》に超《ちょう》絶者《ぜつしゃ》が何人滞在しているか正確な数までは知らないが、上条《かみじょう》の感覚だと別格の怖さを醸《かも》し出《だ》しているのがこの『旧《ふる》き善《よ》きマリア』だ。

復活。

いったん死んでもお構いなし。

正体不明の術式は、破壊方向へ極振りに見えたアラディアやボロニイサキュバスとはまた別の方向性で、世界に大きな混乱を生み出すだろう。例えば人類総出で地球の資源とか人材とか全部使い尽くしてようやっと超《ちょう》絶者《ぜつしゃ》を一人倒したとして、そこで終わってくれない可能性が出てくる。『旧《ふる》き善《よ》きマリア』が復活を一発使えば超《ちょう》絶者《ぜつしゃ》は完全回復し、対するその他大勢は疲弊したまま。そんな展開は想像もしたくない。

そしてただでさえおっかない超絶者側《ちょうぜつしゃがわ》は、復活前提で命知らずの無茶なアクセルを踏んでくるリスクすらある。

……もしもカエル顔の医者が敵方についたらどうなるか、を目の当《まあ》たりにしたような気分だ。すでに何度も命を救われておいて恩知らずだけど、でもあっさり死《し》の淵《ふち》から拾われたからこそ上条《かみじょう》には『旧《ふる》き善《よ》きマリア』の異質さが肌で感じられる。

（というか、アリスについては破壊も復活もどっちも行けそうな底知れなさがあるんだけどな）

「このパンが美味《おい》しい。パンそのものが美味《おい》しいってどういう事なの？　とにかく美味《おい》しいっ」

「それはママ様が自分で小麦から調達して焼き上げているからですよ」

どうやらインデックスとママ様は相性《あいしょう》が良《い》いらしい。普通に餌付けされている。

と、そんな『旧《ふる》き善《よ》きマリア』の傍《かたわ》らには銀色の移動配膳台があった。アリスが食べているものと同じ料理がいくつか分けて載せてあるのが分かる。

「そっちのは……？」

「ママ様は食事の時間になっても自分の席に着かない者にも寛容です。具体的には、例えば自室療養中のボロニイサキュバスとか」

「っ」

そこについてもこの目で確かめておきたい事ではあった。彼女は大丈夫だと伝え聞いてはいるけれど、それでも。

「(人間、がっつくな。ロサンゼルスで何を学んだ？　望みはそのまま弱みに化けるぞ)」

「(けどっ)」

ボロニイサキュバスは(アリスを含めた)『橋架結社《はしかけけっしゃ》』の連中とはどこか違う印象もあった。格好こそ頭の角や背中の翼などメチャクチャだけど、出会ってきた中では一番頭のネジがしっかりしている、とでも言うか。

「(……ママ様はこれまでまともな事しかしてないはずなのに常人レベルは下着のお姉さん以下だもんなー)」

なんか『旧《ふる》き善《よ》きマリア』がうじうじしていたがこちらはひとまず放っておく。……さらにそれも上条《かみじょう》の顔に出たのかますますどんより影に覆われ始めているけれど。

今はボロニイサキュバスについて、だ。未《いま》だに信じられない事もあった。

裏切り者アンナ＝シュプレンゲル。

R&Cオカルティクスが流行《はや》ったり倒れたりしたのはまだ良《い》い。あれはどこまでいってもアンナが自分で作ったオモチャなのだから。でもアリス＝アナザーバイブルが表に出たのは、かなり大きな意味があるように外野の上条《かみじょう》でも思う。

「我々は『魔神』とは違います」

H・T・トリスメギストスはさらっと言った。

無言でぴりついているのは例の処刑特化《しょけいとっか》超絶者《ちょうぜつしゃ》、ムト＝テーベか。

「つまり民衆から信仰を集めて神として拝まれる行為は求めていない、という意味ですが。私も敬愛する主君をわざわざ世間に大きく見せびらかしたいとは思いませんし。平たく言えば、こうして存在が広く表に出ている事自体が大きな失点なのです」

そもそも去年の一二月二九日、学園都市《がくえんとし》の『暗部』にいきなりアリスが出てきて上条《かみじょう》にべったりくっつかなければ、世界は『橋架結社《はしかけけっしゃ》』という名前すら知らない状態だったはず。超絶《ちょうぜつ》者達《しゃたち》が集まって何か大きな事を計画しているとしたら、これだけで重大な『綻び』と言って良い。

アラディアやボロニイサキュバスといった超絶者達《ちょうぜつしゃたち》にとって、三一日の渋谷《しぶや》の戦いなんてイレギュラーもイレギュラーだ。身内同士の争いなんて百害あって一利ないし、しかも渋谷全《しぶやぜん》域《いき》を巻き込んだ事で何となく『橋架結社《はしかけけっしゃ》』全体が悪者っぽく見える環境まで整えてしまった。

組織の都合で考えればアンナ＝シュプレンゲルへの報復は必至。

だから殺す？

上条《かみじょう》は少し考えてみた。

いったん感情は脇に。そもそもあの怪物は、物理的に叩《たた》いて殺せる存在なのか？

……多分『できる』と上条《かみじょう》は思う。穂先に特殊な液体を封じた投げ槍《やり》の群れ、『矮小液体《わいしょうえきたい》』。

あれで体を貫かれて強制注入されたらアウトだという話なら、おそらくアンナ＝シュプレンゲルは本当に死んでしまう。倒すとか懲らしめるとかではない。死ぬ。

アンナは確かに恐ろしい魔術師だけど、体が消えたり壁をすり抜けたりはしない。一対一になって戦った場合、分厚い弾幕を張れば回避しきれずに直撃もありえる。実際に上条《かみじょう》が二五日に勝てたのは、身の内にいたサンジェルマンが共闘してくれたおかげで使える手札が一気に増えたからだ。

でも具体的な殺害までの道筋が見えているからこそ、だ。

アンナに対する『報い』については救出派も殺害派もなく、(彼らからすれば、連絡が取れなくなっていたアラディアを除く)『橋架結社《はしかけけつしゃ》』全員の総意だという。……となると『あの』ボロニイサキュバスも？　一度も出会った事のない上条《かみじょう》を守るため、自分の命すら投げ出した優しい彼女がどうして。

と、

「そっ、そうそうアリス。お野菜はどうします？　不要というのであれば保存パックに詰めて私の夜食にしてしまっても……」

「ううん。こいつは野菜炒《やさいいた》めじゃないですし、バター蒸し！　美味《おい》しいヤツなので!!」

「そうですか。アリスは一般的で良い子ですね、あはは」

上条《かみじょう》の意識がボロニイサキュバスへ向きそうになって、しかし頭の片隅が待ったをかけてきた。ここに広がっている『これ』は、本当に放っておいて良いのかと。

H・T・トリスメギストスは笑顔で色々言っているけど、自分ではアリスに影響は与えられない、と諦めてもいる。

領事館は一見、アリスの天国だ。彼女の好きなものだけで固めてある。

だけど超絶者達《ちょうぜつしやたち》の根底にあるのは恐怖。

敬愛しているとかいう青年執事だって、恐れという土台の上に立っているようだし。

どれだけ距離が近くなっても、おそらく本当の意味で繋《つな》がり合《あ》える事は永遠にない。誰も彼女を傷つけないとしても、それはアリスを孤独から救ってあげる訳ではない。まるで同じアナウンスを柔らかく流しているだけの無人店舗だ。笑顔は笑顔という記号でしかない。

本当の怪物は、一体どっちなんだろう。

これでアリスが歪《ゆが》んでいくのが全ての元凶だなんて言うのが、本当に正しいと？

『旧《ふる》き善《よ》きマリア』はちらりと傍《かたわ》らの移動配膳台へ視線を投げて、

「では、ママ様は少々失礼させていただいて」

「あっ、ボロニイサキュバスのトコに行くなら俺も」

そいつは最初の望みだ。

だけど願いを一つしか持ってはいけないなんてルールはどこにもない。

「それからアリスも。一緒に馬鹿野郎のお見舞いしてやろうぜ」

「ですしっ‼」

ガタンと勢い良くアリスがお誕生日席から立ち上がった。

料理と格闘するインデックスはキョトンとして、テーブル上に腰を下ろす一五センチのオティヌスは額に手をやっている。

でももう席順なんて関係ない。これで彼女も上条《かみじょう》と同じ、ありふれた人影の一つだ。

『旧《ふる》き善《よ》きマリア』は大きな帽子で目元を隠したまま、そっと首《くび》を傾《かし》げて、

「まあママ様的には構いませんよ、ボロニイサキュバスもあなたの事は気にしていましたし」

絶句してポロポロ道具を取り落としているH・T・トリスメギストスは誘えそうにないか。

上条《かみじょう》は似たような顔をしている魔女達の女神の方に目をやって、

「アラディア、お前はどうする？」

ぶんぶんぶんぶん‼　と首を横に振っていた。

戦いに負けて結社内の立場が微妙になったアラディア、だけど彼女はアリスと一対一になるくらいなら古巣の超絶者達《ちょうぜつしゃたち》に孤立無援で囲まれた方がマシだと判断したらしい。

が、無視して上条《かみじょう》は笑った。

「そうかーここに残るのはイヤか。ま、そうだよな。三一日にあれだけやったんだ、ボロニイサキュバスに頭を下げるのが筋だろうし」

「ばっ……」

「ねーせんせい？　みんな仲良くしないとダメなのよ」

「～～～っっっ!!⁉⁇」

アラディアはほとんど涙目で歯嚙《はが》みしていた。空中からいきなり横一直線に大量の地雷を撒《ま》かれて退路を失った、といった顔だ。

そしてそうなると、

「(インデックス、ここにあるもの全部食べて良いからちょっとお留守番頼む)」

「む？　元からここの料理は私のものなんだよ」

「(いいから。オティヌスと一緒に、ちょっとH・T・トリスメギストスを観察しておいてくれ。多分、俺とアリスがいなくなったタイミングで緊張の糸が緩むはずだ。お世話係から解放された瞬間についうっかりで何が出てくるのかも知りたい。完全記憶能力を持ってるお前と、人外の魔術にまで明るいオティヌスの組み合わせがあれば何か暴《あば》けるかも)」

「(おい人間、どさくさに紛れて私と猫を同じ空間に置いていくなっ、怖い!!)」

神が珍しく涙目でうろたえていたが、ぶっちゃけ目の前にこれだけ料理が並んだ食卓だ。完全記憶能力があるとはいえ、インデックス一人に監視役を任せるのはどうにもおっかない。

「大丈夫」

わあっ!!　と上条《かみじょう》はその場で飛び上がった。

気がついたら褐色少女のムト＝テーベが少年の背中にひっそりと張りついている。人の命を奪う処刑専門だと超おっかない。

　何気に初めて聞く声は鈴のように可憐《かれん》だった。

「その子達はわたしが見ている。あのインケン執事が何か仕掛けようとしたら、速攻で殺して止めるから心配しないで」

「あ、ああそう……？」

「勘違いしないで。わたしは食事の時間を大切にしたいだけ、気持ち良さそうに食べている人と一緒に食事をするのも悪くはないし」

　ここ最近の超絶者《ちょうぜつしゃ》さんはツンデレ機能まで実装しているらしい。

　手押しの移動配膳台を押す『旧《ふる》き善《よ》きマリア』に従う形で、上条《かみじょう》とアリスは（目《め》が虚《うつ》ろになって魂とか口から半分出てるアラディアを引っ張って）食堂からいったん廊下に出る。早速移動配膳台の料理をつまみ食いしようとするアリスを押さえるのは自然と上条《かみじょう》の役割になった。

　ふと視線を感じると、両手で移動配膳台を押したまま『旧《ふる》き善《よ》きマリア』がこっちを見ていた。……おや？　大きな帽子のおかげで目線が隠れているので顔の向きも分かりにくいのだが、そういえば首の角度的に大丈夫か、あれ？？？

「……、」

「な、なに？　無言でじっと見られると息が詰まるんだけど」

「いいえ」

大きな帽子を揺らすように首を左右に振って、

「本当に、あなたには『あの』アリスを従わせる力があるんだな、と」

「当たり前なので。だってせんせいは少女のせんせいですし!!」

羽交い絞めにされた——というかほとんどくまのぬいぐるみみたいに後ろから両手で持ち上げられた——まま、楽しげに手足をぱたぱた振っているアリスがそんな風に即答していた。

（……少女のせんせい、か）

アンナ＝シュプレンゲル。どうやらあの女がアリスに何かしたようだが、具体的に一体何をどうしたらこんな従順になってくれるのだろう？

「……、」

そしてアラディアから結構強めの睨《にら》みを浴びていた。そういえば彼女はアリスがこうなるのを嫌って上条《かみじょう》の命を狙った殺害派の超絶者《ちょうぜつしゃ》だったか。

両足のダクトテープぐるぐる巻きによって、一時的に魔術の力は奪っている。だけどそれも永遠ではない。

ともあれ今はあの女悪魔だ。

三一日は雲川芹亜《くもかわせりあ》や『旧《ふる》き善《よ》きマリア』が救命を請け合ってくれた。でも一方で、今現在ボロニイサキュバスは表を歩き回るどころか同じ建物の中で食事の時間に顔を出せないほど弱っているらしい。具体的に、どんな状態なのだ？　手足をギプスで固めていたり、全身くまなくチューブや電極だらけなんて事になっていなければ良いのだが……。

手押しの移動配膳台を押す『旧《ふる》き善《よ》きマリア』について廊下を歩く。彼女はどこの部屋にも入らず、いったん蛇腹状の扉を開けて移動配膳台だけ小さなエレベーターに乗せていた。こういう時、魔術を使ってちょちょいとグラスやお皿を浮かび上がらせたりはしないらしい。

何となくアリスを床に下ろすきっかけを失ったまま、きゃっきゃはしゃぐ少女を抱えながら上条《かみじょう》は天井を見上げて、

「ボロニイサキュバスは上なの？」

「ええ、部屋割りは自由に決めておりますから。馬鹿と煙は何とやらです。何故《なぜ》か半地下の物置や屋根裏部屋ばっかり潜りたがるアリスよりはマシでしたが」

しれっとひどい事を言っているのはかえって仲間っぽかった。

どんな価値があるかも分からん女神系の彫像やでっかい花瓶が並んでいる廊下を歩いて階段へ。途中、見た事ない人とすれ違った。アラディアが気まずそうに目《め》を逸《そ》らして上条《かみじょう》の体を盾にしているところを見るに、やっぱりあれも超絶者《ちょうぜつしゃ》の一角なのだろうか？

というか全部で何人いるんだ超絶者《ちょうぜつしゃ》。

超能力者《レベル5》や聖人くらいの選ばれし感だったらまだしもだが、そんな予測だって根拠は特にない楽観的希望に過ぎない。『神の右席』のように、人数に確定はないのだ。あの規格外の実力でどこぞの量産軍用クローンみたいに一万も二万もいたら怖すぎる。

と、音もなく歩く『旧《ふる》き善《よ》きマリア』がそっと囁《ささや》いてきた。

「(……今日のアラディアはまるでお化《ば》け屋敷《やしき》モードの乙女ですね。あなたもここはチェックしておくと良《い》いですよ、年上お姉さんの弱点が丸見えです)」

「わたくしにも聞こえてる」

両目を閉じて鼻の先をツンツンさせているアラディアだが、体の方は上条《かみじょう》の右腕へ全力で引っついたままだ。アリスくらいの小さな女の子ならともかく、見た目がフェロモン全開なアラディアだと扱いに困る。柔らかいものがぶつかるたびに少年の背筋とか普通に強張《こわば》っていた。

『旧《ふる》き善《よ》きマリア』は三階の廊下にある搬入用エレベーターで移動配膳台を回収。マンションや学生寮と違ってあちこち廊下が折れ曲がっている（つまり部屋の数や大きさが規格化されておらずバラバラな）領事館内を進んで、ドアの前で立ち止まる。

こんこんこん、と三回手の甲でノックして『旧《ふる》き善《よ》きマリア』が語りかける。

「ボロニイサキュバス」

同じ建物の中なのに、普通に鍵穴があった。

「食事を持ってきました、ママ様は勝手に入りますよ」

しかし一方で、鍵は相手に預けてしまって構わないらしい。

『旧《ふる》き善《よ》きマリア』は頭の大きな帽子を片手で軽く持ち上げると、頭頂部に乗っけていた(?)古風な鍵を取り出す。束ではなく一つだけなので、多分マスターキーだ。

『橋架結社《はしかけけつしゃ》』の仲間意識がどういうものか、少しだけ目に見えたかもしれない。

がちり、と。鍵の構造が噛《か》み合《あ》って開錠される音がやけに響く。

「？」

アリスが不思議そうな顔でこっちを見上げていた。思わず、上条《かみじょう》が神妙な顔で彼女を床に下ろしていたからかもしれない。

ごくりと喉を鳴らしてしまう。

首の中にある管という管が全部張りつくように渇いていた。

実際のところ、ボロニイサキュバスの怪我《けが》の具合はどれくらいなんだろう？

それは全部、本来なら必要のない手傷だった。上条《かみじょう》が弱かったばっかりに、しかも何度殺されても正しい危機感を理解できなかったばっかりに、身代わりとなって愚かな少年に自分の復活のチャンスを補充し続けた結果の出来事だったはずだ。

「入ります」

『旧《ふる》き善《よ》きマリア』からの宣告があった。

そしてドアが開かれた。

「ベーべこベー、わいわい。ばん！　ばん！　ばん‼　うわ何ぞいきなり南の戦車部隊の防衛線が全部崩れておるし……うそぉ航空爆弾積んだドローン？　やべえっ、あれイベント系の無差別攻撃NPCじゃなくてまさかのプレイアブルかの⁉　あんなぼっけえ面白装備いつのアップデートでショップの商品ラインナップに並んだばい⁉　ぎゃああああ‼」

いた。

なんかベッドの上であぐらかいてた。

こっちが全く見えてねえのは多分VRゴーグルかけてFPSで対戦してるからだ。

どうやら『外』と比べて科学技術が二、三〇年は進んでいるとまで呼ばれる学園都市《がくえんとし》ライフを目一杯満喫しているらしい。ワンピースコルセットの他に体中包帯だらけだというのにベッドの上で大暴れだ。あぐらのまま右に左に体を傾け、あっちこっちにコントローラをぶんぶん振り回しているので普通に危ない。迂闊《うかつ》に近づくと尻尾や翼で顔《かお》を叩《たた》かれそうだ。

『旧《ふる》き善《よ》きマリア』は無言で室内に移動配膳台を運び込むと、山羊《やぎ》みたいにねじれたピンク角を片手で雑《ざつ》に掴《つか》んで、怪我人《けがにん》の胴体ごと思い切り後ろに倒した。あぐらのままひっくり返ったのでとんでもない格好のままお尻が天を向く。

「ご飯を作ってくれる人に感謝をして返事くらいしなさいボロニイサキュバス。ふんっ！」

「ぐわあーっ‼」

なんかお尻を天高く突き出して尻尾をジタバタさせているボロニイサキュバス。衝撃でVRゴーグルが目元から外れたためか、部屋の蛍光灯に眩《まぶ》しそうな視線を投げている。

「おや・ぼうや・おひさしぶり・では・ないかえ」

「おい『旧《ふる》き善《よ》きマリア』、こりゃ何だ⁉　共通トーンとかいうのが急に8ビットみたいになってるけど悪魔ってツノ引っ張ると頭がこんなここまでぶっ壊れんのか⁉」

「ギャグです。真顔で反応すると喜ぶのでやめてください」

そこでボロニイサキュバスが何かに気づいた。

キラッキラに目を輝かせてVRゲームセットに目をやっているアリスに。幼い彼女はゴーグルと連動している薄型テレビの画面に喰《く》いついている。

「何なので、これ？　うふふ、わーい少女もやってみたいのですし‼」

「つ、ボロニ、イ、サ、キ、ュ、バ、ス‼」

『旧《ふる》き善《よ》きマリア』が珍しく（？）叫んだ直後だった。

ギィン‼　と何か、見えないモノが空間を張りつめさせる。

ボロニイサキュバスが使う超絶者《ちょうぜつしゃ》の術式、コールドミストレス。確か食欲、性欲、睡眠欲などあらゆる快の信号を苦痛に置き換える、といったものだったか。

そして、扱い方次第ではあのアリスと力業で拮抗《きっこう》できるかもしれない唯一の術式、とも。

「っ？」

ふっと。

喜怒哀楽の頭とお尻しかなさそうな全力笑顔のアリスの突撃が、わずかに緩む。

そこにボロニイサキュバス自身が目一杯ピンクの翼を広げて割り込んだ。

「ダメダメダメ!! これスチールのダウンロード版に有志の血みどろゴア演算機能を無理矢理追加しておるから、モラル的にはフツーにZの向こう側だしの。おかげでフリー対戦は楽しいけど公式大会にも出られんばい。こういう裏技系は可愛《かわい》いアリスには似合わんぞー？」

それでもアリスの突撃自体は止められないと思ったのか、ベッドから腹這《はらば》いで上半身だけ床に落としたボロニイサキュバスは床でタコ足配線になっている電源タップのケーブルを掴《つか》む。そのまま一気に引っこ抜いて、ゲーム関係の電源をまとめて落としてしまったようだ。お尻だけベッドの上に乗ってるのでなんか突き出されているようにしか見えない。

アリスは首《くび》を傾《かし》げて、

「ダメー？」

「アリスー、ノーブルなレディはみんなこっちやってるずら。まんじゅうの森！」

？　と上条《かみじょう》は怪訝《けげん》な顔《かお》になった。

まあウルトラリアルな等身大の戦争ゲームのくせに条件次第ではプレイヤーの手でNでもBでもCでも全部撃てちゃうお馬鹿FPSなんて小さな子（……なのか？）に見せるべきではないかもしれないが、超絶者《ちょうぜつしゃ》どもが揃《そろ》ってそこまで焦《あせ》るような話だろうか？

戦々恐々といった顔でアラディアが何か呟《つぶや》いていた。

「……アリスにスマホやタブレットを持たせるのは厳禁って言ったでしょ、ボロニイサキュバス。あの子にネットドラマやハリウッド映画を見せると大抵ろくな事にならないんだから」

「自分から勝手に入ってきておいて何を」

唇《くちびる》を尖《とが》らせてぶつくさ言っているボロニイサキュバス。

がちゃりという音があった。

肘の内側から赤いチューブが伸びていた。それはベッドサイドに置かれた点滴スタンドと連結していたのだ。ぶら下がっているパックには真っ赤な液体が満ちていた。輝きはどこか宝石っぽい。不思議だが、体から流れたり床に飛び散ったりと違って、ああいう形で清潔に収まっていると赤色を眺めていても眩暈《めまい》に似た生理的な拒否反応は特に出てこない。確か『悪魔には、通常の血液型を持つ人間の血は輸血できない』という話だったが、あれは自己血輸血や人工血漿《じんこうけっしょう》など、何かしらの特別製なのだろうか？

向こうもこっちの視線に気づいたらしい。

あちこち包帯だらけのボロニイサキュバスは改めてベッドの上であぐらをかくと、自分の肘の内側に空いた手を添えつつ、

「坊やが気にするような話じゃないずら。ていうか昨日の今日ぞ。『橋架結社《はしかけけっしゃ》』側《がわ》からアプローチかけておるとはいえ、もうこんな奥まで首を突っ込む羽目になっておるとはの」

「お前、それ……」

「なに？　ただの輸液じゃけんど。そもそも、おかしいって言ったら坊やの方が普通じゃない

んだがの。坊やはちゃんと病院とか行っておるばい？　あっちのアラディアから何度も殺されて、そっちの『旧《ふる》き善《よ》きマリア』には仕組みも説明できん方法で無理矢理復活させられておいて。体の中とか怖くはないのかの」

目《め》を逸《そ》らしてげふんと咳払《せきばら》いするしかなかった。

お正月って病院やっているんだっけ？　やっぱりいつものカエルさんが一番だ!!

「(……ママ様はみんなに頼まれてあちこちで命を救ってきたはずなのにすっかり地雷扱いだもんなー？)」

お粥《かゆ》が必要、というほどではないらしい。例のアザラシマスコットがついた十徳ナイフでゲンコツみたいな丸いパンやチーズをテキパキと切り分けながら、『旧《ふる》き善《よ》きマリア』がなんかこっそり黄昏《たそがれ》ていた。

ボロニイサキュバスは『旧《ふる》き善《よ》きマリア』がベッドサイドの小さなテーブルに並べてくれる料理の数々に両手を合わせて舌なめずりまで交えながら、

「坊やは今、何にどこまで首を突っ込んでおるのかの？」

「……アンナ＝シュプレンゲル。『橋架結社《はしかけけつしゃ》』の最優先はそっちって話が出てきてる。謎の組織の秘密が洩《も》れるのが怖いとか何とかで」

近くの椅子を手前に引いて、上条《かみじょう》は慎重に尋ねると、ボロニイサキュバスはパンを摑《つか》んで、

「まあコタツシンドロームもアンナ発でわらわ達は巻き込まれた格好だしの？」

「えっ？」

アリス＝アナザーバイブルきっかけではなく？　という上条《かみじょう》の目を見てボロニイサキュバスはくすくす笑って牛乳を一口（サキュバスは牛乳が好きらしい、とはアラディア情報）。それから笑顔でアリスとチーズを分け合いながら、

「R＆Cオカルティクスをわざと暴走させて全世界的にエリートアレルギーを作った上、アリスという特大の起爆剤を使って大衆を揺さぶったばい。おかげで超絶者《ちょうぜつしゃ》の集まりである『橋《はし》架結社《かけけつしゃ》』はすっかり社会を乱す悪の組織ずら」

ここには二つの謎がある。

一つ、三一日の渋谷《しぶや》の戦いでは、少なくともボロニイサキュバスや『旧《ふる》き善《よ》きマリア』にぶっ飛んだ残虐性は見られなかった。初めて知り合った上条《かみじょう》のために、無償で力を貸してくれるほどだった。そんな彼女達が、どうして他の超絶者達《ちょうぜつしゃたち》と同調してアンナ＝シュプレンゲルを処刑しようなんて話をしているのだろう？

そして二つ、最優先の事項がなくなったらアラディアはどうなる？　じゃあ改めて『橋架結《はしかけけっ》社《しゃ》』の情報漏洩源《じょうほうろうえいげん》になりかねない敗北者の口を封じましょう、なんて話は流石《さすが》に困る。

ボロニイサキュバスはチラリとアリスの方に目をやった。

まんじゅうの森よりお気に入りを見つけたのだろう。上条《かみじょう》の膝に乗っかって王様みたいにご満悦な金髪少女は、超絶者《ちょうぜつしゃ》からの視線を受けてもきょとんとしたまま首《くび》を傾《かし》げるだけだ。

上条《かみじょう》は意を決して、だけど勢いを作れずおずおずとボロニイサキュバスに尋ねていた。

「お前は……これからどうするんだ？」

『橋架結社《はしかけけっしゃ》』の中では、割と善玉。

組織の良識的な役割を持った超絶者《ちょうぜつしゃ》。

そういう上条《かみじょう》の勝手なイメージを覆《くつがえ》す格好で、ボロニイサキュバスはこう宣告した。

「まあ殺すよ。アンナ＝シュプレンゲルは別に冤罪被害者って訳じゃないしの、ただストレートに組織を裏切った真っ黒な罪人まで誰彼構わず助けるほどわらわもお人好しではないばい」


呼吸が。

というか上条《かみじょう》の意識が数秒ほど、確実に飛んでいた。

助けてほしくて街で一番大きな警察署に向かったら、目の前で金属シャッターを下ろされて拒絶された気分。そしてH・T・トリスメギストス達がボロニイサキュバスの見ていない場所で勝手にホラを吹いていた訳でもないのが証明された。全員の総意。ボロニイサキュバスもまた自分の口で確かに言った、ただの罪人を助けるつもりはないと。

「っ」

「ママ様ですか？」

思わず、もう作戦というより単純に救いを求めてもう一人の『真っ当路線』に視線を投げてしまった上条《かみじょう》だが、やはり『旧《ふる》き善《よ》きマリア』は大きな帽子ごと首《くび》を傾《かし》げているだけだった。

何故《なぜ》。

こんな基本も基本で足踏みしているのか理解できない、といった空気があった。

それだけで、だ。処刑専門の超絶者《ちょうぜつしゃ》ムト＝テーベに預けられた霊装。一つのバインダーでX字に束ねた無数の投《な》げ槍《やり》の群れ。『不思議の国のアリス』に由来する、Drink_me の文字。わざわざ『矮小液体《わいしょうえきたい》』なんて霊装を作ったのはアンナを脅して従わせるためではない。本当に殺すためだという確定が取れてしまう。

「このケ、ースではマ、マ様の、『条件』と、も合致しま、せんね。故に、善悪好悪の、問題ではな、くもっと単純に、マ、マ様にはアン、ナ＝シュプ、レンゲルを助ける動機があり、ませ、ん」

ぱくぱくぱく、と。

金魚みたいに口を開閉させても、もう上条《かみじょう》の口からは何も出てこない。

条件。

何だ、今のは？

この胸の中でゴロゴロした強烈な違和感の正体は一体何だ!!!???

「……気づいちゃったようね？」

隣で囁《ささや》いたのは、やはり超絶者《ちょうぜつしゃ》のアラディアだった。

一二月三一日では一方的に命を奪いに来る強敵だった。いいや実際に上条《かみじょう》は殺されている。それも念入りに、何度も。誰よりも会話の通じない相手のはずだった。なのに、どうして？

ここにきて誰よりもまともに言葉を交わせる人間にしか見えなくなるだなんて……。

「超絶者《ちょうぜつしゃ》はそれぞれ理由を持って『橋架結社《はしかけけっしゃ》』に集まっているの。それも、自分以外の何かを守るために。そいつはわたくしも、H・T・トリスメギストスなども同じ。でも逆に言えば、わたくし達に本来気紛《きまぐ》れは存在しない。明確な目的を持って集《つど》っている以上、そこに合致するかしないかは非常に大きな判断材料となるの」

「でも、だって……」

「検索の条件に一致すれば超絶者《ちょうぜつしゃ》の誰かがアンナを助けるでしょう。けど、今のところそういう超絶者《ちょうぜつしゃ》は現れていない。おそらく真実はそれだけよ」

「超絶者《ちょうぜつしゃ》に気紛《きまぐ》れはない？　それじゃあっ、ボロニイサキュバスは!?　自分の命を懸けてまで見知らぬ俺を助けてくれたじゃないか!!」

「いやだって、それは坊やが冤罪被害者だったから」

「っ、なら『旧《ふる》き善《よ》きマリア』は!?」

「ママ様は、奇跡が選ばれた特権階級だけのものだなんて誰が決めたという救済条件であらゆる調合物を無料配布しているだけですが」

検索結果が表示されました。

出たのに何で疑問があるの？

「…………………………………………………………………」

…………………………………………………………………

…………………………………………………………………

気がつけば上条《かみじょう》は全身汗びっしょりになっていた。

なんていうか、違う。

超絶者達《ちょうぜつしゃたち》は、これまで見てきた強敵達とは何かが決定的にズレている。一方通行《アクセラレータ》とも、右方のフィアンマとも、魔神オティヌスとも、上里翔流《かみさとかける》とも、大悪魔コロンゾンとも違う。善悪《ぜんあく》好悪《こうお》どれでもない、条件を満たしたからただ救う。しかもそれは気紛《きまぐ》れに余裕があれば上から目線で、なんて話じゃない。うっかり合致してしまった場合は古巣の味方と刃を交え、自分の命を捨ててでもそいつを徹底的に全うする。

じゃあの三一日、上条《かみじょう》が一つでもボロニイサキュバスの条件を逃していたらどうなっていたのだ？『旧《ふる》き善《よ》きマリア』のルールに合わなかったら？

あるいは別に条件を満たす人物が現れ、上条《かみじょう》がその達成の邪魔となってしまっていたら？

（ダメ、だ……）

アラディア、ボロニイサキュバス、『旧《ふる》き善《よ》きマリア』。

何故《なぜ》これらを、安全だと思った？

鍵のかかる同じ部屋には今、『橋架結社《はしかけけつしや》』に属する超絶者《ちようぜつしや》しかいない。

急に人間とは別の何かが支配する、例えば動物園の猛獣《もうじゆう》の檻《おり》にでも入れられた気分になってくる。

(見た目は近づけているようでも、触れ合っていない。アラディアやH・T・トリスメギストスだけじゃない。仲間のつもりでいたボロニイサキュバスや『旧《ふる》き善《よ》きマリア』すらも……。

俺はまだ、超絶者達《ちようぜつしやたち》の事を何も理解できてない……ッ!!)

と、

「ですし、ですし、ですしっ」

なんかアリスがにこにこしながら上条《かみじよう》の膝の上で両足をぱたぱた振っていた。

あらゆる超絶者《ちようぜつしや》から畏怖される特大のイレギュラー、暴君アリス。

しかしこうなると見方ががらりと変わってくる。多数決の勝者が常に正しいなんて誰が決めた？　寄ってたかってアリスを怖がる他の超絶者達《ちようぜつしやたち》の方こそがズレているかもしれない、という可能性をどうして今まで考えてこなかった？　すでに学園都市《がくえんとし》の暗闇で、何度も何度もアリスの手で気紛《きまぐ》れに命を助けてもらうという実績を目の当《ま》たりにしておきながらっ!!

例えば、だ。

アリス=アナザーバイブルはまだ『救済条件』の定まっていない、そういう意味での未熟で幼い超絶者なのではないか？　だから厳密なルールの存在しない『気紛《きまぐ》れ行動《こうどう》』が発生するし、その結果として救われる者もいれば殺されかねない者も出てくる。……あるいは、小さな悪女の甘言によってそのバランスに偏りが生じる事だってあるかもしれない。

法則性《ほうそくせい》が摑《つか》めない、というのは一見すれば怖い。

事が直接人の生き死ににに関わる状況で、次の行動が全く読めないのだから当然だ。

……でも、どうだ？　胸の内が読めないからこそ気紛《きまぐ》れに道端の子猫を助けるかもしれないアリスと、自前の条件リストを上から順番に眺めて線引きし、一覧と一つでも合致しなければさも当然のように見捨てて立ち去る他の超絶者達《ちょうぜつしゃたち》。これは、実はどっちがまともなんだろう？

当人の心が読めない。

次の行動が完全な形では予測できない。

……これは、本来ならそっちの方こそが『普通』の人間なのではなかったか……？

「アラディア」

「何よ？」

「お前の場合はどうなんだ。アンナ=シュプレンゲルは条件に合致するか」

「難しいけど。魔術を扱う女性という点では考慮すべきだけど、自力で世界的な巨大ＩＴのＲ

&Cオカルティクスを築いたほどの財力がある訳でしょう？　富める十字教《じゅうじきょう》から不当に虐《しいた》げられる貧しき魔女、というフレーズは感じられないわ。故に救済か殺害かは二対八、といったところ。追加条件があれば考慮はするけれど、今すぐ即決と言われたら後者で確定ね」

上条《かみじょう》は小さく笑った。

やっと、だ。

一見すると宇宙人と会話しているようだが、アラディア自身気づいているだろうか。

難しいけど、と彼女は言ったのだ。

つまり二対八は覆《くつがえ》せないが、それを『難しい』と言ってくれている。そこには何か、冷たい線引きとは別の、無駄で非効率な欠片《かけら》があるようにも見受けられた。

（……今、ここで何が起きてる？）

二九日にはアリスから、三一日にはボロニイサキュバスや『旧《ふる》き善《よ》きマリア』から命を救ってもらった事実は変わらない。

にも拘《かかわ》らず、何度も自分を殺したアラディアとの方が会話が通じてしまうのは何故《なぜ》なんだ？

（単純に、アラディアが元々『話せば分かる』系の条件を揃《そろ》えた超絶者《ちょうぜつしゃ》ってだけだった？　超絶者《ちょうぜつしゃ》としての機能を足まわりのダクトテープで封じている事がプラスに働いた？　あるいは、こいつを『橋架結社《はしかけけっしゃ》』っていう塊から一時的でも切り離した事で何か変化でも生まれた……？）

仮説は並べられるが、答えは出ない。

そもそも超絶者《ちょうぜつしゃ》とは根本的に何なのか。普通の魔術師や、あるいは聖人、フィアンマ、オティヌスなどの特別製と比べてどう違うのか。その定義が見えていないのだから当然か。

「アリス」

自分の腕の中に呼びかけると、部屋の空気が凍った。

暴君アリスを唯一コントロールできる謎の存在。超絶者達《ちょうぜつしゃたち》にとって、上条当麻《かみじょうとうま》の価値はそこにある。あるいは右手の幻想殺《イマジンブレイカー》しよりも重たい事実として。

座ったまま後ろから抱っこされて小さな足をぱたぱたさせながら、アリスは上を見上げるような格好で上条《かみじょう》と目を合わせてくれた。

「せんせい、何なので？」

「お前の意見を聞きたい。アンナ＝シュプレンゲルとは知り合いだったんだろ？　二九日の事件で、最後の最後にお前を連れて『橋架結社《はしかけけっしゃ》』に帰っていくのを俺も見てる」

「ですし」

「……その上で、お前はアンナをどうしたい？　『橋架結社《はしかけけっしゃ》』全体としての理由や利害は分かった。でもアリス、お前はそういう事情に縛られるタマじゃないってのも俺は知ってる」

「別にどっちでもなのよ」

ファジー極まりなかった。

逆に、この一言が完成された超絶者《ちょうぜつしゃ》にはできない事なのかもしれないが。

「でも、嘘つきや裏切り者は嫌いかなーっ？　ですし」

「……、」

これまた単純明快。

背中を預けながら上を向く格好でこちらを見上げる瞳はどこまでも純真無垢《じゅんしんむく》。丸っきり子供の理論一〇〇％で人の命を扱ってくれる。

そう、アンナ殺害専用の投《な》げ槍《やり》の群れ『矮小液体《わいしょうえきたい》』が『不思議の国のアリス』由来だとすれば、褐色少女ムト＝テーベとは別に当然アリスも手を貸していると考えるべきなのだ。

アリスの中の天秤《てんびん》は、おそらくアンナ＝シュプレンゲルが裏切ったのが『橋架結社《はしかけけっしゃ》』という組織に対してなのか、アリスという個人に対してなのかで揺れているのだろう。仮に前者だった場合は『大人達には内緒で楽しい遊びを教えてくれたお友達』だし、後者であった場合は『自分が差し出した信頼を嘲笑《あざわら》って汚したクソ野郎』となる。

そして何度も言っている通り、アリスの行動は誰にも読めない。

赤と白の旗がある。アリスの両手に持たせて、一秒間隔で合図を出すから一〇〇回連続でどちらか片方を自由に上げてほしいと頼んでみよう。気紛《きまぐ》れでも計算でも良《い》い、とにかくアリスが一度でも赤い方を上げたらアンナの首が飛ぶ。それも周りの超絶者達《ちょうぜつしゃたち》が揃《そろ》って赤い方を上げてとおねだりする中、だ。……さて、これでアリスの気紛《きまぐ》れ救済《きゅうさい》に頼るのは果たして合理的だろうか？

アンナ＝シュプレンゲルは憎い。好きか嫌いかで言ったら片方にしかならない。サンジェルマンの件もある、ロサンゼルスの災厄もこの目で見てきた。学園都市《がくえんとし》で起きた悲劇にだって関わっているかもしれない。

だけど、じゃあ彼女を殺すのかと言われたら返事に詰まる。

上条《かみじょう》が考えている解決はそういう方向じゃないし、気紛《きまぐ》れアリスが周りの超絶者達《ちょうぜつしゃたち》の誘導で殺す方に流れていくとしたら、それはアリス個人の善悪とは関係ない部分で、もっと恐るべき何かが働いている気がしてならない。

包丁を持った子供には、人を殺す力があるかもしれない。

でも正しい包丁の使い方も知らない小さな子供の背中を押して、その手を血まみれにさせる行いがあって良いのか？　それでアリスをおぞましい怪物と呼んでしまうのはどうなんだろうか？

ふと、上条《かみじょう》はボロニイサキュバスの言葉を思い出した。三一日の話だ。

（……アリス＝アナザーバイブルと普通に会話しても殺されない、それどころか間違っていた場合はあの子にきちんと言い含める事のできる唯一の人間）

誰がどう見たって不自然な状況だ。

おそらくこのセッティング自体にアンナ＝シュプレンゲルが一枚噛《か》んでいる。そんな気がし

てならないのは分かっているけど、

(アンナに死んでほしい訳じゃないし、アリスがそれをやるのも何となく嫌だ)

これは、最初から達成不能な目標かもしれないけど。

上条《かみじょう》はアリス＝アナザーバイブルの過去なんて知らない。ずっとこんな環境では、すでにアリスが人を死なせている可能性も否定はできない。というか渋谷《しぶや》で見たボロニイサキュバスのあの脅《おび》え方《かた》から察するに殺害そのものか、それに近い何かは起きていないとむしろおかしい。

それでもせめて。

目標として掲げるくらいなら。

(スタンスはこれで良《い》い。その上で、処刑一択で固まってる『橋架結社《はしかけけっしゃ》』のやる事についていけば、土壇場《どたんば》でアンナのヤツをよそへ逃がす事もできるかも?)

もちろん、アンナ＝シュプレンゲルは言うまでもなく史上最悪レベルの悪女だ。

処刑回避といってもあの女を野放しにしてしまうのはどう考えても危険だ。

殴り倒して警備員《アンチスキル》に預けたって牢《ろう》を抜け出すのだって証明されている。

どうしたら良《い》いのか、そんなのはっきり言える事なんか何もない。

ただ、明確な間違いと分かるところから否定していくだけだ。

暴君アリスを使って、利用して、邪魔な存在を殺害する。

明確な間違いだって言える誰かになれよ、上条当麻《かみじょうとうま》。

2

不完全燃焼、というか情報が集まれば集まるほど頭の中が混乱していくボロニイサキュバスのお見舞いが終わって、だ。

空っぽになった食器類を乗せた移動配膳台を運ぶ『旧《ふる》き善《よ》きマリア』について部屋の外に出た上条《かみじょう》は、隣のアラディアにこう尋ねた。

「お前風呂《ふろ》どうすんの？　各部屋についてるみたいだけど」

「……何故《なぜ》それを男の貴方《あなた》がわたくしに尋ねてく、ああいい、ヤバいやめてお願い詳細に説明しないで。その右手わきわきを今すぐ停止してってば上条当麻《かみじょうとうま》!!」

今日は領事館でお泊まり、というのは多分もう確定だろう。上条《かみじょう》としても『橋架結社《はしかけけっしゃ》』については接触できる内に少しでも多くの情報が欲しいのは事実。それに相互監視もできる、最低でも処刑専門の超絶者《ちょうぜつしゃ》とかいうムト＝テーベの動きは絶対に把握しておきたい。

そうなるとアラディアのお風呂《ふろ》が気になってくる。言うまでもないが、アラディアの魔術は裸足《はだし》の足を使う。足首から下をぐるぐる巻きにしているダクトテープの縛《いまし》めを上条《かみじょう》の知らない所で外されてしまうと元の力が戻りかねない。

「だとすると、やっぱり昨日と同じでインデックスを呼んでくるしかないかなあ」

「明日の献立を決めるくらいの感覚でわたくしの基本的人権を奪うのはやめてほしい」

「えっ。でもじゃあインデックス以外だと……」

「ですし！」

「…………………………………………………………………………………………………」

………………………………………………………………………………………………………あ」

『その可能性』は全く想定していなかったのか、出会い頭の大型ダンプカーをスローで眺めるような声を出す魔女達の女神アラディア。

そんな訳で、

『あああああッ!?　ちょ、待っ、アリス。自分でやるっ、わたくしそこは自分の手で洗えるからアあああああああああああああああああああああああああああ!!!!!!』

『でも少女はせんせいに頼まれたですし。ほらこれっ、みんなのオススメは天然の海綿スポンジなのよ。それからこっちにはヘチマ、こっちはシリコンの粒々のヤツもありますし！　試せるものは全部試してみましょう、ほらごしごーし☆』

『ボロニイサキュバス、アレは止めなくてよろしいのですか？　せめて両足のダクトテープくらい剝がしてあげるとか』

『わらわが今そのアラディアの両肩を押さえつけてごしごし支援砲撃しておるのが見えぬのかえ「旧《ふる》き善《よ》きマリア」？　去年そいつの手で直接ボッコボコにされてえっちで甘えたがりの包帯お姉さん状態だからの。どう考えたって冤罪《えんざい》じゃなくて真犯人ですたい、特に助ける理由が存在せんのじゃけんどー？』

『ムト＝テーベ。あなたも』

『わたしは裸のお付き合いを大切にする人柄』

きゃっきゃ言ってる超絶者《ちょうぜつしゃ》女性陣の声をドア越しに耳にしつつ、だ。

（……こういう時は普通に楽しそうなのにな。でも、これも楽し『そう』ってだけ、なのか？　あれで根っこが全く見えないっていうんだから、逆に超絶者《ちょうぜつしゃ》はおっかない）

廊下側で上条《かみじょう》はそっと息を吐いた。

人の命を左右する会話で、言葉が通じるのに話が全く噛《か》み合《あ》わない、とでもいうか。

ともあれ、あの調子ならアラディアの足首ダクトテープが剝がされる心配はなさそうだ。ここにいる必要は特にないので、上条《かみじょう》はそっとドアの前から離れる。

神妙な顔をしている場合ではなかった。

（ていうか、しれっとムト＝テーベとかいうのがバスルームにいるじゃん。じゃあインデックスやオティヌス達は今誰が面倒見てんだ⁉）

超絶者《ちょうぜつしゃ》の口約束なんてこんなもの、なのか？　ムト＝テーベだけの特徴かどうかがいまいちはっきりしない。

一階の食堂の方に戻ってみると、青年執事のH・T・トリスメギストスがテーブルに残されていた食器類を片付けているところだった。また懐《ふところ》からガシャガシャ収納ケースを展開して布巾や洗剤、大きなトレイなどを取り出している。あれは黒《くろ》い杖《つえ》も入らないのだろうか？

よっぽど食べたのかインデックスは机に突っ伏してご満悦モード、身長一五センチの神オティヌスはテーブルの上でぴょこぴょこ跳んで自己主張している。三毛猫に脅《おび》えた目を向けているところを見るに、さっさと肩の定位置につきたいらしい。

「(人間、H・T・トリスメギストスからいくつか情報は引き出したが……)」

「(思ったよりヤバそうって話だろ？　こっちも色々。とはいえ、超絶者《ちょうぜつしゃ》については余計に意味不明な空欄が増えたって感じだけど)」

二人で囁《ささや》き合《あ》っていると例のH・T・トリスメギストスがこちらに視線を振った。

こいつも超絶者《ちょうぜつしゃ》の一人。

表面上の言葉が通じるかどうかではない。実際、どこまで意思疎通ができるんだろう？

「いつまで経《た》っても戻ってこないので、片付けを始めてしまいましたが」

青年執事にとっては主君とか呼んでいるアリスが優先で、彼女が来ないならテーブルはお開き、と判断したのかもしれない。

「こっちはボロニイサキュバスの部屋でみんなで摘《つま》んだよ。……ていうか、その割に余り物がないな。多分インデックスが全部食べちゃったんだろうけど」

「SDGsに配慮したエコなお方です」

「多分それ使い方間違ってる」

元来、食べ物を食べない事が粗末になるのではない。必要とする人へ十分な量の食べ物が届かない事が問題だったはずだ。よって、たった一人で何人前もまとめて平らげる行為は消費期限前だろうが後だろうが実は節約になっていない。この辺を履き違えると『我々は持続可能な社会のために、不要なエコバッグの廃棄量を削減します』とかいう意味不明なキャッチコピーが出回る訳だ。そもそも長年にわたって売れる見込みもない量を勝手に作って自分で廃棄してきたのはお店側だろうに、何故《なぜ》その無駄を半分にしたらご自慢アピールになるのだ？　というか季節の流行でエコバッグを捨ててどうする。

言ってみただけの青年執事はあまり地球の未来について興味はないらしく、

「食後の腹ごなしには知的労働も効きますよ。例えばチェスなどはいかがです？　アリスなども嗜《たしな》みますが」

「いや悪いけど、俺チェスなんてルール知らないよ」

適当に言ったら青年執事が取り出し途中だった折り畳み式のテーブルや椅子が中途《ちゅうと》半端《はんぱ》な形で床に散らばった。

幽霊を否定するために大量の最新機材を持って心霊スポットに出かけたのに、とんでもない数字が出てきて頭を抱える大学教授みたいに瞳がぐらぐら揺れてる。

「ち、チェスのルールも理解しないまま、一般的に考えて一五年なり六年なりを一体どうやって生きてこられたというのです……？　あ、あのアリスでも遊んでいるというのに……」

「逆に長い人生のどこでチェスのルールが一発逆転の材料になる時がやってくるのか言ってみろお洒落《しゃれ》執事《しつじ》」

上条当麻《かみじょうとうま》、実は小さなアリスがバットをぶん回しているクリケットのルールもサッパリなのは墓まで持っていく必要が出てきそうであった。

「つか日本人なんてそんなもんだよ、上《うわ》っ面《つら》は分かってるふりしてるけど駒の動かし方を書いた解説書抜きのシラフでチェスができる人間なんてきっと一握りだ」

ふっ、と。今度は『ような』『みたい』ではない。H・T・トリスメギストスが物理的に真後ろへ倒れていった。こう、なんていうか棒切れ感覚で。

結構派手な音が聞こえてびっくりしたが、本人的にはそれどころではないらしい。

横倒しにポジションを変え、床の絨毯《じゅうたん》を指先でいじくりながらぶつぶつ言っている。氷嚢《ひょうのう》や頭痛薬があちこちに転がり出ていた。どうやらチェスのルールブック自体は持っていないようで、その不備でも多重にショックを受けているようだ。青年執事にとってはジャンケンや鬼ごっこと同じレベルの話だったらしい。

「……い、いっぱんろんが、二つ以上存在できる……？　なにをおかしなことをいっているんですかこのすっとこどっこいこれが学園都市《がくえんとし》という魔窟なのですかビビギョルギチギチ……」

「おい超絶者《ちょうぜつしゃ》、共通トーンとかいう言葉が乱れているぞ」

やっぱりこいつも変人の部類だ。

上条《かみじょう》がそんな風に思っていると、

「……カルネアデスの板ですよ」

「？」

「まあ遠い昔にそのようなものを見てきた訳でして。正義を慎重に扱う心をなくした世界は悲惨ですよ、どれだけ学問で論理的に説明したところで感情に押し流されればおしまいです」

それ以上、青年執事側は語るつもりもないようだ。

これまでも何度か青年執事が放つ言葉の端々に出てきてはいたが、どうやらH・T・トリスメギストスは一般的という単語やその意味に行動の軸足を置いた超絶者《ちょうぜつしゃ》らしい。だから普段は無敵だけど、その一点が揺らぐと一気に思考の根幹にまで影響が出てしまう。

忘れてはならない。

アラディア、ボロニイサキュバス、『旧《ふる》き善《よ》きマリア』、ムト＝テーベ。

そしてアンナ＝シュプレンゲル。

H・T・トリスメギストスが具体的にどんな術式を使うのかはまだ不明だけど、少なくともあのランクと肩を並べる怪物であるのはひとまず確定なのだ。この場合、『未知の存在』な方がかえって怖いと考えた方が良《い》い。

単純に殴り合って力比べなんかできない。

ほんとにここは不思議の国だ。

3

一月三日である。

上条当麻《かみじょうとうま》、女の子の家でお泊まりしてしまった。

具体的には休日に朝ご飯を食べてまったりしている、午前九時とか一〇時とかの時間帯。

「アラディアー、足出して」

「……はあ」

橋架結社《はしかけけっしゃ》領事館《りようじかん》の娯楽室において、そろそろ慣れてきている感じでアラディアはビリヤード台にお尻を乗せて腰掛けていた。そのまま、ついっ、とほっそりした右足を床の上条《かみじよう》の方に差し出してくる。

ツンツン頭の手にはダクトテープの太いロールがあった。

左右の足首より下をぐるぐる巻きにして固めるのは、アラディアの強大な魔術を封じるのに必要な行いだ。ただ一方でどこまでいっても応急処置なのでずっとそのままにはしておけない。包帯と同じで、定期的に交換した方が良《い》い。

「じゃあ剝がすぞ。ちょっと痛いかもしれないけど」

「分かっているならやめてよこんな事」

「でも刃物使おうとしたらお前メチャクチャ嫌がったじゃん、カッターで切るのは怖いって」

「当たり前よあんな分厚い段ボール切るようなデカいカッターを足首に向けるとか！　アキレス腱《けん》は代表的な人体の急所だっていう基本的な事実すら理解していないの⁉」

嚙《か》みつくように叫ぶアラディアだが、むしろ上条《かみじよう》はホッとしていた。超絶者《ちようぜつしや》としての魔術さえ奪ってしまえば、カッター程度の刃物で怖がってくれるような人なのだ、アラディアは。

一二月二九日、『暗部』での戦いを思い出す。

多分アリスはこんな甘い話ではないだろうが。

一度に両足のテープを外してしまうとアラディアがそのまま逃げそうなので、片足ずつテープを剝がしてウェットティッシュで軽く拭いて、それから新しいテープを巻いていく。ビリヤード台に腰掛ける魔女達の女神は渋面いっぱいといった顔だったが、一応はされるがままだ。

アラディアはその辺にあったタブレット端末を摑《つか》むと、ネットニュースも兼ねる検索サイトのトップ画面に表示されていたらしい、新年早々開いている博物館のサイトを適当に眺めて、

「……まったく、他にもこれだけ超絶者《ちようぜつしや》が溢《あふ》れ返《かえ》っているのに、どうしてわたくしだけこん

な。今さら一人だけ魔術を奪ったって状況は変わらないよ」

「それでもだ」

ぎゅっぎゅっ、と上条《かみじょう》はアラディアの左足もダクトテープでぐるぐる巻きにしていき、粘着面が浮いたり剥がれたりしないか確かめながら、

「これで、できたっ。こいつも問題片付いたら応急処置じゃなくて根本的なやり方を考えなくちゃあな。アリスん家《ち》みたいに靴で歩き回れるお宅なら、安い靴履《は》かせてテープで足首だけぐるぐる固めるって方がお前の負担は少なそうなんだけど、……」

「？」

きょとんとするアラディア。

が、そのまま視線を下に下げていって理解したのだろう。一段高いビリヤード台に腰掛けたまま床に膝をついた男に細い脚を差し出すと、ちょうどお股の辺りにがっつり視線が集まってしまうという事実に。

「……、」

「待って、これは違うと思うの。ていうかアラディア前から疑問だったんだけどそれそのえっちな格好は水着なの下着なの？　それ次第で天罰の有無は大きく変わると思うよ実際‼」

本気の馬鹿は水着だろうがズボンだろうが真正面から目の高さを合わせて女の子の股を注目して良いものではないという基本さえ分かっていなかったらしい。

そしてアラディアはほっそりした足の先を上条《かみじょう》の口へ結構強めに突き入れた。

ご褒美《ほうび》はゴムっぽい味しかしなかった。

4

娯楽室の床で目を回している上条当麻《かみじょうとうま》を置いて、アラディアは廊下に出た。

「……はあ」

右を見て、左を見て、そして魔女達の女神はそっと息を吐く。

それから片目《かため》を瞑《つむ》る。

……個人の集中力なんていつまでもは保《も》たない。二、三日ほど従順に振る舞っていれば、どこかで隙を見せるとは思っていた。アラディアの術式『三倍率の装填《リロードスリータイムス》』は各種ハーブの粉末と自身の裸足《はだし》の足の裏から出る汗や皮脂を混ぜ合わせて作る魔女の膏薬《こうやく》をトリガーとする。なので両足をダクトテープで固定されてしまうと術式を使えなくなるのだが、一人きりになってしまえば話は別だ。

ダクトテープそれ自体は時間さえかければ誰の手でも剝がせるもの。

戦闘ができる人間がすぐそこにいる場合は根気良く剝がしている間に攻撃されておしまいだが、今なら安全に排除してしまえる。

アラディアは身《み》を屈《かが》めると自分の右足首に両手をやって、

「……まったく、組織的な力もなく敵対者を永続的に拘束しておけるという考え方がすでに素《しろ》人臭《うとくさ》いのよ。わたくしから力を奪いたければ、抵抗できない状態から命も気にせず両足なんか切り落としてしまえば良いのに」

「だろうな」

ビクッ!! とアラディアが結構本気で真上に跳ねた。

アラディアの巨大なウィンプルと長い銀髪の間。そこを割って、身長一五センチの神が呆《あき》れた調子で顔を出した。魔女達の女神の肩に乗り、そっと耳元へ囁《ささや》きかける。……つまり、いつでも耳の穴に腕を突っ込める位置取りで。

「そしてそれではダメだと考えたから、あの人間はわざわざリスクを呑《の》んでお前と行動を共にしているんだ。少しは察する力を持て、がり勉こじらせ魔女」

「分かった分かった、分かったたってば」

身《み》を屈《かが》めたまま、アラディアはそっと両手を挙げた。

一五センチのオティヌスそのものは片手を使えば難なく握り潰せるだろう。が、この小さな神がプライドを捨てて絶叫した場合、誰がここに駆けつけてくるか予想はできない。上条当《かみじょうとう》麻《ま》はもちろん、アリスや他の超絶者達《ちょうぜつしゃたち》が領事館内でゲスト扱いの賓客への暴力行為をどう扱うか、定義は未知数だ。ただでさえ、負けたアラディアの立場は弱くなっているはずだし。

アラディアは小さく笑って、

「貴女《あなた》が間抜けな高校生の穴を埋めていく『組織的な力』って訳？　こんな半端《はんぱ》な状態で所有されたところで、わたくしの牙が折れる事はないってくらいは分かりそうなものだけど」

「……まったく、だから本当に死んでも良いから足くらい奪ってしまえと忠告したんだ、私は。馬鹿の努力が報われんところなどいくらでも見てきたが、毎度自分の命を迷わず賭けてしまうから頭が痛い」

「？」

怪訝《けげん》な顔をするアラディアに、肩のオティヌスがそっと息を吐いた。

「両手は下ろして良いぞ。そもそも、あの人間がどうしてこんな回りくどい真似《まね》をしていると思う？」

「倒した敵の喉や手足を潰してでも魔術を奪う覚悟がないから」

「ピンポンだ、ちくしょう」

雑に言ったら正解と返されて、かえってアラディアの方が面食らった。

オティヌスは半ば不貞腐《ふてくさ》れた調子で、

「もっと具体的に言うなら、あの人間は『敵は倒せばおしまい』であってほしいと考えている。どれだけ辛《つら》い戦いがあっても、勝ち負けが決まればそこで区切って、互いのしがらみを捨ててもう一度やり直せるとな」

「……、」

「アンナ＝シュプレンゲルの件ではそこが揺らいだ。あの女は、一二月二五日の段階で人間がその手できちんと倒していたんだ。ただし学園都市《がくえんとし》に預けても、あっさり檻《おり》から抜け出したようだがな。そして今、倒してもそこで終わってくれなかったアンナに対しては学園都市《がくえんとし》も『橋架結社《はしかけけっしゃ》』も殺すしかないという結論を出してまとまりつつある。……それなり以上にショックでも受けているんだろうよ、あのお人好《ひとよ》しバカは。だから強大な敵を倒せばそこできちんとおしまいにできる状況を、自分の手で必死に作ろうとしている」

アラディアは屈《かが》んだまま、解けた靴紐《くつひも》でも縛り直すような格好で、自分の右足首へ目をやった。ハンドメイド丸出し、手の届く場所にある耐水性のダクトテープを手に取ってぐるぐる巻きにしただけの拙い安全装置。

「無謀な事をしているのは、あの人間だって分かってる」

鼻で笑ったアラディアをさらに見下す格好で、オティヌスは言い放った。

「それでも『殺さなくても超絶者《ちょうぜつしゃ》を無力化できる方法』さえ編み出す事ができれば、お前を守れると思っているからあの人間は続けている。無駄な足掻《あが》きでも諦めなければお前の命はまだ拾えると信じて行動しているんだよ。……よもやそいつを眺めて出来が悪いと嘲笑《あざわら》うとは。まったく、損得抜きの親切ってのはよくよく届かないもんだ。これも未熟な世界に溢《あふ》れた理不尽の一つってヤツか？　なあ教えてくれよ、今ある世界にご不満の超絶者《ちょうぜつしゃ》さん」

「……わたくしは、そんな事頼んでなんかない」

「なら両足のダクトテープを剝がして古巣の『橋架結社《はしかけけっしゃ》』に再合流するか？　もう分かっているだろうアラディア、今のお前は自分で思っているほど組織から求められていないよ。失態以上に大きな手土産でもない限り、わざわざ他人の手で負かされるリスクを孕《はら》んだお前を再び抱え込む理由なんかない。それは結社全体にとっての脆弱性《ぜいじゃくせい》やバックドアにもなるからな。お前達の最終的な目的は知らんが、組織の邪魔になると判断されれば弱点持ちの個人なんぞ身内の手で殺されておしまいだ」

「それでもわたくしはあらゆる魔女を守る女神となる‼　そういう生き方しかできない超絶《ちょうぜつ》者《しゃ》よ‼　……誰かを救える牙さえ折って差し出せば、ひとまず殺されずに救われる道がある？　それは代わりに誰と誰を見殺しにする未来よ。自らの勝手な妥協によって、より下位で苦しむ他者をまとめて切り捨てる道をよしとするとでも思ったか。夜と月を支配する魔女達の女神アラディアを舐《な》めないでよ‼‼‼」

魔力や術式といった話ではない。その生き様と決意だけで、すでに人の魂を押し潰すほどの力を持った超絶者《ちょうぜつしゃ》の宣告だ。

しかし肩の上のオティヌスには全く響いていなかった。

力を失ったとしても、彼女も『魔神』だ。

「富める十字教《じゅうじきょう》の手で不当に虐《しいた》げられている魔女達を助ける。そういう機能を期待されている女神、か」

何かの確認を取るように。

「なら、お前は根本的な勘違いをしている」

「？」

「知らないのか？　あの人間は決して無傷じゃない。馬鹿な事をすれば馬鹿な事をしただけ自らの体に傷を負ってきたはずだ。もちろんそれはあの人間が自分で選んで行動した結果だが、半分以上は禁書目録《きんしょもくろく》絡《がら》みの話だぞ？　つまり、十字教《じゅうじきょう》の手で作られた最終兵器を守るために、その外にいるはずの高校生が好き放題に巻き込まれている。ああそうそう、特に謝礼や報酬が支払われた形跡はなさそうだな。出席日数が足りずに留年の危機でもあるらしい」

アラディアの中で時間が止まった。

次の一言まで、実際の流れでたっぷり五秒以上もかかった。

「……なん、……？」

「そしてあの男は一度だけ、明確に自分の意思で魔術を行使している。例の、一二月二五日の対アンナ＝シュプレンゲル戦だ。もちろん自らの手で生命力から魔力を精製した訳ではなく、大部分はミクロな世界から自分の体を冒すサンジェルマンの補助は受けていたが、それでも学《がく》園都市《えんとし》の皆を守るために自らの死をも覚悟して魔術を使った存在であるのは事実だ」

「っ」

魔女達の女神アラディアの呼吸が、完全に詰まった。

そう。

もしも彼女が本当に自らへ定義した生き方を全うするのであれば、だ。

「ちなみに魔女は男性の異端魔術行使者に対しても当てはめられる単語だ。ボロニイサキュバスの件を思い出せ、遠い昔の魔女裁判で殺されたのはサキュバスだけの娼館《しょうかん》を経営したとかいう馬鹿げた罪で捕まった『男性』だったはずだろ。……つまり、あの人間は十字教《じゅうじきょう》からいいように搾取《さくしゅ》されて何度もいらない戦いに駆り出された挙げ句、皆を助けるために命《いのち》を賭《と》して魔術にまで手を伸ばしてしまった哀れな一般人という扱いだな。おや？　アラディア。これは富める十字教《じゅうじきょう》の手で不当に迫害される貧しき魔女とは呼べないのか？　だとしたら、お前は一体誰を攻撃している」

元来、魔女は自分からそう名乗らない。

報酬を求めたり、名声を気にしたりはしない。

ただ身近な人々の相談者となり、普通の方法では解決できない悩みを特別な手順で裏からこっそり片付けるだけ。だから魔女はどれだけの人を救ったところで、決して他者から理解される事も報われる事もありえない。

例えば今、アラディアが考えなしに突っぱねたのと同じく。

魔女達の女神は顔を真っ青にしていた。

「じっ、冗談じゃないわ‼　わたくしがこれまで彼を何回殺したと思っているの。あらゆる魔女を守るために存在するこのわたくしが⁉　いいえ、三一日は冷静に考えている暇はなかったかもしれない。だけど今、一月の三日にもなって！　彼は何でそれを言わないの⁉」

「言ったらそれが束縛になるだろ。だからあの人間はいつでもお前の力を借りられる必殺のカードを自ら放棄した。そんな特別な『条件』がなくても、人と人はいつか分かり合える日が来るだなんて馬鹿げた話に本気で自分の命を預けてな」

「……、」

長い長い魔女の歴史は大抵陰惨だが、中には魔女として訴えられながら地獄の裁判を覆《くつがえ》し、民衆に守られて幸せに生きた人もいる。例えば医療費を求めずに傷や病を癒やす小瓶の魔術師ビディー＝アーリーに、権力を使う司教に同じく権力で戦った侯爵家の奥様カイテラー。一度魔女と決めつけられたら誰も助からなかった時代、それでも彼らが難を逃れた理由は民衆が身近な魔女から受けた恩を決して忘れず、何があっても絶対に曲がった証言はしないと決意して、当時人の命すら軽々と左右させる教会勢力の圧力にも屈しなかったからだ。

アラディアは、彼らのようにはなれなかった。

怖いのはデマを鵜呑《うの》みにして暴れる群衆？　人の力はそれだけじゃない。本当に追い詰められた人の命を救える聖者とは、やはり自らの行いを特別とも感じなかった普通の人々なのだ。そこまでの綱渡りを当たり前にできるからこそ、わざわざ誇るつもりもなかったのだ。

「あの人間は笑っていたよ」

沈黙するアラディアに、神と呼ばれた少女は舌打ちしてこう宣告した。

はっきりと。

「一二月三一日。殴り飛ばされて気を失っていた貴様は覚えていないだろうがな、両足さえ塞げば魔術が使えなくなるって分かって、上条当麻《かみじょうとうま》は本当に心の底から胸を撫《な》で下《お》ろしていた。超常のオンオフ条件さえはっきりしていれば、必要以上に怖がられる心配もない。魔女達の女神は確かに規格外の怪物だけど、両足を切り落として殺すしかないなんて絶対に誰にも言わせない。これは小さな可能性だけど、でもアラディアはまだ拾える命だってな」

「…………………………………………………………………………………………………」

……………………………………………………………………………………………

……………………………………………………………………………………………

脳裏に、何かがよぎった。

一二月三一日、同じ超絶者《ちょうぜつしゃ》のボロニイサキュバスから言われたのは何だったか。

『そなたがもうちょっと冷静なら、遠い昔に魔女達がどういう不条理な裁判ごっこを経て地獄を味わってきたかを思い出せたら、そなたはむしろ進んで上条当麻《かみじょうとうま》を庇《かば》う「静かな夜の善なる女神様」になれただろうにぞ』

呆然《ぼうぜん》とする魔女達の女神に、オティヌスがこう言った。

ここまでの馬鹿とは思わなかった、と言わんばかりの調子で。

「だがそういったわずかな希望も、お前の無遠慮が全部ぶち壊した。感謝しろよ愚か者、私は今あの人間の夢を砕いてまで見ず知らずのお前を救っている。もしここで足首のテープを剝がしてもう一回あの人間を殺していたら、そしてこの街の医者にも『旧《ふる》き善《よ》きマリア』とやらにも修復不能な形で念入りに死を塗り潰してしまったら、お前はもう魔女達の女神を名乗る事すらできなくなるだろうからな」

5

ちょっと目を離したらアラディアを見失ってしまった。

結構本気で困って上条《かみじょう》は緑色の芝生が眩《まぶ》しい庭園に出た。何しろ建物が広くて入り組んでいるので、外から窓全部を眺めてどこかにいないか確かめた方が手っ取り早いと考えたのだ。もちろんこれで必ず見つかるとは限らないが、いなければいないで『窓から見えない所にアラディアはいる』と当たりをつける事ができる。

もっとも、それも『アラディアが領事館の敷地内《しきちない》に留《とど》まっていれば』の話だが。

「おい人間」

と、そこでいきなり声を掛けられた。

アラディアではない。振り返ってみると、魔女達の女神の肩に乗った一五センチの神が勝手にはぐれた迷子を見つけたような、呆《あき》れと憐《あわ》れみの混じった視線を投げてきた。

小さいけれど尊大な神は言う。

「別に逃げたりしていないから心配するな。アラディアについては、私とお前と魔道書図書館で、代わる代わる監視するという約束だっただろう？」

「ふんっ……」

庭園に出てきたアラディアはすこぶる機嫌が悪いらしい。

が、目《め》を逸《そ》らしているものの上条《かみじょう》の前から立ち去ったりもしない。

やや不貞腐《ふてくさ》れたように、アラディアは上条《かみじょう》と目を合わせずにこう切り出してきた。

手持無沙汰なのか、自分の銀の髪を指先でいじくりながら、

「……処刑専門のムト＝テーベより早く、アンナ＝シュプレンゲルを食い止めるんでしょう？　それも、できれば殺さない格好で」

上条《かみじょう》は目をぱちぱち瞬《まばた》きさせた。

それから首《くび》を傾《かし》げて、

「アラディアなんか丸くなった？」

「ふざけないでちょうだい。わたくしは超絶者《ちょうぜつしゃ》の堂々たる一角、夜と月を支配する魔女達の女神よ。その性質が気軽に変わると思っているの？」

片手で髪を払うアラディアの眼差《まなざ》しは冷たかった。

なんかアラディアとその肩にいるオティヌスがごにょごにょ言い合っている。

「（……本当に彼、魔女の範囲に収まる人間なんでしょうね？）」

「（なにビビって無駄に疑ってんだそっちの方が嬉《うれ》しいくせに）」

「？」

左右の足の足首から下は、相変わらず耐水性のダクトテープでぐるぐる巻きにされていた。一人きりになったところで、アラディアはそれを剝がそうとはしていない。

「そこはいちいち心配しなくて良いってば」

と、これまたわずかにイライラしたようなアラディアの声。

さらに続けて、

「『橋架結社《はしかけけつしゃ》』は放っておけば裏切り者枠にいるアンナ＝シュプレンゲルを殺害する方向で話をまとめていくよ。すでに処刑専用の霊装『矮小液体《わいしょうえきたい》』を完成させてムト＝テーベがよそから合流している以上、やらない理由を探す方が難しいくらい。貴方《あなた》は真意を隠してアリス達についていけば、現場でギリギリ小さな悪女を逃がしてやれる隙を作れるとでも思っているんでしょうけど、それじゃ足りない。『橋架結社《はしかけけつしゃ》』は、世界中に隠れ家を作って自由に旅する組織なのよ。つまり一時的に逃げたって、次々超絶者《ちょうぜつしゃ》が送り込まれて追い詰められるだけ。場当たり的に助けても命の危機は終わってくれないわ」

「ていうか、全部で何人いるんだ超絶者《ちょうぜつしゃ》……？」

「そこは重要じゃない。大事なのは、コトが起きてから慌てて動き出してもアンナ＝シュプレンゲルは助けられないって話よ」

アラディアは片目《かため》を瞑《つむ》って、

「だから、起きる前に手を入れる。むしろこっちの方が被害防止の基本ね」

「起きる前って……」

「忘れたのか人間？『橋架結社《はしかけけつしゃ》』は超絶者《ちょうぜつしゃ》同士で集まって話し合いで舵取《かじと》りをしていく魔術結社という話だったろ」

アラディアの腕を伝ってこっちに移ってきたオティヌスがそんな風に言ってきた。

確かに、だ。アリス＝アナザーバイブルを筆頭に、現場に出てくる超絶者《ちょうぜつしゃ》どもが軒並みパワー馬鹿の規格外過ぎて忘れがちになるが、ボロニイサキュバスの話では世界の行方を話し合いで調整しているという事だった。それをアリス一人の子供の理論でぶっ壊されては困るから、他の超絶者達《ちょうぜつしゃたち》は散々気《き》を揉《も》んでいたはずだ。

アラディアが断言した。

「超絶者《ちょうぜつしゃ》同士で行う、話し合いの場を制する」

「……、」

　何も言えない上条《かみじょう》に、魔女達の女神はさらにこう続けた。

「ムト＝テーベ。『矮小液体《わいしょうえきたい》』を貸与された彼女の手によるアンナ＝シュプレンゲルの処刑を撤回させるには、これしかないわ」

「そ、そりゃ話し合いで済むなら結構だけど、でも具体的にどうやって？」

「私としても確認したい。アラディア、貴様が自分で言っただろ、『橋架結社《はしかけけっしゃ》』の拠点は世界中にあるって。こっちは超《ちょう》絶者《ぜつしゃ》がどこに何人潜んでいるかも見えていない。誰がどんな主張をしているか、何人説得すれば過半数を制した事になるかも分からん。この状況で何を制しろと？」

「馬鹿二人、だからそこは重要じゃないってば」

　遮るようにアラディアは言葉を放った。

「得票数の大小じゃない。『橋架結社《はしかけけっしゃ》』の中では、常にアリス＝アナザーバイブル一人の動向が非常に大きな意味を持つ」

「おい、それって……」

「貴方《あなた》にしかできない事よ」

　二階の窓辺を横切る褐色少女ムト＝テーベを気にしつつも、はっきりとアラディアは言った。

　ボロニイサキュバスでも、『旧《ふる》き善《よ》きマリア』にもできない選択肢として。

「とはいえ万全を期すなら、今この場にいてアリスの言動に影響を与えそうな因子はできるだけ味方につけておいた方が安全でしょうね。領事館にいる超絶者《ちょうぜつしゃ》はまだ限られている方だわ。中でも、アリスの側近として控えている超絶者《ちょうぜつしゃ》、例えばH・T・トリスメ……」

「私がどうかしましたか？」

静かに尋ねてきたのは、杖《つえ》を手にした例の青年執事だった。

足が悪いようには見えない。とはいえ、だから魔術で使う霊装としての杖《つえ》だ、と判断するのも早計か。注目しやすいという事は、本命から逸《そ》らしやすいという意味でもあるのだし。

執事って庭園でどんな仕事してるんだろ、と上条《かみじょう》は疑問だったが、緑の芝生や色とりどりの花壇で彩《いろど》られたその片隅にテーブルセットが置いてあった。あれの手入れは庭師の仕事ではないようだ。

上条《かみじょう》の視線に気づいたのか、青年執事はうっすらと笑う。

「……私としても、真冬の一月だと普通に寒いと思うんですがね。それでもアリスは外で紅茶を飲みたがる事が多いですから。ふふ、まんま絵本の世界でしょう？」

「ちょうど良かったわ」

アラディアはそう切り出した。

そう言った時には、すでに青年執事は新しいテーブルと椅子を人数分外套《がいとう》の中から取り出して展開を終えていた。慣れた様子で魔女達の女神はそこに腰を下ろしながら、

「ボロニイサキュバスと『旧《ふる》き善《よ》きマリア』は上条当麻《かみじょうとうま》、貴方《あなた》がおねだりの方向を間違えない限りは協力を取りつけられるし」

お茶のように沸かさずそのまま飲める水は逆に貴重らしい。H・T・トリスメギストスからキンキンに冷えたミネラルウォーターのボトルを渡されつつ、上条《かみじょう》は渋い顔になった。

ボロニイサキュバスの部屋で見聞きしたあの話が今でも忘れられない。

「……でもあの連中、今回は満場一致で殺す殺すモードじゃなかったっけ？」

「だったら『条件』を外してやれば良いのよ」

「人間、例えばボロニイサキュバスは冤罪被害者《えんざいひがいしゃ》であれば自分の好みに関係なく誰でも例外なく救う超絶者《ちょうぜつしゃ》という話だ。つまり屁理屈《へりくつ》でも何でも良《い》いから、アンナをそういう枠に収めてしまえば黙らせられるはずだろ」

オティヌスの言い方に、上条《かみじょう》は思わず口をへの字にしてしまう。

見た目は下着で街をうろつくヘンタイ羽つきお姉さんであっても、年末三一日の渋谷《しぶや》では実際に命を助けられているのだ。たとえボロニイサキュバス自身がそう言っていたとしても、上《かみ》条《じょう》にはもっと深い意味や繋《つな》がりがあったと信じたい。

アラディアはそんなツンツン頭にこそ呆《あき》れのため息をついて、

「好き嫌いの話は後にして、正誤でものを判断してってば。合成された奇跡を振るう『旧《ふる》き善《よ》きマリア』だって、優しさから万人を見境なしに救う訳じゃないわ。渋谷《しぶや》での戦いにおいて、貴方《あなた》は『条件』に合ったから『復活』の恩恵を受け取った。具体的な『条件』については自分で考えて。特に隠していないし、彼女、自分で口に出しているはずよ」

「……、」

「領事館には他にも何人かヤバい超絶者《ちょうぜつしゃ》が寝泊まりしているようだけど、あと一人。ひとまずH・T・トリスメギストス、貴方《あなた》の手を借りる事ができればアリスの周りは固められるわ。領事館内での過半数、加えてアリス個人も味方に取り入れられれば、世界に広がる『橋架結社《はしかけけっしゃ》』全体の協議はまとめてこちら側へ傾いてくれるはずよ。処刑専門のムト＝テーベは一人では動かない、ルールを守ってきちんと殺す超絶者《ちょうぜつしゃ》だから。つまり、彼女は良くも悪くも組織の総意に従って行動する。みんな、アリスが怖い。彼女が持っているのは一票だけど、それは確定で流れを変える一票よ」

「ええっと、つまり私、一般的に考えて何に巻き込まれようとしています？　先ほどからアリスの名前が出てきていますけど」

「あなたの敬愛するアリスに迷惑はかけないから」

首《くび》を傾《かし》げる青年執事は水のボトルに口をつけ、懐《ふところ》から手帳を取り出していた。

上条達《かみじょうたち》は一から説明する事にする。

話を聞いている内に、H・T・トリスメギストスの首の角度はどんどん深くなっていく。

「つまり、あなた方は『矮小液体《わいしょうえきたい》』を使ったアンナ＝シュプレンゲルに対する処刑を撤回させたい、と？」

「端的に言えばそうなるね」

「何故《なぜ》ですアラディア？　『橋架結社《はしかけけっしゃ》』の事情に限らず、あの悪女が全世界レベルで災厄を振《ふ》り撒《ま》いているのは周知の事実でしょう。現実にアリスにまで干渉している。わざわざ無理して勝敗条件に縛りを持ち込むほどの理由でも？」

　これに対しては、アラディアも肩をすくめただけだった。

　H・T・トリスメギストスが冷酷なのではない。アンナにはすでにここまでやられているのだ。多分、六〇億なり七〇億なりの地球人類全員の疑問かもしれない。

　だから上条《かみじょう》だけが答えられた。

「理由がなければ良いよ。これから作る」

「……、」

「一方通行も、右方のフィアンマも、魔神オティヌスも、上里翔流も、アレイスターも、コロンゾンも、自分自身とだってそうだった。だから、足りないなら戦いながらでも相手を理解していくよ」

　散々引っかき回された学園都市《がくえんとし》はアンナ＝シュプレンゲルを絶対に許さないだろう。

　そして多くの超絶者達《ちょうぜつしゃたち》が集まる『橋架結社《はしかけけっしゃ》』の方でもアンナを具体的に殺害する手段の構築を進めている。

　もちろんアンナの起こしてきた事は許せない。サンジェルマンは、ロサンゼルスは、そして学園都市《がくえんとし》はどうなった？　あれと同じかもっとひどい悲劇を生み出すつもりなら、拳で殴り飛ばしてでも止めないといけない。

　だけど、その終わりは鮮血と死の一択しかないのか？

　上条当麻《かみじょうとうま》がずっと求めてきた決着は、本当にそんな形なのか？

「なるほど、なるほど、なるほど。……これがあのアリスが懐《なつ》いている上条当麻《かみじょうとうま》、ってトコですか」

　結構本気で呆《あき》れたように青年執事は息を吐いていた。

　そんなもんで理解した気になるな、と何故《なぜ》か肩のオティヌスはぷんぷん憤慨していたが。

　アラディアもまた、何ともいえない顔で一度上条《かみじょう》を見てから、

「……ねえH・T・トリスメギストス」

「何でしょう？」

「まず共通の見解を確認したいのだけど、アンナ＝シュプレンゲルの件は計画外のイレギュラーな事象のはずよ。アリスの設定変更についても、意図せずコントローラとなってしまった上《かみ》条当麻《じょうとうま》についても。ここにズレはないよね？」

「ええ、はい」

「だとしたら、アンナを殺すか否《いな》かで『橋架結社《はしかけけっしゃ》』の存在や定義が歪《ゆが》んでしまう事自体が、す

でにアンナに対する敗北とは思わない？　たとえ裏切り者を殺しても、それで『橋架結社《はしかけけっしゃ》』の性質が崩れてしまったら、そんなのわたくし達が一方的に損失《そんしつ》を被《こうむ》っているだけよ。裏切り者のアンナ＝シュプレンゲルは、舌を出してただ笑って死んでいく」

アラディアは冷たいミネラルウォーターを一口飲んで、

「超絶者《ちょうぜつしゃ》を処刑する道具を超絶者《ちょうぜつしゃ》に作らせている時点で、すでにリスクの香りがするよ。貴方達《あなたたち》、今は頭が沸騰しているけど、あの槍《やり》、『矮小液体《わいしょうえきたい》』を第三者に強奪されてわたくし達へ向けられないっていう安全の保証はあるの？　これ、扱い次第じゃアンナの亡霊がいつまでもまとわりつくってば」

「アラディア。これは主君のためにも聞きます」

青年執事はこう尋ねてきた。

「私は一般論の強度を信じる大多数を分け隔てなく救済するためにここにいます。あるいは、一般論そのものが揺らいで起きる悲劇を回避するためにも。ただしそれは当然ながらあなたの救済条件とは合致しないでしょう。……その上で、あらゆる魔女を救う、という救済条件にこの少年やアンナ＝シュプレンゲルが当てはまるかどうか、私は精査する立場にありません。だからここから先は、仮の話で構いません」

「何よ？」

「もしも上条当麻《かみじょうとうま》とアンナ＝シュプレンゲル、どちらか片方でも救済条件の外に洩《も》れていたらどうするのです。『橋架結社《はしかけけっしゃ》』全体のパワーバランスを揺さぶってまで行った危険な綱渡りは全部無駄になってしまいますけど」

「そうね」

くすりと笑って、深呼吸し、魔女達の女神はこう切り出した。

「そうなったら一度くらいは、アリスみたいに気紛《きまぐ》れな行動を取ってみても良いかもしれないわね」

そうですか、とＨ・Ｔ・トリスメギストスは呟《つぶや》いた。

それから細い顎に手をやり、何か思案する調子で、

「アリスみたいに。なら一般的に考えれば、まあこういう結論が導き出せるでしょうね……」

ホッと、魔女達の女神の肩や首から強張《こわば》りが取れていくのが上条《かみじょう》にも分かった。

同じ超絶者《ちょうぜつしゃ》でもそれなり以上に緊張を強いる提案だったのだろうか。この辺は、『橋架結社《はしかけけっしゃ》』を外から見ている上条《かみじょう》には実感が追い着かない。一票とやらを持たない部外者の少年には。

杖《つえ》の先でコツコツ地面を叩《たた》きながら、青年執事はチラリと視線を落としていた。

テーブルの下。足元に。

アラディアの両足首が、未《いま》だに耐水性の頑丈なダクトテープで塞がれている事に。

手帳のページを破いて。

青年執事が緩やかに席を立った直後だった。

「……超絶者《ちょうぜつしゃ》アラディア。ここであなたを殺してしまった方が後腐れはない、と」

テーブルと椅子がまとめて切り飛ばされた。

閃《ひらめ》いたのだ。

何かが、青年執事、その手元から。

目の前の現象に対して、少年の理解と認識が遅れてバラバラになるほどの速度だった。あっという間。最初、上条《かみじょう》の目にはそれが凄《すさ》まじく長い光る鞭《むち》か、あるいは白い蛇のように見えたのだが、実際には違ったらしい。

刀だ。

H・T・トリスメギストス。燕尾服《えんびふく》の青年執事が手にした黒《くろ》い杖《つえ》の中に仕込んであった刃が解放されて手元から閃《ひらめ》いたのだと気づくまでに、一体どれだけかかっただろう。明らかに杖そのものの長さより広い射程をまとめて薙《な》ぎ払《はら》った強大な『抜刀』であると。

だから、致命的に遅れた。

血を噴いて地面に叩《たた》きつけられたアラディアを、少年は完全に見送ってしまった。

両足が使えない彼女は、当然ながら自前の魔術で防ぐ事もできない。

青年執事は明らかにそれを確認してから仕込《しこ》み杖《づえ》の刃を抜いていた。

全部上条《かみじょう》が自分でしでかしてしまった事だった。

「アラディアっっっ!!⁉??」

「馬鹿野郎！　距離を取れ人間!!」

オティヌスがとっさに叫んだようだが、広い庭園に上条《かみじょう》は立ち尽くすだけだ。

戦う、誰と。協力を取りつけられないと困るって話じゃなかったのか？

そう言っていたアラディアは？

血を噴いて倒れた彼女はどうする⁉

「分かりませんか？」

むしろ、怪訝《けげん》な顔をしているのは青年執事の方だった。

彼は鞘《さや》と一体化した黒い杖《つえ》の中へ、光に愛された美しい刃をそっと収めながら、

「……アラディア、一度負けた超絶者《ちょうぜつしゃ》は何度でも敗北するリスクを秘めているんです。そんな脆弱性《ぜいじゃくせい》を『橋架結社《はしかけけつしゃ》』という大きな組織に組み込んでそれらを束ねる我がアリスにどんな得があるというんですか。それに、あなた方の言い分からすると、自らの目的のために『あの』アリスを組み込もうとしているのは明白。ここから先は偶発ではない。アリス＝アナザーバイブルの行動を意図して外から操縦しようと考え始めた上条当麻《かみじょうとうま》を、一般的な超絶者《ちょうぜつしゃ》がみすみす放置するとでも思ったんですか？」

一般論の揺らぎがもたらす悲劇が許せない、といった事を青年執事は言っていた。

票や流れを操作して場を有利な方向に動かそうとしたアラディアとは相容《あいい》れなかったのか。

いいや、それ以前に。

「お前、まさか……」

「はい。私の上条当麻に関するスタンスは殺害派ですよ。一般的な観点で考えれば、個人の力で暴君アリスを操縦できるあなたが世界で一番危険な存在なのは明らかじゃないですか」

「……、」

「直接この目で見るまでは、と思っていました。アリスの希望でもありましたし。ですから昨日までの段階では観察に徹し、判断を保留にしていたのです。ま、根も葉もないウワサで首を落としてしまっては流石《さすが》に可哀想《かわいそう》ですからね。ですが、あなたは実際に自らの目的《もくてき》を叶《かな》えるためにアリスを外から操縦する素振りを見せた。これにて死亡で確定にございます、上条当麻《かみじょうとうま》。あなたは私の刃をかわせない」

アラディアは、動かない。

その場で倒れて緑の芝生を赤く染めながら、呻《うめ》き声《ごえ》一つ上げない。

ようやく、何かが変わろうとしていた。

正確に何きっかけかなんて上条《かみじょう》には知りようがない。だけどアラディアは、明らかに渋谷《しぶや》で見たあの時とは何かが変わりつつあった。そいつは外から見ても分かるくらいだった。救済条件？　自分のルール？　リストの中のたった一つが合致しないから何なのだ。気紛《きまぐ》れで思わず

人を助けたいと思ってしまう心の動きの何が悪いッ⁉

それを。

超絶者《ちょうぜつしゃ》H・T・トリスメギストス。

こいつはそんな変化を、簡単に……いつも通りの流れ作業で……ッッッ‼‼‼

「……何で、俺じゃないんだ？」

「はい？」

「暴君アリスのコントローラ。テメェら殺害派が勝手に脅《おび》える相手は俺のはずだったろ、なら何でアラディアの方を先に斬ったア‼⁉⁇」

「もちろん最優先標的はあなたですよ、おぞましき不正コントローラ」

……処刑専門の超絶者《ちょうぜつしゃ》ムト＝テーベはどこからも現れない。

前に青年執事が何かすれば殺して止めると言ったのは何だったのだ。元から約束を守らない主義の超絶者《ちょうぜつしゃ》なのか、あるいはインデックスやオティヌス以外は条件外と判断したのか。

「ですがあなたの右手、幻想殺し《イマジンブレイカー》のいびつさについては参考程度に一応学ばせてもらっております。ボロニイサキュバスや『旧《ふる》き善《よ》きマリア』から散々分厚いサポートを受けていたとはいえ、同じ超絶者《ちょうぜつしゃ》のアラディアが撃破されたのも事実。私がそこに油断を挟むとでも？　一般的に考えて、邪魔者の足を引っ張る地雷を用意してから本命に臨んだ方が効率的でしょう」

「……、」

それだけで。

本当にたったそれだけで。

『橋架結社《はしかけけつしや》』の、しかも同じ殺害派にいたアラディアを。

「あと」

黒《くろ》き杖《つえ》、そういう形の人殺しの道具を手にしたまま、ジロリと青年執事は地に伏せたアラディアを睨《にら》みつける。

これまでになかった侮蔑の色だった。

「暴君アリスのみならず、他の超絶者達《ちようぜつしやたち》にまで揺らぎが生じつつある事くらい私も把握しております。アリスを中心とした世界はあなたを軸に崩れつつある。魔女達の女神アラディア、本当は上条当麻《かみじようとうま》やアンナが『条件』に合致するかどうかなんてどうでも良くなってきてはいませんでしたか？　彼が『条件』に当てはまると判断できた時、思わずホッと胸を撫《な》で下《お》ろしはしませんでしたか？　いいや、自分のルールの外を歩いてみたくなった事は？　仮に彼らが『条件』から一歩はみ出してしまっても何だかんだで助ける気に傾いていたのでは。それではダメなのです、我々超絶者の手による救済とはもっと公正かつ平等な形でなければ」

それは。

そんなに悪い事なのか。

板挟みの上条《かみじよう》のために、アンナを助ける方法を教えてくれた彼女。

　黙っていれば死んでしまう人を前に、思わず気持ちが揺れてしまう事が⁉

「……信じていたんだ。アラディアは、きっとお前の事を信じていた」

「ええ、分かっておりますよ」

「お前になら内緒話をしても大丈夫だって信じていたんだよ！　なのにお前は⁉」

「それは私が守るべき救済条件ではありません。一般的な話でしょう？」

　ぎっ‼　と上条《かみじょう》は強く強く奥歯を噛《か》む。

　本気の超絶者《ちょうぜつしゃ》が表に出てくると、言葉は通じても意思疎通にならない。

　ボロニイサキュバスのお見舞いの時にも感じた違和感だ。ただ機械的にANDだのORだのNOTだので区切っていって救う人間を選んでいく超絶者達《ちょうぜつしゃたち》と、目の前で展開される悲劇に対し、絶大でも足りないくらいの力を持った手を気紛《きまぐ》れに差し伸べてしまう小さな暴君アリスは、果たしてどっちがまともなんだろう。

　夜と月を支配する魔女達の女神。

　自らの手で設定した救済の定義や条件。

　ふざけるなよ。その枠の外にいる人だって助けたいと思わず願ってしまったアラディアは、信じて寄り添った同じ仲間から問答無用で斬られるほどの事をやったのか⁉

「……Ｈ・Ｔ・トリスメギストス」

「さあ、殺しましょう」

ガチリと、黒《くろ》き杖《つえ》が金属の音を囁《ささや》く。

そういう形の鞘《さや》を腰の横に添える青年執事は、仕込んだ刃の存在を隠す素振りも見せない。上《うわ》っ面《つら》だけは丁寧に、内面を殺意で埋めた超絶者《ちょうぜつしゃ》はあくまでもうっすらと笑う。

「アラディアは倒した、アンナも処刑します。そして一般的に考えてあなた、上条当麻《かみじょうとうま》を迅速かつ確実に始末するのが世のためと私は判断いたします。故にあなたは、ここで終《しま》いです」

「ふざけるんじゃあねえぞ‼　これの、こんなもののどこが救済だっていうんだあ‼⁉⁇」

「あなたは私の『条件』には当てはまらない。だから残酷に見えているだけですよ。いつの世も、我々超絶者《ちょうぜつしゃ》とはそういうモノです」

もういい。

少年の頭の中でさらに何か、細い糸みたいなものが確かに焼き切れた。

とっさに、上条《かみじょう》は肩のオティヌスを掴《つか》んで横に放った。

「おい人間……っ」

最優先は深く傷つけられたアラディアの救援。だとすると条件次第では死人すら起き上がらせる『旧《ふる》き善《よ》きマリア』を連れてきてくれる人員が絶対に必要だ。それに体の小さなオティヌスなら、這《は》ってしまえば一面の短い芝生や花壇の中であっても普通に潜り込める。

当然、わざわざそれを見逃すH・T・トリスメギストスではない。彼の抜刀ならオティヌスが芝生の上へ落ちる前にいくらでも切り刻めたかもしれない。

だが上条《かみじょう》が具体的な行動を許さなかった。

超絶者《ちょうぜつしゃ》H・T・トリスメギストス。

絶大な力を振りかざせばどんな悲劇も許されるだなんて思うなよ!!

「おおおおァああああああああああああああああああああああああああああああああああぁああぁあああああああああああああああああああああああああああああああああああああ!!!!!!」

もう言葉はいらない。

岩のように硬く右の拳を握った少年は、雄叫《おたけ》びを上げて超絶者《ちょうぜつしゃ》に突っ込んでいった。

死なせるか。

何があってもアラディアを死んで終わりにしてたまるか。絶対に!!

それだけ己の胸にあれば十分だ!!!!!!

行間　三

その魔女は誰にも信じてもらえませんでした。

その魔女が褒められる事はありませんでした。

その魔女の本性を知る者すらいませんでした。


成功の道は目の前にあるはずなのに、何度も何度も丁寧に説明しているのに、後はそれに沿って進むだけでみんな幸せになれたはずなのに。

それでも人は失敗するのです。

それでも人は転げ落ちて、勝手に苦しんでいくのです。


何故《なぜ》、こんな事になるんでしょう。

……もっと近道があると判断したから？

わざわざ遠回りをしているのは、そうしないと危ないからに決まっているのに。
……そこは行き止まりだと考えたから？
一見そう見えるかもしれないけど、実際に進んでみれば壁に穴は空いているのに。
……その石の橋は崩れると思ったから？
優しい魔女が、そんな危ないコースをわざわざ提示するはずがないのに。

報われない報われない、こんな世界はいつまで経《た》っても報われない。
それでも魔女は、また指を指すのです。
どれだけひどい目に遭っても。
泥で汚れても、血にまみれても、自分の身がどうなろうが構わずに。
誰も信じてはくれないと分かっていながら、困り果てた人が進むべき道を示すために。
彼女はただ、すぐそこにある答えを指差すのです。

第四章　破滅の名を聞け、世界　Call_"XXXXX".

1

ギィン!!　と。

その瞬間、世界全体が軋《きし》んだ悲鳴を上げるのを上条《かみじょう》は確かに感じた。

2

陰気な青年執事、H・T・トリスメギストス。

仕込《しこ》み杖《づえ》、親指で押し上げてからの一刀。

彼我の距離が一〇メートル以上離れていた事なんてどうでも良《い》い。少年の瞳には、それはもう凄《すさ》まじい爆発か何かに見えたのだ。

直線一本、鋭く整えられた銀の爆風。

当然ながら刃物を使った普通の斬撃であるはずもない。そういういびつな魔術。

「ッッッ!!!???」

ビリビリビリ！　と頬《ほお》を叩《たた》かれたような緊張を上条《かみじょう》は感じる。一瞬遅れて空気が炸裂《さくれつ》し、右の鼓膜を強く刺激してくる。音か、あるいは急激に気圧でもブレたのか。そこまでは分からなかったけれど。

避けていた。

ギリギリで上条当麻《かみじょうとうま》は避けていた。

とっさに思ったのだ。右拳、あらゆる異能を打ち消す幻想殺し《イマジンブレイカー》。それでもアレはダメだと。

知らないはずの記憶が疼《うず》く。あるいは、遠い昔に抜刀や居合といったものに強い恐怖を覚える体験でもしているのだろうか？

聞こえる。

痛む鼓膜を震わせて、それでもひずんだ共通トーンが真正面から飛来する。

決して聞き逃してはならないその声を。

「……解放します。リスク4、数なき封印公開・人域離脱。ここに三倍も偉大なる者でもって、速やかに我が身を一新させよ」

「っ」

顔をしかめるのすら忘れて、上条《かみじょう》は思わず息《いき》を呑《の》んでいた。

……全部が全部一緒ではないが、あの言葉には覚えがある。三一日の渋谷《しぶや》、追い詰められた魔女達の女神アラディアが最後の最後に取り出そうとした何か。

魔女達の女神の時は完全に展開を終える前に上条《かみじょう》の幻想殺し《イマジンブレイカー》で砕いてしまったが……。

今回は違う。

「我が右手にはゼウスを。我が左手にはインドラを」

超絶者《ちょうぜつしゃ》H・T・トリスメギストス。ヤツは初手から科学と魔術で支えられた世界の片方くらいは丸ごと削り落としてぶっ壊すくらいの気持ちでやってくる!?

「もって我が身は一新する。Z・I・トリスメギストス、変節完了」

「お前……ッ!!」

「むしろ」

刃を仕込んだ杖《つえ》のヘッドを、親指で音もなく押し上げていく青年執事。

わずか数ミリの隙間から、再び、恐るべき死の光が外界に溢《あふ》れ出《で》てくる。

「一般的に考えて、わざわざ出し惜しみをする理由がありませんので。面倒な敵は初見で殺してしまうに限るでしょう?」

「……、」

「溺れる者は藁《わら》をも摑《つか》む。良《い》い言葉ですね。生きるために真摯であって、たとえどれだけみっともなくても、そこでは誰にも迷惑をかけていない。……これがカルネアデスの板になると、海に浮かぶ一枚の船板の奪い合いで他人の命まで消し去る事になりますが」

おそらくは、それが何かのきっかけ。少なくとも片鱗《へんりん》。

どれだけ学問で論理的に説明しても感情に押し流されればおしまい、だったか。

でもそれは、人の感情を排斥すれば理想の世界が待っている事にはならないだろうに。

「人の心を惑わす原因は頭の中にある愚者の石だと言い張って、真顔で犠牲者の頭部を切り開いた話は知っていますか？　中世の城には必ず悪趣味な地下牢《ちかろう》や長大な脱出路が隠されているという根拠のない伝説は？　特定の時代の話ではありません。いつであっても、迷信は容易《たやす》く学問の世界に紛れ込んで、外すのは困難を極める。人の世なんて簡単に揺らぎます。だから誰かが一般論の揺らぎから生じるこういう茶番を止める必要があった。我がアリスがもたらす世界の歪《ゆが》みなどは最たるものです。誰かが抑制をしなくてはならない」

これはおそらくカルネアデスの話じゃない。シンプルに船板の話を憎んでいるだけなら上《かみ》条《じょう》を殺して状況を解決しようとはしないはずだし。トリスメギストス、古い時代のあらゆる学者達が共同で利用した使い捨てのペンネーム。なら結局、こいつは一体誰なんだ？

パキリと凍った水たまりを踏む上条《かみじょう》。

強く身構える暇もなかった。

彼我の距離は一〇メートル超。しかし、あの仕込《しこ》み杖《づえ》のサイズと実際の射程に因果関係がない事は、目の前でアラディアを斬られた事で証明されている。

そしてそこからの連想で上条当麻《かみじょうとうま》は思い出していく。

頭の後ろを痺《しび》れさせるような強烈な死の恐怖も、暴れて言う事を聞かない己の心臓も脇に置け。忘れるな。今一番に考えるべきは何だ？

超絶者《ちょうぜつしゃ》アラディア。

倒れて動けない彼女へ、さらなる一撃が放たれる事だけは何としても阻止しなくては!!

ひずんだ。

真正面から飛来した死の斬撃は、むしろ火花の爆発のように上条《かみじょう》の目には映っていた。

ゴッッツ!!!!!!　と。

後から炸裂《さくれつ》した空気の悲鳴、分厚い爆音に右の鼓膜を叩《たた》かれながらも、上条《かみじょう》はギリギリで真横に避けていた。緑の芝生を抉《えぐ》り、地面をジグザグに抉《えぐ》る破壊の痕跡が黒土を強く舞い上げていく。

今度は己の意志の力で。

永劫《えいごう》に引き延ばされていたような体感時間が、遅れて元に戻る。

上条《かみじょう》の背後にあった薔薇《ばら》の生け垣がまとめて切り裂かれていく。

（くそっ、ビビってる場合じゃねえ。自分から踏み込んできちんと幻想殺《イマジンブレイカー》しで打ち消さないとアラディアが危ないっ!!）

「チッ!!」

「舌打ちしたいのはこちらの方です。この超絶者《ちょうぜつしゃ》、多様な環境条件が絡《から》み合《あ》う屋外戦闘とはいえ初見で殺せないとはまだまだ未熟。これでは我がアリスに合わせる顔がありません」

バンッ!!　ボン!!　と近くで立て続けに小さな爆発が炸裂《さくれつ》する。ガラスが砕けるような音も。庭園にある街灯や誘蛾灯《ゆうがとう》が火花を散らしているが、そちらに目を向けては即座に殺されてしまう。

立ち止まっている暇はない。

上条《かみじょう》はそのままの勢いで、庭園にある小さな林へと突っ込んでいく。もちろん防風林程度の効率すらない単なる装飾用だろうけど、それでも何もない芝生の上よりははるかにマシだ。

このギリギリの状況で身をすくめながら、しかし上条《かみじょう》は笑う。

（H・T・トリスメギストスはこっちに注目してる……。つまりアラディアはこれ以上斬られずに済むっ）

すでに、いくつかの言葉が青年執事の口からこぼれている。

「アリスを呼んだらいいかがです？」

茂みの向こうから、青年執事の足音があった。ガシャシャ、という金具の擦れる音が聞こえるので、また収納ケースを広げて手帳か懐中時計でも取り出しているのだろう。

余裕。

だけど上条《かみじょう》は逆に笑う。ついてる。不幸人間が思わずそんな風に思ってしまうくらいには。

H・T？　いいや今はZ・I？　とにかくトリスメギストスはこちらを追ってきている。倒れて動けないアラディアから遠ざける事には成功している。これを不幸中の幸いと呼ばずに何とする。

一般的。

「全く一般的ではありませんが、それが唯一、あなたが私に勝てる選択肢ではありますし。どのみち、実際にアリスがやってくる前には片付きます」

……詳細な話までは聞き出せていない。でもそこがZ・I・トリスメギストスの、超絶者《ちょうぜつしゃ》としての『始点《まてん》』なのか。逆に言えば、彼はそこが大きく揺らぎ、結果多大な悲劇が撒《ま》き散《ち》らされた瞬間を目の当《あ》たりにした事でもあるのかもしれない。

魔女達の女神アラディアが、虐《しいた》げられる魔女を眺めて咆哮《ほうこう》したように。

ボロニイサキュバスが、己の名を冠した冤罪被害《えんざいひがい》に魂を焼き焦がされたように。

Z・I・トリスメギストスも、また。

「っ」

ゼウスにインドラ。

だったか？　しかし隣にインデックスはいない。一五センチのオティヌスも助けを求めるために横へ弾《はじ》いた。上条《かみじょう》一人だとただの高校生だ、魔術関係の言葉を拾っても具体的にひもとく事ができない。多分ここに、起死回生の奇跡の鍵が閉じ込めてあるだろうに。

カキン、という硬質な音が足元から響いた。

上条《かみじょう》の喉が干上がる。一本道の排水路に被《かぶ》せたステンレスの蓋を踏んでしまったのだ。

死を強く意識した。


「そ、そこ」

「ツッッ!!!?」


慌てて横に転がった直後、いきなり長距離斬撃が襲いかかってきた。しかも直前まで身を寄せていた大木を回り込むようにして、オレンジの火花と一緒にステンレスの蓋を削り飛ばして。

(直線的ですらないっ!?　まずい、これじゃ軌道を想像できない!!)

ざわざわと風で揺れる人工林のどこかから、青年執事の声が流れてくる。

「ふむ、ズレましたか。やはり勘頼みではなく、自分の目で確かめて切りかかった方が良さそうですね。アリスのために用意した風景を下働きごときが踏み荒らすのも問題ですし」

（……つまり透視とか予言みたいな事はやってこない？　いやダメだ、相手は超絶者《ちょうぜつしゃ》だぞ。そういう誘いをかけて油断するのを待っているって考えるくらいでちょうど良《い》い!!）

斬撃が障害物を回り込んできた以上、もう人工林の木々に身を隠してもあまり意味がない。かといって、何もない庭園に飛び出すのは自殺行為でしかない。そうなると、

（とにかく領事館の中へっ!!）

林からそのまま繋《つな》がる裏口のドアへ肩から体当たりしてそのまま転がり込んだ。仮にノックをしたりノブを掴《つか》んだりしていたら、直後の斬撃でドアや石壁ごと水平に切り飛ばされていただろう。

それでも生き延びた。上条《かみじょう》は起き上がり、長い廊下を走りながら、

（こいつに頼るのはおっかないけど……）

ごくりと喉を鳴らし、身《み》を屈《かが》めたまま上条《かみじょう》が取り出したのはおじいちゃんスマホだった。

厳密にはR&Cオカルティクスの公式ホームページに繋《つな》がるための精密機器だ。

一般にまで漏洩《ろうえい》してしまった、魔術のデータベース。

……文字を打ち込んで検索すれば公式サイトを中心に通販関係のサイトがずらりと並ぶが、指先でタップしても『閉鎖しました』という簡素なメッセージしか表示されない。ロサンゼルスの一件で上条達《かみじょうたち》が巨大ＩＴを潰してしまったのだからまあ当然かもしれない。

ただし、公式サイトから離れてみると、いくつかの外部ホームページにまだキャッシュが残

っているようだ。もちろん元々あった膨大なデータベースと比べれば断片的でしかないだろうけど、何もないよりはマシか。

ずっと一階にいると水平の一撃でまとめて刈り取られかねない。何しろ射程距離『不明』の斬撃だ。青年執事が顔を出す前に、上条《かみじょう》は手近な階段から上を目指す。

（ゼウスは聞いた事があるんだよな、何となくだけど……。カミサマ関係じゃなかったっけ？）

きちんと調べてみると、ギリシャ神話の神様らしい。

クロノスとレアの子で、最後の一人。天空の支配者であり、恵みの雨を象徴する男神《おがみ》。同時にその手に持つ雷霆《らいてい》によってあらゆる神の敵を打ち砕く、神々から他の全てに対する天罰を象徴する存在でもある。

（……らいてい？）

説明文の中にある別のリンクを踏んで奥に進むが、こちらははっきりしない。ひとまずは『雷』を象徴する必殺の武器なのだが、槍《やり》なのか弓なのか、投石なのか魔弾なのか、どんな形の飛び道具かの記述がないらしいのだ。彫刻のゼウス像は何となく棒状のものを握っているのだが、本来は雷そのものを指す言葉であって、様々なデザインの武器が絵画などに残っているのだとか。

形のない武器。

閃《ひらめ》く光、爆発めいた抜刀、余波だけで砕け散る街灯や誘蛾灯《ゆうがとう》。

「づっ⁉」

窓の外からいきなり斬撃が襲いかかってきた。

階段から窓の並ぶ二階フロアの廊下に出ていれば今のでやられていた。尻餅をつく上条《かみじょう》の頭の上、ギリギリの高さの壁が横一直線に切り裂かれている。向こうは庭園から見て、窓に見える人影へ雑に攻撃を放ったのか。しかし窓は閉まっていて、ガラスは割れてもいない。

遅れて、そのおぞましさが上条《かみじょう》の背筋《せすじ》を這《は》う。

(何だ今のどうやった⁉　刃物だけ空間でも渡ってんのか⁉)

おそらく外から見られているのだ。とにかく場所を移さないと集中攻撃を受ける。上条《かみじょう》は慌てて引き返し、そのままさらに上の階へ逃げ込んでいく。

(ちくしょうそれだとダメだっ、三階で待ち構えると今度はボロニイサキュバスを巻き込む‼)

再び方向転換。

領事館はホワイトハウス的なお屋敷《やしき》の周りに絵本のお城にあるような複数の尖塔《せんとう》や城壁が組み合わさった構造だ。怪我人《けがにん》を巻き込みたくないなら中央の主塔ではなく、周囲に散らばる尖《せん》塔側《とうがわ》へ逃げ込むのが手っ取り早い。

インドラ。

おじいちゃんスマホに並ぶもう一個のカタカナは、インド辺りで広まるヒンドゥー教の神様。

……いきなり飛んだな、という印象だけど、実は文化的に繋《つな》がりがあるようだ。例えばインドの神様ディアウスとギリシャのゼウス、ローマのユピテルなんかは同じ名前を崩したものなのだとか。そしてインドラとかいうのも雷を扱う神様らしい。ただ『それだけ』で選んだとは思えないが。

おそらくだが、何か他にもルールがある。例えば魔術やオカルトに特化した『辞書』のようなものを引けばすぐ分かる、といったような。

(……つまりゼウスとかインドラとかは、共通の何かを持ってる？)

そしてサイトによれば、ヒンドゥー教の中でもやはり雷の武器は形がはっきりしていない。例えばインドラの持っているヴァジュラ。中国や日本には五鈷杵《ごこしょ》や独鈷杵《とっこしょ》などの形で流入してきているらしい。ただこのヴァジュラも『雷に何か形を与えないと説明が難しい』ため、インド系の芸術家や僧侶達が自分で外見を作った退魔の武器なのだとか。

同じ名前の系統。

形のない雷を象徴する武器。

第三者、それもただの人間が後付けで形を与えられる余地を残したモノ。

(この辺りか⁉)

上条《かみじょう》は尖塔《せんとう》の螺旋階段《らせんかいだん》を駆け上がり、屋根《やね》に繋《つな》がる天窓から外に出た。一見すれば高所のどうしようもない行き止まり。だけど背の高い城壁や空中の通路の屋根、まだ移動できるコースはいくつか残っている。そして役に立つものなんてどこにでも転がっている。

例えば、

「っ、ソーラー発電系の送電ケーブル!!」

自由に名前を切り替えて戦うZ・I・トリスメギストスの攻撃は確かに怖かった。単純な威力についてはもちろん、距離は長大、しかも斬撃は一直線ではなく蛇行や迂回《うかい》までしてくる。目で見て回避行動に入るのでは間に合わない速度なので、先読みを難しくする居合は死の塊とも言える。

だけど法則性が全くないとは言わせない。

(……庭園の人工林の足元、排水路に被《かぶ》せてあったステンレスの蓋)

ギリシャ神話のゼウス、ヒンドゥー教のインドラ。共通するのは何だった?

(二階の窓枠だって金属製だったはず。つまりヤツの斬撃は、電気の通り道をなぞって襲いかかってくる!!)

「そう、ヤツの武器がかみなりならこっちから誘導する事だって……ッ!!」

「はあ」

そっと差し込むような。

それでいて明確に遮る、青年執事の言葉があった。

「ゼ、ウスでは、ありま、せ、んよ、？　一般的に考えればすぐ分かると思いますけど」

一体どうやって。

いつの間に同じ尖塔《せんとう》の屋根に辿《たど》り着《つ》いていたのか。

何かが閃《ひらめ》いた。それはトリスメギストスと名乗る誰かがその親指で真上《まうえ》に弾《はじ》いた、透明なプラスチックのカクテルピンだった。

直後に仕込《しこ》み杖《づえ》の刃が鞘《さや》から解放され、光が迸《ほとばし》った。

上条《かみじょう》はとっさに右手を正面に構えたけどダメだった。確かに何かを打ち消した感触はあったのだが、それとは別に、頭上のカクテルピンに当たった刃の光がミラーボールのように乱反射したのだ。

光に斬撃を乗せる。

これまでの電気とは明らかに違うルール。

犠牲者には背筋に冷たいものを感じる暇もなかった。複数の角度から同時に襲いかかる八つ以上の光の斬撃が一斉に上条《かみじょう》の首を目がけて殺到し、囲い込み、そして到達する。

死の音なんかなかった。

くるん、と上条《かみじょう》の視界が回る。

ゼウスでも、雷霆《らいてい》でも、インドラでも、ヴァジュラでもない。

そして不正解の懲罰は一つ。

奇跡の鍵を手に入れ損ねた少年は首を失って呆然《ぼうぜん》と立ち尽くす己の体を眺めるしかなかった。

(あらでぃ、

3

ばづんっ‼ と。
そこで上条《かみじょう》の視界が再起動した。

4

記憶というフィルムとフィルムを無理矢理に繋《つな》ぎ合《あ》わせた。そんな感覚が一番近い。そしてそこまで馬鹿げた真似《まね》ができる存在を、上条当麻《かみじょうとうま》は一人しか知らない。これは死の悲劇を蹴散らすほど便利極まりないけど、でも最初から『もらえる前提』で頼るようになったらその瞬間に世界が丸ごと壊れる。そういった合成された奇跡を意のままに操る怪物、超絶者《ちょうぜつしゃ》。

「ふ」

喘《あえ》ぐ。

右肩に違和感があった。もしかして、また切断されたのか。

起き上がる事もできないまま、己の喉を押さえて上条当麻《かみじょうとうま》はただ見上げていた。少年の傍《かたわ》らで陽炎《かげろう》や怪人のように立つ、大きな帽子とマタニティワンピースの女性を。

「ふるきよき、まりあ？」

「大丈夫」

だから、『旧《ふる》き善《よ》きマリア』もそこを前提としない。

彼女はきっと、ちっぽけな少年が今一番聞きたい言葉を知っている。

切り裂くような冷たい風に嬲《なぶ》られながら、しかし彼女は微動だにしなかった。

「アラディアは無事ですよ。あなたがH・T？　Z・I？　ABC？　とにかくむにゃむにゃトリスメギストスの注意を逸《そ》らしてくれたから、ママ様は誰にも邪魔されずに処置を済ませる事に成功しました」

それだけで、だ。

上条当麻《かみじょうとうま》は思わず、安堵《あんど》のあまり一度は繋《つな》いでもらった意識を再び手放すところだった。

でもダメだ。

Z・I・トリスメギストス。ゼウスでもなく雷霆《らいてい》でもないとかいうあの怪物は、まだ残っている。あのクソ野郎を野放しにしておいたら、再びアラディアの元へ引き返して仕込《しこ》み杖《づえ》の刃を振り回しかねない。

だから、何としても。

実力なんか全く届いていなくたって……っ!!

「大丈夫と言ったはずですよ」

まだ不安定な心臓を押して、尖塔《せんとう》の屋根で無理矢理にでも起き上がろうとした上条《かみじょう》に、やはり、『旧《ふる》き善《よ》きマリア』は素っ気なく呟《つぶや》いた。

「あなたはママ様の救済条件に合致した。それができるかどうかの時点で、すでにあなたと、及びアラディアの賭けは無事に終わっています。故に、勝者は素直に恩恵を享受なさい。平たく言えば、アレはママ様が叩《たた》き潰《つぶ》す。あなたの出番はありません」

「やれやれ。アラディアに、今度は上条当麻《かみじょうとうま》ときましたか。手当たり次第に奇跡を大盤振る舞い。こんなのはアリスに見せられません……」

別の屋根。仕込《しこ》み杖《づえ》の鞘《さや》にそっと刃を戻し、タイミングでも計るように指先で柄を叩《たた》きながら、青年執事が陰気に呟《つぶや》いた。

超絶者《ちょうぜつしゃ》と超絶者《ちょうぜつしゃ》。二人の間でチリチリと空気が帯電していくようだ。

「『旧《ふる》き善《よ》きマリア』。あなたの『範囲』は本当に広くて、ゆるい。私達はどこまでいってもアリスと共に行く超絶者《ちょうぜつしゃ》。医者の真似事《まねごと》でもしていれば、化け物と呼ばれる心配もなくなると?」

「ただ目の前で苦しむ人を助けたいという一心で持てる力を全て注ぐ気高きお医者様と、目的のために生死の境すら適当に誤魔化すママ様。この違いが見えなくなるほど耄碌《もうろく》したのですか、愚か者」

呆《あき》れに似たため息があった。

青年執事、Z・I・トリスメギストスは仕込《しこ》み杖《づえ》を指先で軽く弄びながら、だ。

こう言った。

「一、般、的、に、考、え、て、　誰、彼、構、わ、ず、絶、大、な、奇、跡、を、与、え、る、な、ん、て、無、節、操、な」

「奇跡が選ばれた特権階級にしか降り注がないだなんて誰が決めた？　フ、〇、ッ、ク、」

『始点』と『始点』。

超絶者《ちょうぜつしゃ》同士のコアや芯に近い何かが正面から激突した直後、だ。

ボッッッ!!!!!!　と。

遠方に立つ青年執事の仕込《しこ》み杖《づえ》が白く爆発し、しかしその軌道が明確によじれる。どう考えても雷でも光でもない。あれは超高水圧の水だ。あくまでも地面に倒れて起き上がれない上《かみ》条《じょう》の首を狙った死のウォータージェットが、別の何かに弾《はじ》かれて流れを変え、離れた場所にある別の塔を丸ごと斜めに断ち切ったのだ。

馬鹿デカいオレンジ色の火花が後から遅れて炸裂《さくれつ》する。

のみならず、宙を舞う木の葉の一枚一枚が、細かい水の飛沫《ひまつ》を受けただけで中心からズレて二つに分かれていく。

……右手の幻想殺《イマジンブレイカー》しなんかで受け止めていたら、分かりやすい一直線のウォータージェットを吹き飛ばしてずぶ濡《ぬ》れになっていただろう。そして飛沫《ひまつ》の一滴で物体を両断するのであれば、上条《かみじょう》の全身なんか細切れにされていたはずだ。

『旧《ふる》き善《よ》きマリア』が何をしたのかは、上条《かみじょう》にも見えない。

紅茶のケトル、ガスバーナー、十徳ナイフ、ホットサンドメーカー……。腰のベルトから下げた『武器っぽくも見える』キャンプ系キッチングッズを時折ほっそりした指先で弄んでいるくらいだ。

「むにゃむにゃトリスメギストス」

「……そこは割と私のアイデンティティ《こだわり》なのでちゃんと言ってくださいよ。そういうのはアリスが真似《まね》しますす」

「長い。心配はいりませんよ。あなたが死んでもママ様がきっちり『復活』させてあげますから。ただしちょっと、お仕置きを兼ねて全身の骨を外して五臓六腑《ごぞうろっぷ》を圧迫した状態で実行してあげますが。死ぬに死ねない苦痛の塊となってミミズのように地べたを這《は》いずりなさい、超《ちょう》絶者《ぜっしゃ》。下から見上げるしかない側の気持ちを少しは理解しろ」

「……、」

「自分が負けたらどうなるか分かりましたか？　ではそちらも本気でどうぞ。生きているというのはそれだけで素晴らしい事ですよ。ママ様に感謝をなさい、むにゃむにゃ」

「どこでも良《い》いから一文字くらいは言ってくれてもよろしいのではと思います!!」

『旧《ふる》き善《よ》きマリア』の両手は相変わらずキッチングッズを弄ぶままだ。

特に何か道具を使って殴りかかる素振りも見せない。

なのに、はるか下方、地面に巨大な亀裂が走ってオレンジ色の溶岩が縦に鋭く噴き出した。

まるで不気味に輝くねじれた蛇。青年執事は垂直に跳躍して難を逃れるが、そこへ真横からダンプカー以上の大質量がまともに突っ込んだ。クレーンを使って高層ビルをぶっ壊す鉄球にも似た巨大鈍器の正体は、三〇トン以上もある特大の氷の塊だ。

ザンギン!!　と必殺の一撃は三つの塊に裂けた。

地面に足を着けるまで待たない。トリスメギストス側もトリスメギストス側で、切断した氷の塊を足場として、さらにガラスを突き破って飛びかかってくるベッドや机、白の外壁から毟《むし》られた礫《つぶて》の嵐を斬って斬って斬って固める。今度は何だ？　切り口の断面から透明な結晶が飛び出し、『旧《ふる》き善《よ》きマリア』側の飛び道具を次々と連結させて宙に縫い止めてしまう。

これまで見てきて分かる通り、斬撃の種類も一つだけとは限らない。

雷。

光。

水。

晶。

……一体何なんだ、あの変幻自在ぶりは？　青年執事自身、ゼウスではないとは言っていたが、そんな前提が頭にあっても上条《かみじょう》は自分の目で見たものが信じられない。

アラディアやボロニイサキュバスの術式は、単独で魔術サイド全体と戦えるほどだという。あるいは『旧《ふる》き善《よ》きマリア』の『復活』だって。

同じく。

あらゆる現象に鋭利な切れ味を上乗せするトリスメギストスは、自分自身が巻き込まれて切断されるのさえ恐れなければ、この宇宙くらいくまなく斬撃で覆って微塵の殺戮《さつりく》と破壊で埋め尽くす事すら可能なのでは……？

「心配しなさんな。あのド腐れ根暗執事、ママ様が熱々のホットプレートで往復ビンタしてやります」

「全面的に助けてもらってアレだけど、正直とても応援しにくい……ッ!!」

腰を抜かしてガタガタ震えながら叫ぶ上条《かみじょう》など気《き》に留《と》める超絶者《ちょうぜつしゃ》ではない。

『旧《ふる》き善《よ》きマリア』にとって、この程度は驚くに値しないようだ。

「トリスメギストス。今は右手に誰がいますか、そして左手に誰を侍《はべ》らせているのです？

……第一優先である上条当麻《かみじょうとうま》よりも先にアラディアを潰したのは、ようは、近似する方程式を抱えた彼女を早々にリタイアさせなければ看破されると脅《おび》えたからでは？」

ガカッ。

ドォォォォン!!!!!! と。

今度は長距離斬撃などではなかった。あれは落雷、か？ 仕込《しこ》み杖《づえ》の刀と共に、空中のトリスメギストス自身が閃光《せんこう》のように鋭く落ちた。しかし大きな帽子も揺らさず、尖塔《せんとう》の屋根に立つ『旧《ふる》き善《よ》きマリア』は眼前から無理矢理ギリギリと押さえ込んでいく。

見えない壁がある。

変わらず至近から、超絶者《ちょうぜつしゃ》が超絶者《ちょうぜつしゃ》を暴《あば》いていく。

「タネは分かっています。あなたの正体は神の力を部分的に借りるのでも、いっそ神そのものと同化して特権を振りかざす訳でもない。……右側にある神を、左側にまた別の神を。意図的に自分を含めた巨大な三角形を形成する事で、どさくさに紛れて自分自身も神の一角であるという間違った定義を世界に植えつける。それがあなたの人域離脱の方程式。つまり正体は、既存の神の名前を借りておきながらそこに留《とど》まらず、全く新しい神を創作して自己に当てはめる作業です。『777の書』辺りを使った対応で。故に、ゼウスでもインドラでもない、ヘルメスやトートもどうでも良《い》い。結局あなたは、自分で自分を愛する事しかできなかった」

「チッ!! 我が右手にはオーディン、我が左手には

「メルクリウスですか、あるいはアヌビスやロキ？」

「⁉」

「言ったはずです、タネは分かっていると。クロウリー辺りの照応表さえ理解できていれば、あなたの手の内は先回りできる。O・M・トリスメギストス、そしてアレンジが先に分かっているならあなたの刀は怖くありません。それはもう、どう刃を翻《ひるがえ》そうが変幻自在などとは呼べない。そこにあるのはただのパターンです」

三相女神、とアラディアは渋谷《しぶや》で呟《つぶや》いていたか。

どういう意味を持つ言葉なのか上条《かみじょう》には未《いま》だに理解できないが、トリスメギストスは彼女とは似て非なる『三つの数』を使った超絶者《ちょうぜつしゃ》だったのだ。

「……私とてアリスに仕える超絶者《ちょうぜつしゃ》。かくいうそちらも、見た目ほど余裕はないでしょう？」

暴《あば》かれ。

しかし、にたりと笑ったのは見えない何かに刀をギリギリと押しつける青年執事の方だった。

「この距離まで近づかれた時点で、すでにあなたは自分の必勝パターンから脱線を始めている。当たり前ですよね、あなたの本質は厨房《ちゅうぼう》の管理者。料理は裏手で作ったものを客前に運んで披露するのが常道であって、テリトリーへ踏み込まれる事は望んでいないはずです」

ピッ、と。

大きな帽子の鍔《つば》からわずかに覗《のぞ》く『旧《ふる》き善《よ》きマリア』の頬に、わずかな傷が走った。まず赤い珠《たま》がいくつか生まれ、その滴《したた》りが遅れて彼女の顔を彩《いろど》っていく。

青年執事は光や水など、様々な一般現象に斬撃を相乗りさせる。らしい。だとすれば、分かりやすい落雷の他に『場』の帯電にまで切れ味をつけていたのか。

「ふるき、」

上条《かみじょう》が思わず息《いき》を呑《の》んだ直後だった。

爆音が炸裂《さくれつ》した。

青年執事、トリスメギストスの体がねじれて吹っ飛んだ。宙を舞い、鋭い尖塔《せんとう》と大きな官邸を結ぶ空中の通路の屋根に草花を植えたらしい緑地帯に仕込《しこ》み杖《づえ》の刃を突き刺し、無理矢理ブレーキをかけていく。外套《がいとう》から溢《あふ》れたまま、釣り具ケースに似た収納ケースが戻らなくなっていた。体が斜めに傾き、右半身を血まみれにしながら、しかし青年執事は確かに笑っていた。

彼は、尖塔側《せんとうがわ》にいる『旧《ふる》き善《よ》きマリア』の右手に注目していた。

武器のように強く握り込まれているのは、ありふれたホットサンドメーカーの持ち手だ。

「ははっは!! めくりましたよ、『旧《ふる》き善《よ》きマリア』。一枚、また一枚と! あなたの余裕が消えるまであと何枚ですか？ ガラスの器の中に小さな宇宙を創る台所の主様。ですがどんな達人だって道具もなく料理は作れない。めくりますよ？ 一つ一つ道具を奪っていけば、あなたはどんどん無力になっていく……ッッッ!!!!!!」

これまでのルールが外れた。

『旧《ふる》き善《よ》きマリア』の方から一歩前に出たのだ。

「蒸気」

言葉が遅れた。

ふっ、と彼女の長身が掻《か》き消《き》える。

単純に速度の話ではない。『聖人』の神裂《かんざき》やアックア達と違って、空気を引き裂く爆音や烈風を伴わないのだ。物理的に光を曲げているのか、人間の視界内に最初から存在する『盲点』を計測して飛び込む仕掛けでも構築しているのか、おそらく他の全員からは『見えなくなる』何かが振《ふ》り撒《ま》かれている。

（うそ、だろ……？）

そういえば、三一日の渋谷《しぶや》でも『旧《ふる》き善《よ》きマリア』は上条《かみじょう》が呼びかけたらいきなり現れた。あれは空間移動《テレポート》のように遠くから転移してきたのではなく、まさか、同じスクランブル交差点に立っていたのか？

無力にもほどがある少年が年をまたいでようやく喉元の刃へ思い至った瞬間には、『旧《ふる》き善《よ》きマリア』はもうトリスメギストスの懐深《ふところふか》くにいた。

すでに次の行動が実行されていた。

「っ⁉」

超絶者《ちょうぜつしゃ》と超絶者《ちょうぜつしゃ》、その衝突。

至近も至近、ゼロまで肉薄しての爆発が何度も炸裂《さくれつ》し、そのたびに紅茶のケトルやガスバーナーがはるか下方の地面へと吸い込まれていく。

見た目だけなら、風景から出たり消えたりする『旧《ふる》き善《よ》きマリア』が圧倒しているように思える。爆発が起きるたびにトリスメギストスの体が打ちのめされて鉄錆臭《てつさびくさ》い匂いが強くなっていく。仕込《しこ》み杖《づえ》、その一本で抑え込めるラッシュではないのだ。

しかし実際には、どちらがどちらに切り込んでいるのだ？　トリスメギストスの目的は『一枚ずつめくる』という事だったが……。

上条当麻《かみじょうとうま》はそう思っていた。

まだ想像力が足りていなかった。

「……ママ様はここに自らのリスクを4まで許容します。一なる封印突破・人域離脱」

『旧《ふる》き善《よ》きマリア』の口から、言葉が出た。

「表に出なさい、トリビコス。ママ様がこの手で完全なる宇宙を封じ込めた実験器具よ」

震動があった。

地震かと思ったが、でも違う。

「……、」

上条《かみじよう》は、思わず天を見上げていた。いいや、この場合は何周遅れかも数えられなくなった間抜けなツンツン頭だけが状況から取り残されていた訳ではない。

トリスメギストス。

全身をズタボロにされながらも嗤《わら》う青年執事さえもが、上条《かみじよう》と同じ仕草をしていたのだ。ただ黙って頭上に目をやっていた。そう、彼らは今、鋭い尖塔のてっぺんや空中の緑地帯に立っているはずなのに。

ずん、と。

ズズン……ッッッ!!!!!!　と。

『脚』の一本だけでそこらの鉄塔を超えてしまうほどの異様。いびつな三本の脚で支えられているのは、ドーム球場にも似た潰れた球形。それは、ビーカーやフラスコといった実験器具のイメージなのか。あるいは呼吸や脈拍を持った生物的なイメージなのか。上条《かみじよう》には答えを出せなかった。ただ、体の芯を恐るべき震えに支配されていた。これだけの高さがあっても構わず上条達《かみじようたち》の頭上は封殺されていた。

それは、分厚い陶器のように硬い。

だけど同時に、明確に内側から脈打っていた。

内包しているのは、何だ？　太陽やビッグバンのような莫大《ばくだい》なエネルギーの塊か、あるいは全てを貪るブラックホールか。『旧《ふる》き善《よ》きマリア』はその塊を宇宙と呼んでいた。比喩表現なのかそのものなのか。ただただ見上げるだけの上条《かみじょう》には、もう冗談と本気の区別もつかない。

「……赤き石、不死すら与える万能薬、第五元素の不純なき制御、宇宙の組み替え」

自らが呼び出したモノをさも当然のように受け入れ、視線すら投げず、『旧《ふる》き善《よ》きマリア』はただ宣告した。

大きな帽子の鍔《つば》の奥から、『超絶者《ちょうぜつしゃ》』が敵対者を静かに見据える。

強く。

「しかし研究対象を完成させるだけが生産者ではありません。そもそも、そういったモノを生み出すための道具を発明しなくては人は前に進めないのですから。ママ様は『旧《ふる》き善《よ》きマリア』。保温鍋バンマリ、還流装置ケロタキス、そして蒸留器トリビコス……こうした人の手で宇宙を創る基礎実験器具のそのまた土台の支配者を舐《な》めてくれるなよ、名前の長い人」

あの巨大な塊が襲いかかるのではない。

内部にある、全く新しい死と破壊を使うと言っている。

それは一体どこまでだ？　後出しジャンケンが許される上、魔術の系統とか属性とか、とにかくそういった分類や引き出しがこれまでとは全く異なる何か。もしもそれが、一〇万三〇〇〇一冊以上の知識で応用できる範囲の外までほんの少しでもはみ出てしまったら？

……そんなのはもう、魔道書図書館インデックスでも防げない魔術なのでは……？？？

単純に『旧《ふる》き善《よ》きマリア』がおぞましいのか、そこまでやらなければトドメを刺せないトリスメギストスこそ脅威とみなすべきなのか。

「は、ははは。『旧《ふる》き善《よ》きマリア』、もはやアリスの逆賊よ……」

「あなたは並の人より優れた超絶者《ちょうぜつしゃ》でありながら、この街で暮らす、それも理不尽に神の奇跡から嫌われて平均値よりも不幸な道を歩まざるを得ないと分かっている高校生に向けて大人気なくこう言いましたね。むしろ、一般的に考えて出し惜しみをするメリットはない。面倒な敵は初見で殺してしまうべき、と」

「……めくってやりましたよ、これが最後の一枚。ここを凌《しの》げば、あなたは終わりだアああ!!!!!!」

「その言葉はあなたに返します。自前の奇跡を特権的に振るい、他の大勢を踏みつけにするあなたは、超絶者《ちょうぜつしゃ》たるママ様の救済条件には当てはまりません。故に容赦なし。さっさと来なさい根暗執事。ママ様の初見殺しに呑《の》まれてただ消えろ、虫けら」

　ギャリン!!　という鋭い金属音があった。またもや左右で扱う神の名前を切り替え、自身を全く新しい存在に作り替えながら、仕《し》込《こ》み杖《づえ》を手にしたトリスメギストスが風すら切って最短で『旧《ふる》き善《よ》きマリア』へ突っ込んでいく。一体何に斬撃を相乗りさせるつもりなのか、鞘《さや》から親指でわずかに押し上げた刃からボロボロと錆《さ》びた鉄の縫い針をいくつもこぼしていた。

　来いと言ったのは『旧《ふる》き善《よ》きマリア』自身だ。故に彼女も動じない。すでに空一面は巨大な実験器具が覆い尽くしている。後は、外へと吐き出すだけ。だから同じ緑地帯に立つ『旧《ふる》き善《よ》きマリア』はただゆっくりと人差し指を手前に引くだけだった。

今度こそ、一直線に。

人としての封印すら引き千切った『超絶者《ちょうぜつしゃ》』同士《どうし》の正面衝突がここに実現する。

そして。

5

閃光《せんこう》。

そして水っぽい響きを含む爆発音。

6

「……、」

音が消えている事に、上条当麻《かみじょうとうま》はしばし気づく事すら遅れていた。

はっはっ、という短い音の連続は自分自身の浅い呼吸か。

そこが領事館の敷地内《しきちない》、危険な尖塔《せんとう》の屋根である事を忘れてしまいそうだった。それくらい破壊がひどい。地面はあちこち黒土がめくれ上がり、オレンジの溶岩が吹き荒れ、尖塔《せんとう》もいくつか崩れ落ちている。この世の終わりみたいな風景が広がっていた。こんな高さにいるはずなのに、上条《かみじょう》の頭の上には黒土のじゃりじゃりした感触がついていた。

全身が強張《こわば》っていて、首を動かす事すら難しい。だから上条《かみじょう》はへたり込んだまま、自分の目玉だけをギョロギョロと動かしていた。

吹きすさぶ風、散っていく粉塵《ふんじん》。

その奥に何か影が見えた。いつ崩れてもおかしくない空中の通路の上に、『それ』は倒れている。黒い影。息《いき》を呑《の》む上条《かみじょう》は、しかしそのシルエットの特徴を見て取った。女性的ではないのだ。その影が黒く見えるのは、時代錯誤な燕尾服《えんびふく》や外套《がいとう》で身を包んでいるためだ。まるで潰れたセミだった。釣り具を収めるのに似た雛壇状《ひなだんじょう》の収納ケースが中途半端《ちゅうとはんぱ》に開いたままひしゃげている。

トリスメギストス。

今がH・T、Z・I、O・M、あるいはその他の組み合わせなのかなんて知らないけど。

彼はもう動かない。

だけど、上条当麻《かみじょうとうま》の硬直は解けなかった。安心できない。当たり前だ。あった。倒れてぴくりとも動かない青年執事とは少し離れた場所に、別の膨らんだ影が見て取れる。

『旧《ふる》き善《よ》きマリア』。

ドーム球場みたいに巨大なトリビコスもまた、三本の脚を砕かれ、つるりとした潰れた球面も真っ二つに割れて、残骸が領事館全体にもたれかかるようにして停止していた。

ただの相討ちではない。どんな形であれ脅威が失われたのであれば、上条《かみじょう》の金縛りはとっくに解けているはずだ。何はともあれ恩人たる『旧《ふる》き善《よ》きマリア』に駆け寄って手当てくらいはしていただろうし、そっちが無事ならトリスメギストスを縛り上げる程度はやったはずだ。

にも拘《かかわ》らず、できない。

尖塔《せんとう》にいる上条《かみじょう》はどうしても動けない。死の金縛りが一向に解ける気配を見せない。

違うのだ。

これは超絶者《ちょうぜつしゃ》と超絶者《ちょうぜつしゃ》がぶつかった末に起きた相討ち、ではないのだ。

「ですし、ですし、ですし」

はるか下方、地上をとことこ歩く小さな影があった。その少女が何か言っていた。

まるで即興の歌を口ずさむように、意味はなくともリズムは生まれていた。

この場で一番聞きたくない声だった。

「……『開廷』ですし？」

アリス＝アナザーバイブル。並の『超絶者《ちょうぜつしゃ》』二人を瞬殺した、真なる暴君。

ゴッッッ!!!!!!　と。

尖塔《せんとう》と空中の緑地帯がまとめて崩れた。何かに摑《つか》まっても耐えられそうにない。上条《かみじょう》は覚悟を決め、まだ形が残っている水辺に狙いを定める。完全に投げ出されてからでは遅い。むしろ自分から跳んで庭園にある、ひょうたんより歪《ゆが》んだプールへ突っ込んでいく。

「がァア⁉」

水に落ちたのに血まみれになった。あまりの寒さに全身の肌が切れたようだ。でもこれで正解。痛みと寒さに震えている場合ではない。いちいち安全に螺旋階段《らせんかいだん》なんて下りていられないのだ、それだけの時間を確保できない。

だって、今すぐ駆け寄らないと『旧《ふる》き善《よ》きマリア』達が危ない。

身動きが取れないあんな状態でアリスとかち合ったらどうなってしまうか。

（ぶっ。……それに……）

考えてみれば、当たり前だ。

仕込《しこ》み杖《づえ》一つあれば火水風土その他諸々《もろもろ》、どんな神話にもない超絶の刃を取り出すトリスメギストスにしても、天を覆うほど巨大な実験器具を広げる『旧《ふる》き善《よ》きマリア』にしても。あれだけ派手にやったのだ、この領事館の主たる幼い少女の耳目《じもく》に留《と》まらないはずがない。

並の、超絶者《ちょうぜつしゃ》。

とことんまで馬鹿げた言葉だ。トリスメギストスや『旧《ふる》き善《よ》きマリア』を前にして、『並の』

なんて冠をつけてしまうほどの、圧倒的なイレギュラー。超絶者《ちょうぜつしゃ》すら脅《おび》えるほどの規格外。

(ダメだ……)

上条《かみじょう》は、自分の呼吸すら忘れていた。

魅入られていた。

(処刑専門だのDrink_meの記号だの超絶者《ちょうぜつしゃ》を殺す術式だの……。ムト＝テーベでもこいつは倒せない、アリスと戦うなんて考えるのがそもそもの間違いなんだ‼)

開廷、とアリスは可愛《かわい》らしい唇から洩《も》らしていた。

世界的なベストセラーのはずだが、お恥ずかしい事に上条《かみじょう》は不思議の国のアリスという絵本にそこまで詳しくない。ただ、帽子屋や三月ウサギのお茶会やトランプの女王が支配するお城でのクリケットの他に、裁判のシーンがあったような……？　確か、進行するのは事あるごとにこいつの首《くび》を刎《は》ねろと叫ぶヒステリックな女王様だ。

つまりは被告に対する死の裁判。

九九・九％以上は有罪判決で即死、残るわずかな可能性を勝ち取れれば奇跡と言って良いほどの大勝利。対する側に、最初からアリス本人へ傷つける可能性など許されてはいない。たったの〇・一％も。

そこまでの一方的、完全なる鏖殺《おうさつ》モード。

「あ、アリス？」

「はいせんせい」

「もう良《い》いんだ、全部終わった。だからアリス、このピリピリしたのは解いてm
「ダ、メ、で、す、し」

ボンッ!!　という鈍い音が炸裂《さくれつ》した。

火薬よりも水っぽい、何か。

幼い少女は、その小さな掌《てのひら》を向けたりはしなかった。視線すらも投げなかった。

ただ、地面で潰れていたはずのトリスメギストスがさらに宙を舞った。とっくにズタボロにされていた体が空中でさらにねじれ、全く無抵抗に地面へ落ちて、ごろごろと転がっていく。

「アリスッッッ!!!!!!」

……あれは、大丈夫なのか？　物理的な衝撃とか圧力とかの話ではない、超絶者《ちょうぜつしゃ》としてのもっと根本的な存在の定義からして大丈夫なのか!!!???

しかも、そこで終わらない。

アリスの足元にある影がぞわぞわと脈打っていた。幼い彼女はまだ生《い》け贄《にえ》を求めている。

もう一人、倒れて動かない超絶者《ちょうぜつしゃ》にまで。

「トリスメギストスの件ならもう終わった!!　『旧《ふる》き善《よ》きマリア』にいたっては何もしてないっ、むしろ俺は彼女に命を助けてもらっているんだ！　だからそんな……ッ!!」

「ダ、メ、で、す、し」

上条《かみじょう》はとっさに割って入った。

いつもの笑顔がない。能面みたいに無の表情を貫くアリスは、音もなく首《くび》を傾《かし》げていた。

顔を真っ赤にしての癇癪《かんしゃく》より、はるかに恐ろしい顔だ。

両目を不自然なくらい大きく開いて、瞬《まばた》きもなくアリスは語る。

「せんせい。地面に血の塊がありました。せんせいの匂いがしましたし」

「っ」

「……『旧《ふる》き善《よ》きマリア』は、間に合わなかった。体を張ってせんせいを守り切った訳ではなく、危難を見過ごして全部終わってから慌てて取り繕っただけなので。故に、ダメですし。彼女は自らの責務を怠った。りょうじかん？　この秘密基地のみんなにはちゃんと言って聞かせていたはずなので。少女がご招待するせんせいを傷つける事は許さないと、最初の最初から。にも拘《かかわ》らずこの二人はできなかった。人を殺すな、こんな簡単極まりない約束も守れなかったのですし」

脈打っていた。

まるで絵本の住人みたいなアリスのワンピースが、内側から。

みちみちびちびちと、力を押さえ込めなくなってきている。根底にあるものを考えて、上《かみ》条《じょう》は思わず歯《は》噛《が》みした。

アリスは、悔しいのだ。

自分の大切な人が傷つけられたのもそう。それをやったのが同じ屋根の下で暮らす超絶者《ちょうぜつしゃ》達《たち》だったのもそう。そして、彼らを事前に止められず上条当麻《かみじょうとうま》の命を守れなかった自分自身に対してだってそう。

せんせい、遊びに来たのですし。

最初に言ったアリスの言葉。もしも本当の本当に『それだけ』だったとしたら……？

そこまで考えて、上条《かみじょう》は顔をしかめた。

まずい。

青年執事トリスメギストスと『旧き善きマリア』《ふるきよきマリア》……だけではない。今のアリスのルールだと、三一日の渋谷《しぶや》の方も危なくなってくる。

つまりアラディアによる殺害と、それ自体は守り切れなかったボロニイサキュバスも。

たった一つの綻びから、身の回りの全てが瓦解《がかい》していく。

故に、暴君。

絶大な力を持ちながら己の感情に振り回され、世界を守る事ができない未熟な支配者。

「……、だめだ。アリス」

思わず、上条《かみじょう》はぽつりと呟《つぶや》いていた。

丸っきり子供の理屈。だとしたら、今は変に突っぱねず聞き手に徹するという選択肢もあったかもしれないけれど。それでも無の表情で今にも爆発しそうになっている小さな暴君に、彼は自分から切り込んでいた。

だってこれで全てを失ったら、あまりにも辛《つら》い。

アラディア、ボロニイサキュバス、『旧《ふる》き善《よ》きマリア』、トリスメギストス……。はっきり言って一〇〇点満点の超絶者《ちょうぜつしゃ》なんて一人もいなかった。そもそも一人一人が勝手に設定している『救済条件』とやらも非人間的で上条《かみじょう》からすれば完全には受け入れられない。

だけど、彼らだって『橋架結社《はしかけけつしゃ》』という枠組みを強く意識してきたのだ。

トリスメギストスだって心底怖かったけど、でも、アリスを守るために上条《かみじょう》を排除しようとしていたのだ。たとえその手を血で汚してでも。青年執事にとっては上条《かみじょう》の命を奪ってまで守りたいと思える何よりも大切な居場所だったのだ、『橋架結社《はしかけけつしゃ》』は。

方法は間違っていたかもしれない。だけど見当違いな方向に努力した者も、必死に止めようとしてあと一歩で間に合わなかった者も、みんな浅くない傷を負っている。これ以上鞭《むち》で打《う》たれるいわれなんかない。

幼き暴君は、知るべきだ。

赦《ゆる》しを与えるというもう一つの選択肢を。

「そういうやり方はダメだ、アリス」

「……戦うのですし？　瀕死《ひんし》で転がっている『旧《ふる》き善《よ》きマリア』のために」

問いかけがあった。

首を斜めにしたまま、能面モードのアリスはしかし自らの言葉を否定した。

「違いますので。せんせい、あなたの視線を見れば分かる。視界の中にトリスメギストスを収めているのですし？　つまりせんせいは、どっちも救うと言っている」

命の恩人である『旧《ふる》き善《よ》きマリア』は当然だ。

青年執事のトリスメギストスは、正直に言えば絶対に救わないといけない理由なんかない。いくらアリスのためとはいえ、理不尽にアラディアを斬られ、ついさっきまで上条自身《かみじょうじしん》も命を狙われ続けてきたのだからある意味で当然とも言える。

それでも上条《かみじょう》は即答した。

「だとしたら？」

「何故《なぜ》なので」

「理由がなければこれから見つけるよ。少なくとも、今そこで死にかけのそいつを見捨ててあっけらかんと笑えるような人間じゃあねえんだよ、俺は」

向ける、右の拳を。

バキリという鈍い音があった。上条《かみじょう》の拳からではなかった。

首を斜めに傾《かし》げるアリス＝アナザーバイブル。その値が、おそらく一定を超えた。そしてバキボキとほっそりした首からおかしな音を立て続けるアリスの顔には、だけど痛みらしい痛みを受け取っているような素振りがない。

ただ血色を全く感じられない能面のまま、おかしな角度でアリスが告げた。

「せんせいも」

こぼれた。

血の涙よりもおぞましく、そしてどこまでも痛々しい何かが。

「……せんせいも、力を振るう少女を怖がるのですし。少女は間違った事は言っていないし、何も悪い事なんかしていないのに」

多分それは、幼い少女の核心に近い何か。

アンナ＝シュプレンゲルから何かを囁《ささや》かれて、思わずすがってしまった何か。

「すまない……アリス」

『旧《ふる》き善《よ》きマリア』とトリスメギストス。確かに上条《かみじょう》は常に彼らを視界に収め続けてきた、万に一つも流れ弾なんかが飛んでいかないように。それは、アリス自身が看破した事実だ。

だけど、アリスは気づいているだろうか。

彼ら二人『だけ』じゃない。

確かに正面から対峙《たいじ》はしている。どう考えたって敵同士。だけど上条当麻《かみじょうとうま》は常に視界の真ん中に、幼い少女を捉え続けているという簡潔極まりない事実を。

アリスも救う。

理由がなければこれから作る。

腫れ物に触るので精一杯だった超絶者達《ちょうぜつしゃたち》にはできなかった選択肢を今実行している事に。

「ボロニイサキュバスに、『旧《ふる》き善《よ》きマリア』。あの辺からも言われているんでな」

「……ですし」

視線がかち合う。

もう目《め》を逸《そ》らす事はしない。


「アリスと普通に会話して、脱線した時は言い含めて間違いを認めさせられる世界で唯一の人間。……だとしたら、これは俺の仕事だ。アリス＝アナザーバイブル。今はお前に嫌われるかどうかなんて問題じゃない、その程度で上条当麻《かみじょうとうま》が止まると思うなよ!!!!!!」

「もう良《い》いですし、せんせい。……うっぜえーし、ちょっと『不思議』に巻き込まれれば散々振り回されるくらいが関の山のくせに、壁を殴れば自分の方が砕けるへなちょこなゲンコツ振り上げた程度で少女がわんわん泣き出すとか思ってんじゃねえよ!!!!!!」

完全に、裂けた。

絵本のワンピースの奥から現れるのは、背徳すら滴《したた》る革と柔肌。

やめておけば良かった、と挑んだ者の魂を例外なく打ちのめす極彩色。アリス＝アナザーバイブル。学園都市《がくえんとし》の暗闇全体すらあっさり一蹴した猛威が、たった一人の少年を叩《たた》き潰《つぶ》すためだけに全力で顕現していく。

思えば、これがアリスから初めてぶつけられる本気の敵意や殺意かもしれない。

怖い。

爆撃や砲撃を必死で耐える人達は恐怖のあまり心臓から出血する事すらあったらしい。上《かみ》条《じょう》にのしかかる重圧はもうその域に達しつつある。

それでもちっぽけな少年は強烈極まりない死の弾幕に抗《あらが》う事を決める。きっと暴君アリスが本当の本当に求めているのは、お誕生日のケーキを毎日くれる、不自然なほど優しい『だけ』の有象無象じゃない。こういう事が迷わずできる人間だ。

信じろ。

すべき事に迷ったのであれば、己の意志に聞け。

一歩も離れてなんかいない。自分は今、間違いなくアリスを助ける側に立っていると。

そうすれば、それだけで。

極大の理不尽と戦うための力は必ず湧いて出てくるはずだ!!!!!!

7

アリス＝アナザーバイブル。

その猛威は一二月二九日の学園都市《がくえんとし》で断片的に見てきた。ハリネズミのボールやフラミンゴのバットなんて直接的なものから、攻撃条件不明の『処刑人』、果ては理論や法則に橋を架けて自由自在に世界《せかい》を歪《ゆが》める『ブリッジ作業』とやらまで。その絶大な効力は、『適当な強敵を作って「暗部」の生き残りを全員仲良くさせる』という現実に考えればまずありえない結果を強引に創り出すほどに達している。

またその肉体は細菌、昆虫、呪いなど科学魔術を問わず内部ダメージを一切無効化し、外傷についてもハリネズミやフラミンゴに守らせる事で無傷を貫いていた。しかも出血が怖いのではなく、『自分の行動を邪魔されて思わずイラッとしただけで相手を死なせてしまうかもしれないから、仕方なく防いでやっていた』というとんでもない理由でだ。

倒せる、倒せないなんて次元で語れる相手なのかすら未知数。

右の拳に幻想殺《イマジンブレイカー》しがあっても、何を殴ればどんな結果に繋《つな》がるのか予測もできない。

その上で、だ。

(……最優先は、世界《せかい》を歪《ゆが》めるあの力)

上条《かみじょう》はそこに狙いを定めた。

（戦う事すら忘れて偽りのハッピーエンドに呑み込まれるなんて話だけは、絶対に避けたい。逆に言えばそこさえ回避できれば、まだ戦うっていう形くらいはキープできるはずなんだ。それなr

「グリフォン。片付けて」

ブレた。

いきなり視界が乱れて、上条当麻《かみじょうとうま》の体が二〇メートル以上も後ろへぶっ飛ばされていた。元々小柄な影だったアリスの体が、どこまでも遠く小さい。

ばき、ばき、ごき、ぼぎり、と。

体の内側からとんでもない音がいくつも連続する。何か巨大なプレス機みたいなもので全身を挟まれていると、遅れて上条《かみじょう》は気づいてしまう。

羽毛で覆われた巨大な翼が目一杯広がっていた。少年の体を捉えたのは間違いなく鋭利な嘴《くちばし》や鉤爪《かぎづめ》だ。全体の印象は鷹《たか》や鷲《わし》、だけどそれは決して鳥ではない。ようやく上条《かみじょう》のピントが合うと、こちらを押さえ込んでいるのはネコ科の筋肉に包まれたしなやかな体を持つ何かだった。

グリフォン、とか言っていたか。

体は軽く見積もって七メートル以上。翼を左右に広げれば三倍近くに膨れ上がる。ライオンで二・五メートル、シベリアトラでも三メートルくらいなのだから、一体どれほどの筋力を持っているのだ⁉

（くそっ、グリフォンとか言われても基本形が謎過ぎる！　しかもこれ、アリスが取り出したって事はやっぱり絵本のアレンジありなのか？　ちくしょうきちんとしたインデックスの知識がないとダメだ‼）

「ぶっ……？」

知らない。

何だこれは、こんな切り札があるなんて上条は聞いていない⁉

「があっ‼　がばごほっ、うぐうあ……ッ！　アリスう‼‼‼」

巨大《きよだい》な嘴《くちばし》で咥《くわ》えられたまま雑に地面へぐりぐり押さえつけられる上条《かみじよう》は、もはや窮鼠《きゆうそ》にもなれない。

「グリフォン」

革と柔肌をさらすアリスはこちらを見てもいなかった。

ただ手の甲の側から、自分の爪を退屈そうに眺めていた。

「この時間は退屈ですし。いつものロブスターのダンスで少女を楽しませてください」

「っ⁉」

ぐんっ‼　と視界が流線形に流れて上条《かみじょう》は重力を見失った。

嘴《くちばし》で噛《か》みつかれたまま、巨大な化け物が首を左右に振り回したと気づくのに何秒もかかった。そしてその時には黒土の上に上条《かみじょう》の体は勢い良く叩《たた》きつけられていた。バキバキという嫌な音が体の奥で響く。二回、三回は耐えられなかった。少年の体がすっぽ抜け、宙を舞って地面を転がる。滑り止め効果の薄い嘴《くちばし》なのが助かった。歯や牙が並ぶ顎でしっかり挟み込まれていていたら人の形をなくすまでひたすら殴打《おうだ》が続いていただろう。

ずん、ドズン‼　と。

砲撃にも似た轟音《ごうおん》と共に、巨大な塊が渦を巻いてこちらに迫る。

ロブスターのダンス？

全く参考にならない！　何が飛んでくるのか予測できない⁉　絶大な力に無駄の塊。だからどこに逃げても裏目になりそうな予感しかしないっ‼

詰まった呼吸は後回しだ。上条《かみじょう》はとにかく横へ転がるようにして避けた。

無駄だった。

背中に何か引っかけられたと思った途端、再び景色が形を失う。鳥っぽい鉤爪《かぎづめ》で掴《つか》まれたと思った時には、芝生を大きく抉《えぐ》り出《だ》す格好で少年の体は地面に叩《たた》きつけられている。呼吸を忘れた。抵抗の余地もなく鋭利な嘴《くちばし》で咥《くわ》え直《なお》される。

……勝てない。というより、そもそも勝負の形を作らせてくれない。上条《かみじょう》は見誤っていたのだ。一二月二九日。一緒に学園都市《がくえんとし》の闇を駆け回った事で、アリスという少女を理解できたと思い込んでいた。

超絶者《ちょうぜつしゃ》。アラディアでも、ボロニイサキュバスでも、『旧《ふる》き善《よ》きマリア』でも、トリスメギストスでも良《い》い。……単体で魔術サイド全体と戦えるとまで言われた彼らが、あんなものでガタガタ震えて脅《おび》えるとでも思ったのか？

アリスの切り札はあといくつある？

というか、雑に放り出されたグリフォン？　ライオンの胴体に猛禽《もうきん》の嘴《くちばし》や翼、鉤爪《かぎづめ》を持つこの巨大な怪物は、果たしてアリス＝アナザーバイブル側にとっては『大事な切り札』という位置にあるのか。ここまでの瞬殺をやってのけて、まだまだ小指一本で適当にじゃれているという可能性は……？

「せんせい」

冷たい、とは違う。

その生死さえ無関心といった感じで、アリスの空虚な言葉が上条《かみじょう》の胸《むね》を抉《えぐ》る。

「……そこは、気にしなくて良いですし。どうせせんせいは、もう、グリフォンからは逃れられないのです」

「っ、ごアア⁉」

「うちのグリフォンを舐《な》めないでくださいなので。……全ては退屈な幻想と言い切り、この世界のあらゆる物質を無価値化させる破壊《はかい》の権化《ごんげ》ですし」

どこか他人事《ひとごと》っぽいアリスの響きだった。そういう有象無象の邪魔者が出てきた時の掃除人、といった立ち位置なのかもしれない。

アリスが遊ぶ気にもなれない時に現れて、興醒《きょうざ》めする材料を迅速に片付ける……に留《とど》まらない。この化け物、例のロブスターのダンスとやらでだだ下がりになった小さな少女のテンションを持ち上げる役割まで仰《おお》せつかっている。超絶イージーなハードル殺し。遊びをやめてさっさと退場し、気分を変える時の転換役。

少なくとも、一二月二九日にはこんなの出てこなかった。

わざわざ出す必要をアリスは感じなかった。

つまりこのグリフォンという化け物は、アリ、、、、、、、、ス判断だけで言うなら学園都市《がくえんとし》の暗闇全体よりもヤバい相手だ……ッ⁉

(ア)

貪られたまま、上条《かみじょう》はその手を伸ばす。

こちらに興味を示そうともしない、似合わない革衣装に包まれた少女へ。

届かない。

それは分かっているけれど。

ここで順当に上条《かみじょう》が死んでしまったら、この子はどうなってしまうんだろう？

（……あり、ス……）

鈍い音。

肉と骨をまとめて押し潰す、壮絶な音が辺り一面に響き渡った。

分かっていたはずだ。何の準備もなく超絶者《ちょうぜつしゃ》とかち合えば、右手に幻想殺し《イマジンブレイカー》があるくらいでは凌《しの》げない。単純な事実としてアラディアやトリスメギストス、すでに何度も超絶者《ちょうぜつしゃ》の手で殺されているのだからここについては間違いない。そして、今この状況で都合良く『旧《ふる》き善《よ》きマリア』が起き上がって『復活』をしてくれるとも思えない。

死ねば終わり。

万人へ平等に襲いかかる命のルールは……しかし、上条当麻《かみじょうとうま》に牙《きば》を剝《む》かなかった。

そもそも違う。

今のはグリフォンとかいう巨大な鳥の嘴《くちばし》が容赦なく閉じた音ではない。肉と骨をまとめて押し潰す壮絶な音。そこに、別の何かが混じっていたのだ。

火薬の弾ける音。

肉と骨についてはは上条《かみじょう》ではなく、グリフォンの方だ。

ただの狙撃ではない。体長七メートル以上もある不自然な猛禽《もうきん》の胴体を横《よこ》から叩《たた》いて、嘴《くちばし》に挟まれていた上条《かみじょう》の体を強引に吐き出させたのだ。おそらくは一二・七ミリの対物ライフルなんていう話ではなく、もう『銃』ではなく『砲』と呼ぶべき領域のゲテモノだ。

「ぶはっ!! がはごほ、うええっ……ッッッ!!⁉??」

地べたを転がって呼吸を取り戻そうとしても、鉄錆臭《てつさびくさ》い味しかしない。実際、バキゴキという音は体の中から聞こえていたのだ。冗談抜きに肋骨《ろっこつ》なんかまとめて何本か折れているかもしれない。

アリスは自分の爪から、どこかよそに目をやっていた。

無感情で乾いた声を出す。

「……なるほど。骨董品《こっとうひん》ですし」

8

同じ顔をしたクローン少女達は、橋架結社《はしかけけっしゃ》領事館《りょうじかん》から一・五キロほど離れた場所で双眼鏡に集中していた。

「目標への直撃を確認、とミサカ一〇七七七号は報告します」

「基準の試射もなく一発ヒットとは上出来です、とミサカ一五〇〇〇号は自画自賛で皆を鼓舞します。装薬のみの機材テスト用模製弾ですが」

「高温の燃焼ガスによって金属製の砲身は常に変化します、とミサカ一八〇〇九号は助言を繰り出しながら次弾の準備を進めます。二発目は右上二五度に一つ、照準グリッドの再調整を」

妹達《シスターズ》の一人は、巨大なハンマーを肩《かた》に担《かつ》いでいた。

しかしこれは建物の壁を崩すためでも、鉱山で働くためのものでもない。

ある古い兵器を地面に固定するための鉄杭《てつぐい》をぶち込むのに使う道具だ。

そしてバーゲンセールでお忙しいデパートやショッピングモールと違って、公共性の高い博物館は案外新年は大人しいものだ。そしてこのタイミングで、様々な展示品の整備や虫干しなどを行うケースも少なくない。

「flak.18」

ハンマーを手にした妹達《シスターズ》は白い息を吐いて囁《ささや》いた。

それはその昔、対空戦闘にも対戦車戦にも使えるとされたロマン兵器の一つ。

「やっぱり撃つならアハトアハトですね、とミサカ一九〇九〇号は額の汗を拭います」

ビルの屋上で呆気《あっけ》に取《と》られていたのは、むしろ慣れない和服姿の御坂美琴《みさかみこと》だった。

三が日くらいは『妹』達と穏やかに暮らしていこうと思った矢先にだ、

「し、市街地で八・八センチ砲の水平射撃とか何考えてんだバカ妹ども━っ!!」

「普段から些細《ささい》な事でキレて街中でレールガン撃ちまくってる小娘が一体何を、とミサカ一〇〇三二号は冷静にツッコミを入れてみます」

「ぐ。そ、それとこれとは話が違う方向で……」

「それからこちらは第二学区火器歴史博物館から委託されたアハトアハトの整備計画書となります、とミサカはペーパーレスの時代にお洒落《しゃれ》なタブレット端末をドヤ顔で見せびらかしてみます。撃てる状態を保ってほしいとの事ですので、そのように。機械は定期的に使ってやらないとダメになる理論が使えると思うのですが」

「それジンクスであって根拠ないじゃん！　ていうかそういうのって撃てないように内部パーツを切断とかするんじゃなかったっけ!?　くそっ新しい統括理事長め。こんなのにあっさりサインをしやがって、罪悪感から変な甘やかしモードに入っていないでしょうね……」

「(……甘やかしというのであれば、ミサカにというよりむしろ『彼』にという気もしますが)」

「?」

「とミサカは架空条件に基づく益体《やくたい》もないシミュレーションを、精密かつ大規模にミサカネットワーク内で弄びます。または妄想がはかどると呼ぶのかもしれません」

ともあれ。

同じ顔をした二人の少女の行き先はもちろん一択だ。

思えば姉と妹が揃《そろ》って同じ方向へ足を向けるというのも珍しい。

「ひとまず『彼』は吐き出させましたが、危機的状況は特に変わっていません。敵勢力の詳細・規模は未知数。すでに分かっているエネミーについても、胴体にぶち込んだにも拘《かかわ》らずピンピンしているようです、とミサカは他の観測手から得た情報を口頭共有します」

「あれナニ？　もふもふ動物系って人間とまた違って微妙にやりにくい相手だな……。まあ聞いた話のサイズなら、現物見たらそれどころじゃなくなりそうだけど」

「怪物対策はキホン接触されたら終わりと考えましょう、とミサカはカウンセリングを実行します。どうするのですか？　相手はロマン兵器アハトアハトを直撃させても一滴の血も出さない怪物ですよ」

キンッ、という小さな金属音があった。

御坂美琴《みさかみこと》が親指でゲームセンターのコインを真上《まうえ》に弾《はじ》いた音だ。

「なら、最先端の超電磁砲《レールガン》で」


青空の上では、だ。

イレギュラーな悪魔の少女が重力を無視して漂っていた。一応背中には海洋生物っぽい質感の翼があるのだが、どう考えても揚力を計算して飛んでいるようには見えない。

『きっひっひ、やってるやってる。ま、相手が国際法で守られた領事館だから、で目の前の殺人を見過ごすようにはできていませんよねえ。あの人は』

確かに国の代表である領事館はそう簡単には攻撃できない。

だけど同時に、領事館は一つの国の中で自由に引っ越しを行う事ができる。当然ながら、引っ越しを終えてしまった『跡地』には何の法的拘束力も存在しない。

だからそうした。

新統括理事長は経済支援の見返りとして、領事館の場所を学園都市《がくえんとし》の第一学区、つまりもっと条件《じようけん》の良い《い》一等地へ引っ越しさせた訳だ。

実際にはグレーもグレー。

何しろ元の国コンドロニアード共和国は『橋架結社《はしかけけつしや》』サイドに金で買われた状態だ。向こうの官僚が学園都市《がくえんとし》か『橋架結社《はしかけけつしや》』か、どちらに転ぶかで対応は大きく変わる。引っ越し完了で確定、ではなくどっちにしようか今日一日だけ迷っている、といった状態に近い。

それでも、この一日だけ突っ込めるならそれで結構。

後は学園都市《がくえんとし》が対処する。

クリファパズル545の傍《かたわ》らに浮遊しているのは、対極たる『科学技術で作られた天使』だ。

『どうする、の?』

『むー？』

大人しそうなメガネ巨乳からの言葉に、英字新聞のドレスを纏《まと》う悪女はにたりと嗤《わら》う。

悪魔の理屈なんて、いつだってこれだけだ。

『やりたいように』

『……それで良《い》いのかな？』

『誰かが人の領域をはみ出た時に対処へ回るのが、今の私達のお仕事っぽいですし』

尻尾を振って、クリファパズル545は囁《ささや》いた。

優等生と悪戯少女《いたずらしょうじょ》。

対極の立場でありながら、早くも新たな関係性ができつつある二人だ。

『そういう意味では、アリス＝アナザーバイブルは明らかにやっちゃってます。強い、ありすぎる事が時には危難を招く。さあて、学園都市《がくえんとし》の鉄則とやらを教えてあげますか!!』

そして、領事館の敷地内《しきちない》でも動きはあった。

「おいっ、アリス＝アナザーバイブルについて分析はできているのか？　それが終わらなければ表に出ても嬲《なぶ》り殺《ごろ》しにされるだけだ、意味がない!!」

「スフィンクス、次そこの異教の神が悲観的な事を言ったら噛《か》みついて」

こわいこわいこわいっ!! と一五センチのオティヌスが本気で総毛立っていた。

インデックスはむくれながらも、

「あと少し、もう少しなんだよ」

「つまり結論を出して認めるべきなんじゃないのか？　『橋架結社《はしかけけつしゃ》』に身を置く超絶者達《ちょうぜつしゃたち》の術式は全て、禁書目録には記述がないものなのだと……」

「そうじゃない」

遮るような一言だった。

甘く見てはならない。聖人、神の右席、天使に悪魔、魔神、今度は超絶者《ちょうぜつしゃ》。色々『特別製』も出てきたが、それで魔道書図書館の価値が下がる事なんかありえない。

「アリス＝アナザーバイブルだけじゃない。もうちょっとで共通項が全部見えそうなんだよ。『超絶者《ちょうぜつしゃ》』とは何なのか、その定義全体が!!」

「……、」

「もっと近づけば、いっそぶつかってみればはっきりするかも。ともあれ、これ以上は待っていられない。このままじゃとうまが死んじゃう!!」

「ああ、そこについては認めてやる。あの人間が死んでは意味がない。これが最終確認だが、そういう選択《せんたく》で良《い》いな？　やってから後悔するなよ、人間の小娘!!」

9

ざしざりざり!!　と。

やってくる。多くの足音がこちらに向けて近づいてくるのが朦朧《もうろう》としている上条《かみじょう》でも分かる。ここが条約や法律で守られた領事館である事、アリスを中心とした無数の『超絶者《ちょうぜつしゃ》』が待ち受ける魔境である事、そういった前提を全部無視して彼らはここへやってくる。

事件を解決するために。

上条当麻《かみじょうとうま》を守るために。

「……くそっ」

(ありがたいけど、アリスとの戦いには巻き込めない……。具体的な勝算がないままこんなのにぶつかったら、次はどんな隠し球が飛び出すか分かったもんじゃねえ!!)

そうなると方針は一つ。

今だけは、優しさに、温かさに、この世界の善性にすがってはダメだ。

這《は》い上《あ》がれ。それらをこの手で守りたいのなら。

アリスをそういうのの天敵にしたくないのなら!!

「ぶっ……」

体の中がどうなっているのか、自分でも把握できない。

口の中が鉄錆《てつさび》の味でいっぱいになる。

超絶者《ちょうぜつしゃ》と無策で戦うとは、つまりこういう事を意味するのかもしれない。アラディア、トリスメギストス、そしてアリス。思えば一緒にいるだけでも命懸けで、まともに衝突した時なんて防ぎようのない死が必ず付きまとってきた気がする。

ならなおさら、こんな戦いには誰も巻き込めない。

力を加えるとメキメキ音を立てる不気味な体を動かして、めくれた黒土に爪を立てる。鳥籠みたいな肋骨《ろっこつ》の囲いを明確に意識する。その内側で何か熱いものが爆発する。

加減を間違えた。

己の中心で血が暴れ、上条《かみじょう》の体が地面に潰れていく。

「がばっ⁉」

この体が動くのはあとどれくらいだろう？

一〇分？　五分？　あるいは一分ないかもしれない。

だけど。

もう一度、壊れかけた体に力を込めていく。

血を吐いても良い。骨を折っても内臓を傷つけてしまっても構わない。

その一分だけでも体が動けば。

自分の力で起き上がり、もう一度拳を握る事ができるなら。


右手が、さまよう。

地面に落ちていたトリスメギストスの刀は触っただけで砕け散った。『旧《ふる》き善《よ》きマリア』のアウトドアキッチングッズについては『武器としての』使い方すらイメージできない。

それでも、

「がアぁ!!」


起き上がる。

構わず、突っ込んだ。

正面から向かってくる巨大な怪物に向けて己の右拳を。すでにお互いの力量差は目に見えている。グリフォンはその大きな嘴《くちばし》を開き、躊躇《ちゅうちょ》なく少年の右腕に齧《かじ》りついた。

ぶぢり、と嫌な音がした。

灼熱《しゃくねつ》があった。

だけど。


ぐぼアッツッ!!!!!!　と。

爆発があった。

千切れた右腕の奥から飛び出した『何か』が、猛禽《もうきん》の口内で爆発的に膨らんだのだ。

それはグリフォンのシルエットを風船のように破裂させる。

「あ、ああ、あああ、ああああ、アアあああ‼‼‼」

(まだだ……)

体が、横に傾く。

ドバドバとこぼれていく血液のせいで上条《かみじょう》の目《め》が眩《くら》む。

(まだ、アリスが残ってる……)

ハリネズミのボール、フラミンゴのバット、処刑人、いいや小さな少女本人が。

分かる。

もう、保《も》たない。

巨大な怪物のグリフォンを倒しておしまいではない。アリス＝アナザーバイブル。あんなのは小さな少女にとって数ある手札の一つでしかないはずだ。彼女の正面に立つ前から、上条《かみじょう》はすでにズタボロだった。万全の状態でも勝てない相手に、一体この状態からどうやったら逆転できるというのだろう？

それでも。

ぎっ!!　と。上条当麻《かみじょうとうま》は残った腕と自分の口を使って、ハンカチで千切れた腕より手前、肩口を強引に縛り上げる。

まだ、意識は投げられない。

こんな自分を助けると言って駆けつけてくれるみんなを、アリスという脅威にさらさせる訳にはいかない。これが『暗部』での冒険を経て知り合った縁から始まったのであれば、やっぱり上条《かみじょう》が自分でケジメをつけないといけない。

「あり、す……」

斜めに傾いた体を元に戻す事もできず。

それでも血まみれの歯を食いしばって、上条《かみじょう》は一歩。

「他のみんなはいい……。そっちなんか見なくて良いから……」

前へ。

無邪気でだからこそおぞましい、幼い怪物の正面へ、自らの『意志』で立つ。

「俺、と戦え、ッ!!　ア、リス、=ア、ナザ、ーバ、イブ、ル、!!!!!!」

と、

似合わない革衣装と柔肌をさらすアリスは、どこかよそを見ていた。上条《かみじょう》ではなく、自分を取り囲む無数の足音に注目しているようだった。

「……、」

上条《かみじょう》を守るために、アリスを排除しようとする者達の存在を。

そしてアリスはゆっくりと白い息を吐いて、何かを諦めるような顔になった。楽しみにしていた遊園地で迷子になった挙げ句、係員に保護されてもいつまで経《た》っても両親がやってこない。すっかり日が暮れてからようやく自分は家から捨てられたのだと気づいたような、その顔。

怒りよりも、能面よりも。

それが、上条当麻《かみじょうとうま》の胸に一番突き刺さる表情だった。

「もう、良《い》いですし……」

あ、と上条《かみじょう》が思った時にはもう遅い。

彼は見てしまったのだ。

去り際、唇《くちびる》を尖《とが》らせた小さな少女の目尻で、透明な粒が膨らんでいた事に。

そして、一人ぼっちにされた少女はその口で確かに言った。

「……せんせいのばか」

行間　四

特別な存在になれれば、少女は幸せになれると思いました。
自分が幸せになれないのは、まだまだ突き抜け方が足りないからだと考えました。
あるいはシンデレラのように。あるいは白雪姫のように。
そうやって。
尖《とが》って、尖《とが》って、尖《とが》って尖《とが》って尖《とが》って、いっそ危なっかしいくらい尖《とが》りまくって。
無邪気に自分自身を高めていって。
誰にもできない誰かになって。
さあて、それじゃそろそろ答え合わせをしよう。
結論を出そう。
そうして実際に、彼女はどうなったの？

終　章　かの者の救済は善悪を問わず　Join_to……?

決着の、少し前だった。

呻《うめ》き声《ごえ》があった。

「ぐっ……」

夜と月を支配する女神アラディアだ。

超絶者同士《ちょうぜつしゃどうし》の衝突、その早い段階でH・T・トリスメギストスから斬り伏せられた彼女だが、後で起きた激しい戦闘は朦朧《もうろう》としながらでも理解している。特に終盤、アリスまで顔を出したとなれば、むしろ青年執事の刀で斬られた事には感謝をすべきかもしれない。

今が呑気《のんき》な午前中、頭上にありふれた青空が広がっている事が逆に信じられない。

彼女はのろのろと起き上がりながら、

(……『旧《ふる》き善《よ》きマリア』、相変わらずヤバい腕前ね)

魔女の衣装は裂けて血まみれだが、肌には薄い刃物傷一つない。もっとも、『旧《ふる》き善《よ》きマリア』当人が言うには『赤の他人である患者の命を救うためだけで戦える』お医者様と『目的のために死を利用する』彼女とでは全く定義が違うらしいが。

ずん!!　どずんっっっ!!　と。散らばった瓦礫《がれき》の中から拾った針と糸で布の裂け目を縫《ぬ》っている今も敷地《しきち》全体《ぜんたい》を揺さぶるような震動がいくつも続いている。

あの少年は、アラディアが守るべき魔女だ。

彼女の『救済条件』に合致すると、眼帯の神から申告されている。

だけどアリス=アナザーバイブルが安全で優しい絵本という封印を除去したとなれば、『真っ当な超絶者《ちょうぜつしゃ》』であるアラディアなんぞ顔を出しても瞬殺だろう。それでは意味がない。

(なら、それ以外……)

両足、足首より下を雑にぐるぐる巻きにしている耐水性のダクトテープ。

剝がしてしまえば超絶者《ちょうぜつしゃ》としての力は取り戻せるが、アラディアは顔をしかめた。深く息を吸って、踏《ふ》み止《とど》まる。もちろんいつかは取り去る。でもそれは、あの少年を安心させてからでも遅くない。

すでに、超絶者《ちょうぜつしゃ》であるアラディアは別の反応を捉えていた。

(……今この場に迫っている脅威は、アリス一人とは限らない!!)

ふらつく足でアラディアはむしろ激戦を繰り広げる領事館から外に出ていく。気づくな、という方が無理な話だった。おそらく相手側もある程度の隠蔽はしているが、勘《かん》の良《い》い魔術師までは誤魔化せないと割り切っているだろう。

そうやって気づいた特別な存在は、等しく殺して口を封じれば構わない。そんな不遜な意志すら感じられる有り様だった。

聞こえる。

雑踏に紛れて、なんていう事のない顔で。それでも、あるいは超絶者《ちょうぜつしゃ》よりもおぞましい存在が、酷薄に笑いながら囁《ささや》いている。


「つまり」


金の髪を肩の所でざっくり切ったベージュの修道女。

ゴールデンレトリバー。

永久遺体へ精密機器を詰め込んで動かしている、知の大女神。

そして……あれは何だ？　大きなフィルム缶に封じられた、悪女の顔面？

そもそもベージュ修道服の女の後頭部、光り輝く髪の中には、別の誰かの顔が浮かんでいるようにも見えるが……。

「アラディアの三相女神、トリスメギストスの偽装創作神、後は『旧《ふる》き善《よ》きマリア』の実験器具トリビコスだったか。ボロニイサキュバスについてはまだ確認できていないが、まあ、ここまでデータが集まればおよその予測くらいはできる。アリスはアリスで、絵本という封印を使っていると思《おぼ》しき事は分かってきたしな」

一人としてまともな人間のいない百鬼夜行。目にしただけで災いや疫病に見舞われかねない怪物どもの群れは、しかし、あくまでも理性的に世界の闇を切り開いていく。

アラディアを含む超絶者達《ちょうぜつしゃたち》の急所をさらけ出していく。

「あるいは、人間の世界で生まれておきながらピーキー過ぎてハイリスク、普通なら命が惜しくて思いつく事すらできないし実行と共に即死するのは確定といった人の手に余る上限超えの術式を手に入れてしまった運のない魔術師。あるいは、最初から人間ですらない何か。あるいは、そういった異形なる存在の力を外から安全に引き出している狡猾《こうかつ》な巫女達《みこたち》」

すでに、その言葉自体はいくつか魔術サイドの表に出ているはずだ。

あの少年だって、込められた重大な意味を理解もしないまま耳に入れる機会があったかもしれない。

「……聖守護天使やシークレットチーフ関係、か。コントロールするのであれ、魔道書や知識を授かったのであれ、あるいは肉体を明け渡して寄生させたのであれ。何かしらの接点を全員が持っている、と」

自嘲を含む笑みの声が、ここまで明確に聞こえた。

「そういえば、私が扱っていたエイワスもそうだったし、コロンゾンと争った英国の戦争のどさくさに紛れて私からアンナに所属が移っていたはず。地球外知的生命体だかトートの使いだかの巫女《みこ》としてなら、君にも超絶者《ちょうぜつしゃ》としての資格があったという訳だ」

フィルム缶が歌う。

どこか、自分の身の破滅を楽しんでいるかのように。

「元々わらわのよ。それにまさか、そんなものでおしまいだなんて思っていないわよね？」

ぎくりと固まったのは、聞き耳を立てているアラディアの方だった。

アンナ＝シュプレンゲルから漏洩《ろうえい》しているのではない。明らかに、知識の源泉はアンナではなく持ち主のベージュ修道服の方だ。

「まあ、エイワス『まで』なら、私も自力で取得に成功した訳だしな。たとえ、シュプレンゲル嬢の持ち物を一時的に借りていただけだったとしても、だ。今さらそんなものを見せびらかされても困るのだが」

触れる。

核心へ、無遠慮に。

「あらゆる人は怪物を創り、神になれる。それが『ホルスの時代《アイオーン》』だと前に言ったな？」

くすりと笑ったのは、例のフィルム缶だった。

「だけどそれは、アリス＝アナザーバイブルの話じゃないわ」

ベージュ修道服の女はつまらなそうに舌打ちをする。

遠い昔の失敗を今になって掘り返されたような顔で、

「小宇宙と大宇宙は常にリンクしている。つまり小さな人体でできる事は大きな世界でもできるという訳だ。例えば薔薇《ばら》を掲げる魔術師どもが、人間を薬で癒やすのと同じように世界の病巣《びょうそう》に効く薬は調合できると信仰したりな」

止まらない。

暴《あば》かれていく。

「『橋架結社《はしかけけつしゃ》』の超絶者《ちょうぜつしゃ》は、特別な存在を創り出すための配役か。あたかも月の位置が潮の満ち引きへ強く影響を与えるように、あの連中は実験室に規格外の力を持った超絶者《ちょうぜつしゃ》を適切に配置する事で、通常ではありえない偏りを持った合成を成し遂げようとしている」

そうなると、当然こんな疑問が浮かぶ。

ここを超えられたら、アラディア達は本当におしまいだ。

「全ての男女は星である。超絶者《ちょうぜつしゃ》それぞれが己の役割を完璧に理解した上で儀式場に立てば、強大を極めたモノを生み出す複雑な装置とする事もできる、か。少なくとも、クロウリー式のMagickを学べばそういう思想が成立する。……なら、『橋架結社《はしかけけつしゃ》』が生み出そうとしているモノは何だ？　アリスも含めた諸々《もろもろ》の力を適切な場所に配置する事によって、一体何を合成しようとしている……？」

その時だった。

彼らの言葉が途切れる。アラディアの存在に気づいたのだ。そして魔女達の女神自身、どういう想像を働かせたか。

こいつらは最後まで隠れ潜めるとは思っていない。不利益をもたらす者に見つかった場合は対象を殺害してしまえば秘密は守られる。そういう考えで行動している。

目が、合った。

両手でフィルム缶を手にしたベージュ修道服がわずかに眉をひそめて、

「君は……」

しまった、とアラディアは今になって喉を鳴らした。

あれだけ『橋架結社《はしかけけっしゃ》』を引《ひ》っ掻《か》き回《まわ》してくれたアンナ＝シュプレンゲルがあそこまで徹底的に撃破されているのだ。たとえアラディアが万全の状態であったとしても、ベージュ修道服やその取り巻き達の猛攻から逃れる事は難しかったかもしれない。

だけど。

今は、こ、ここでだけは、そ、そんな話はしていない。

「確認、するわ」

「答える義務があるとでも？」

「そこのそれ、顔くらいしか残っていないフィルム缶がそんなヤバい事になっている訳だから、あなた達はシュプレンゲル嬢とは敵対する立場にいるのよね？　大きな正義の話はしない。その救済の対象には、あの上条当麻《かみじょうとうま》も含まれているの？」
「だから
「もしそうならすぐに逃げて、い、い、い、い、い、い、い、い、い、い、い、い、い、い!!　くそっ、今回ばかりはしくじった……。これぱっかりはもう理屈や法則じゃない。何も言わずにわたくしが行方を晦《くら》ましたと判断した場合、彼は足跡を辿《たど》ってここまで来るよ。普通に考えたらやってはこられないはずの世界の裏側までも、今だけは!!!!!!」

でも、もう遅い。

もしもアラディアが『アレイスター＝クロウリー』という名前をここで耳にしていたら、『ああ』と、いっそ納得してしまったかもしれない。

その『人間』は、誰よりも成功を望んで計画を練り、そして必ず失敗していく。どんな想《おも》いから始めたものであっても、絶対に誤解とすれ違いに襲われる。

つまりこうだ。


上条当麻《かみじょうとうま》。アラディアを追ってここまできてしまった少年は、見てしまった。

途中の経過を無視して、フィルム缶に顔面だけ張りつけられた無残な魔術師、アンナ＝シュプレンゲルのなれの果てを。

咆哮《ほうこう》があった。

音の塊の炸裂《さくれつ》と共に、すでに上条当麻《かみじょうとうま》は拳を握って突撃していた。

アリス達『橋架結社《はしかけけっしゃ》』はアンナ＝シュプレンゲルを殺すと明言していた。専用の霊装『矮《わい》小液体《しょうえきたい》』を用意し、処刑専門の超絶者《ちょうぜつしゃ》ムト＝テーベまで学園都市《がくえんとし》に呼びつけて。

アレイスター達は手足をもいで体を奪い、身動きの取れないアンナを拘束し続けてきた。

何度も何度も自分を殺した見当違いの魔女のために怒って拳を握り、青年執事どころかあのアリスにまで立ち向かった少年だ。

彼ならやる。

理由なんてない。善悪でも好悪《こうお》でもない。ただ目の前で展開される非道を知り、追い詰められた一人を見れば絶対にやってしまう。

助けたいと思う理由は後から見つければ良い。

そこまで断言できる少年ならば。

もちろん、普段のアレイスターであればいくらでも迎撃できただろう。あるいは『人間』が動かなくても、傍《かたわ》らに控える永久遺体の魔術師に指示を出せば指一本動かさずに制圧だってできたかもしれない。

だけど、虚を突かれていた。

信頼していた家族からいきなり顔を叩《たた》かれた子供みたいな顔を、アラディアは確かに見た。

そして上条側《かみじょうがわ》の目的はアレイスターではない。

その手にあったフィルム缶。

殴り、そしてあらゆる幻想が打ち消される。ぼんっ!!　というひっそコミカルな音と共に、ぶかぶかのドレスを薄い胸元に手繰り寄せた小さな悪女が再び表にさらけ出される。

「くそ……」

上条自身《かみじょうじしん》、唇《くちびる》を噛《か》んでいるようだった。

善か悪かで言えば、多くの人を気紛《きまぐ》れに苦しめてきたシュプレンゲル嬢は明らかに悪だ。だけど結局、この少年なら必ずこう叫ぶだろうとアラディアには分かってしまった。倒したはずの相手とはそこで因縁を終わらせたい。殺すしかないなんて状況を作りたくない。アラディアの両足に耐水性のダクトテープを巻いたのだって、そもそもこの悪女の失敗が全部のきっかけになっているのだから。

よって、だ。

彼の手は『人間』のすぐ横をすり抜けて、別の誰かの手を掴《つか》む。

「俺と逃げるぞ!!　アンナ＝シュプレンゲル!!!!!!」

上条当麻《かみじようとうま》は小さな悪女の手を引いて学園都市《がくえんとし》を走っていた。

傍《かたわ》らには魔女達の女神アラディアもついてきてくれている。

(インデックスは、オティヌスは……。同じ領事館にいたはずだけどどうなった、ちくしょう⁉)

心配だけど、今は引き返せない。

あの領事館には多くの人が集まりつつあったようだし、みんなで騒ぎを起こして敷地《しきち》から逃げ出してくれていると良《い》いんだが……。

今はとにかく、アラディアとアンナの安全確保だ。それが終われば改めてインデックス達の無事を確かめるために力を割ける『余裕』を作れる。

とはいえ、具体的な目的地があるようにはとても見えない。

学園都市《がくえんとし》はもちろん、アリスのいる『橋架結社《はしかけけつしや》』に今度はアレイスター。アンナ＝シュプレンゲルの命を狙う人間があまりに多過ぎる。どこまで逃げても安全なんか得られないのかもしれない。

「どうして……?」

いっそ、ぽかんとしていた。

自覚的に悪の道を楽しんで、あれだけ上から目線で超越していたアンナ＝シュプレンゲルが、理解不能なモノに直面したようだった。

「何でこの状況で、わざわざわらわを逃がすために体を張るの？」

「うるせえよ……。お前を怒鳴りつけるのはこの状況を何とかしてからだ。いいか勘違いするなよ。サンジェルマンの件、ヘルカリアやメルザベスの件、俺はお前のやった事なんか一個も許してねえからな！　でもだからで人の命を奪える訳じゃあねえってだけだ!!」

「だって理由がない。どれだけ敵を作ったか分かっているの？　黙って見殺しにするか、どこぞの真実の口みたいになってさらし者にされているわらわを指差してくすくす笑えば良いものを……」

「知らないッ!!　理由がなければこれから見つける!!!!!!」

と、上条《かみじょう》はその場で身《み》を屈《かが》めると、アラディアの足に向かう。正確には両足の足首から下をぐるぐる巻きにしている耐水性のダクトテープだ。

「これ、いいか？　今から外すぞアラディア」

アラディアは目を細める。

確かに、この状況では超絶者《ちょうぜつしゃ》たるアラディアの腕に頼るしかなくなるだろう。状況はすでに幻想殺し《イマジンブレイカー》一つでどうにかできる段階を超えている。

そう思っていた魔女達の女神だったが、

「……アンタは巻き込めない。今から魔術を使えるようにするから、できるだけ遠くに逃げろ。アリスのいる『橋架結社《はしかけけっしゃ》』には戻れそうか？　ダメならよそを目指せ」

「……、」

「ただ頼む、できれば何も知らない普通の人達は傷つけないでやってくぎゃぶっっっ!!!??」

変な声があった。

アンナとアラディア、二人から同時にゲンコツが落ちたのだ。

「お、おおおおお……」

「愚か者の寝言はカウントに入れないとして、これからどうするつもり？」

片目《かため》を瞑《つむ》ってアラディアが水を向けたのは、彼女の目からしても『裏切り者』の悪女だった。

「そこの彼、首と片腕に違和感があるわ。袖とか片方不自然に千切れているし。しれっとくっついているから分かりにくいけどこの調子だと多分右腕とか切断されているでしょうし、わたくしとしてはまず相手が誰でも助ける気満々なバカを寝かせる事を提案したいけど。『旧《ふる》き善《よ》きマリア』の手はもう借りられない。そもそもあの復活は、何度も繰り返すと拒絶反応が出るって報告もあるくらいだし」

「アナフィラキシーショックみたいに、体が何か覚えるの？」

「そんな感じ」

『旧《ふる》き善《よ》きマリア』がやっているのは魔術的な誤魔化しだ。本当に何のリスクやデメリットもなくいくらでも『復活』を振るえたら、彼女はもっと別の名前で呼ばれて神格化されているだろう。

さらに言えば、だ。

「『橋架結社《はしかけけつしや》』の超《ちょう》絶者《ぜつしや》は、領事館にいるのが全部じゃない。アリスが一声かければ世界中からヤバいのが集まってくるわ、Drink_meを使った『矮小液体《わいしようえきたい》』やムト＝テーベだって控えている。そうなったらいくら貴女《あなた》でもかわせなくなるってば」

（……正確に言えば、アンナを捕縛していた連中は上条当麻《かみじようとうま》の敵ではない。今のところは）

アラディアは全体の『ねじれ』は理解している。

その上で、

（だけど上条当麻《かみじようとうま》の説得を聞いてアンナ＝シュプレンゲルを解放するかと言われたら、答えはノー。あそこまで徹底してフィルム缶にしても逃げ出す存在だなんて分かったら、いよいよ選べる選択肢に限りが出てくる。次はもう殺すしかないと考えるはず）

一方、だ。

アンナ＝シュプレンゲルは小さく囁《ささや》いた。

「そうね」

四面楚歌《しめんそか》ではあるが、この包囲には穴がある。

例えば学園都市全体《がくえんとしぜんたい》はアンナの敵に回っているが、上条《かみじよう》の個人的な知り合いはどうだろう。

『橋架結社《はしかけけつしや》』だってそう、敢《あ》えて不安定なアリスの傍《そば》に居続けているボロニイサキュバスや『旧《ふる》き善《よ》きマリア』は話し合い次第で味方に引き込めるかもしれない。

他の人にはできない。

だけど、あるいはここまでやってきた上条当麻《かみじようとうま》だったら。

勝算はまだゼロではない。そしてわざわざ負けると分かっている方についてきてしまった極限お馬鹿さんの命をみすみす奪うのは、アンナ＝シュプレンゲルの悪戯心《いたずらごころ》を満たす行いではない。良くも悪くも王者を探し求めるためであって、泣《な》きっ面《つら》に蜂《はち》は彼女の趣味ではない。

何かを決めて。

小さな悪女は降参でもするように、静かに両手を挙げた。

「はいはい、分かったわ。今回だけは素直にわらわも切り札を出すわよ」

「アンナ……？」

「本当は、キングスフォードなんて隠し球を取り出して、わらわをフィルム缶に封印した程度でご満悦だったアレイスターへさらにほえ面《づら》かかせるために温存していたのだけれど。ま、その辺諸々《もろもろ》すっ飛ばしてあなたの右手で解放してもらったんだもの。バーターとして、今こっちの切り札を出してやっても良いかなって」

簡単に言って。

そしてアンナ＝シュプレンゲルは、対キングスフォード戦の切り札をここで取り出す事にした。

つまりこうだ。

「……シークレットチーフの巫女《みこ》の声を聞き、出なさい聖守護天使エイワス。『橋架結社《はしかけけつしゃ》』の中でもある意味アリス以上のイ、レ、ギ、ュ、ラ、ー、『救出派』でも『殺害派』でもないコウモリ野郎の超絶者《ちょうぜつしゃ》たるわらわの力を魅せてアゲル☆」

行間　五

だけどまだ、魔女の物語は終わらない。
赤《あか》い薔薇《ばら》の少女は今も前へ歩いている。

あとがき

一冊ずつの方はお久しぶり、まとめ買いの方は初めまして。

鎌池《かまち》和馬《かずま》です。

今回はお正月の学園都市《がくえんとし》をフィーチャー。科学の街なんだけど初詣が普通に存在する不思議な景色を楽しんでいただけましたら。また、おせちに飽きた皆さんへ贈る洋食、橋架結社領《はしかけけっしゃりょう》事館《じかん》の二本柱でお届けしております。

思えば一冊の中で三日も経過している巻は珍しいかも？

超絶者《ちょうぜつしゃ》については前の六巻でアラディア、ボロニイサキュバス、『旧《ふる》き善《よ》きマリア』などで強さの平均値が分かるようにしましたが、今回の七巻でより一層『歪《ゆが》み』のようなものが大きく表に出たのではないでしょうか。この『検索条件ＡＢＣによって救済対象の範囲を機械的に決定していく』という考え方は、実は『理由がなくても構わず手を差し伸べる』上条《かみじょう》の対極だったりします。……こっちもこっちで、理由がなければこれから作ると言い出した上条《かみじょう》がギアを一段跳ね上げた格好になっていますが。

特に『旧《ふる》き善《よ》きマリア』は使い方を間違えるとカエル顔の医者のキャラを喰《く》ってしまいそうなのですが、両者の違いは本文でも提示した通り。命を救う『だけ』で戦えるカエル医者は、むしろバトル最強も兼任するが故に『旧《ふる》き善《よ》きマリア』がなりたくてもなれなかった憧れの対象だと思います。十徳ナイフはあると便利なんだけど、ギミックの一つにナイフが入っている以上はただの栓抜きやドライバーのようには扱えない、とでも言いますか。

あと、破壊力は絶大なんだけど体の強度がついてきているとは限らない超絶者《ちょうぜつしゃ》の集まりである『橋架結社《はしかけけっしゃ》』は、自前の術式の反動制御に失敗して体が吹っ飛んだりボケとツッコミのやり取りで頭が陥没したりと、普通の魔術結社よりも『ついうっかり』が発生しやすい環境だと思います。そういう意味でもママ様、組織全体を支える貴重な人材なのかも？　……しかしそうなるとママキャラなのに扱い的にはダグザとかそっち系……？？？

それから今回のポイントは、一方通行《アクセラレータ》ファミリーとアレイスターファミリーかなと。片方は順当にほっこりしていますが、もう片方の百鬼夜行ぶりが止まりません。大悪魔の体を借りたアレイスター含めてまともな人間が一人もいない……ッ!?　ただ、これはこれで『らしい』と思えてしまう辺りがアレイスター＝クロウリーの懐《ふところ》の深さというヤツなんでしょうか。……まあこの人、むしろ普通の人間と馴《な》れ合《あ》ってるトコが想像できないというのもありまして。

イラストのはいむらさんと伊藤《いとう》タテキさん、担当の三木《みき》さん、阿南《あなん》さん、中島《なかじま》さん、浜村《はまむら》さん、松浦《まつうら》さんには感謝を。一月一日、それは晴れ着の日!! あと大勢の妹達《シスターズ》がその辺を歩いている新しい学園都市《がくえんとし》も大変だったと思います。今回もありがとうございました。

それから読者の皆様にも感謝を。あけおめーっ! 一月一日ですよ!! ちなみに初詣、一年の定番かと思いきや改めて萌《も》えと絡《から》めるのが超大変……? 上条《かみじよう》が同じ顔した少女達のお年玉コールに沈んでいったり常盤台《ときわだい》のお嬢様方が振袖になったりしましたが、楽しい雰囲気を感じていただければと思っております。ともあれありがとうございました。

それでは、ここでページを閉じていただいて。
次回も皆様と会える事を願いつつ。
今回は、この辺りで筆を置かせていただきます。

あっさりメッキの剝がれた鉄装《てつそう》もお気に入りです

鎌池《かまち》和馬《かずま》

「……、」

その『人間』は、しばらくの間動けなかった。

立ち尽くしたまま、何もできなかった。

『きひっ、いひっ、ははは。あはアハハ』

嘲笑《あざわら》う声が聞こえる。

流れるような金髪、ばっさり切ったせいでテリトリーの大部分を奪われている大悪魔だ。

『楽しい、楽しい、ああ楽しい!! 久方ぶりでありけるわよ、貴様のそういう顔は!!』

そっと息を吐いたのは、傍《かたわ》らに侍《はべ》る永久遺体だった。

アンナ＝キングスフォード。

「己ニ一言命令してしまえば、其《それ》だけデ◎《ぜんぶ》済んだ話ではあり▨×《ません》こと?」

「……ものか」

対して、だ。

蚊の鳴くような声で、俯《うつむ》く影がこう告げた。

「できるものか、そんな事」

アレイスターからすれば、今回に限って言えば余計な考えはなかった。ただアンナ＝シュプレンゲルや『橋架結社《はしかけけっしゃ》』の超絶者達《ちょうぜつしゃたち》が、上条当麻《かみじょうとうま》の生活を引《ひ》っ掻《か》き回《まわ》そうとしている。だから、それを止めるため『だけ』に学園都市《がくえんとし》までやってきた。本当にそれしかなかった。

ぽつりと、だった。

よせば良いのに。本当に優れた人間は余計な事を長々とは言わない。正しい先達であるアンナ＝キングスフォードがすでにその生き様で証明しているはずなのに。

「いつだって、私は正しい事をしてきた……」

こぼれる、溢《あふ》れる。

ぽろぽろと、ボロボロと。

「ロサンゼルスの戦争では私が幹部どもを潰さなくてはR＆Cオカルティクスは倒れなかった。メルザベスとヘルカリアはつまらないリベンジで命や人生を失っていた」

そしていったん決壊してしまえば、『人間』なんてこんなものだった。

たった一点の小さな穴から、内に抱えていた全てが一斉に噴き出す。

「学園都市《がくえんとし》の『暗部』でだって、私が後を引き継ぐと言った！　それを勝手に拒んで闇の奥まで突っ込んだのは彼じゃないか‼　ふざけるなよ。アリスが言ったのを覚えていないのか、死にますけどとはっきり明言されているというのに‼」

己の血でも吐き出すような怨嗟《えんさ》だった。

理不尽な仕打ちには慣れている、むしろ思った通りに事が進む方が珍しいくらい。そんなのとっくに分かっていたけれど。

「渋谷《しぶや》の騒動では何回死んだと思っているんだ！　そこまでしたって、結局彼はアンナ＝シュプレンゲルの接近にも気づいていなかった‼　私がキングスフォードを揺り起こしてシュプレンゲル嬢にぶつけなければ、アラディアもろとも全てを失っていたはずなのに‼」

木原脳幹《きはらのうかん》は、何も言わなかった。

ただ古き友から目《め》を逸《そ》らして新しい葉巻に火《ひ》を点《つ》けていた。

「上条当麻《かみじょうとうま》を助けたかった……。人を助けたかった、私も一回くらいそんな事がしてみたかった！　本当に、ちくしょう、本当にそれだけだったのに‼　何で私はっ、いつもいつもこうなるんだよおオオオ‼‼‼」

まず優しさがあり、行動力が伴ったとしても。

それでも届かない話だってある。

胸が痛いのは、それだけ捨て置けない存在から敵意をぶつけられるからこそだ。

シュプレンゲル嬢は檻《おり》に入《い》れたくらいでは管理できない。

殺さずに捕らえるのであれば、最低でも手足を奪うくらいはしなくてはならない。

だけどそれは、真っ当な神経をした少年には通じなかった。

彼はもう、ここにはいない。

「ふっふふ」

と、アンナ＝キングスフォードは横から『人間』にそっと体重を預けた。年上の姉が、シャイな弟へ甘えるような仕草。

おそらくアレイスターがついぞ手に入れる事のできなかった何か。

「……何だ？」

「××《いえいえ》」

これまで、アンナ＝キングスフォードにとってアレイスターは行きずりの同行者に過ぎなかった。周囲への奉仕をするために。己が目的に沿う間なら従ってやるが、邪魔するようならさっさと排除して自由を得る。その程度の関係でしかない。

実際。

もしもあそこでアレイスターが焦《あせ》って『素人《しろうと》の高校生を攻撃しろ』などと命令していたら最後、キングスフォードはあっさりアレイスターを撃破してツンツン頭についてしまっただろう。

彼女はそういう、悪《あ》しき魔術師には一切の容赦をしない達人だ。

でも、アレイスターはそうしなかった。

どれだけの痛みを胸に受けても、絶対にできないと言った。

それは十分に魅力的だ。

たとえどれだけ不器用であっても、一つの道を極め尽くしたキングスフォードからすれば拙い遊びにしか見えない魔術を必死になって振りかざしているに過ぎないとしても。

もっと前の段階として、困った子の一人と認めたいと思えるくらいには。

だからアンナ＝キングスフォードは笑うのだ。

笑って知の大女神はこう言った。


「今ハ思いっきり泣いちゃいなさい、アレイスター？」

◉鎌池和馬著作リスト

「とある魔術の禁書目録《インデックス》①〜㉒」（電撃文庫）
「とある魔術の禁書目録《インデックス》SS①②」（同）
「新約　とある魔術の禁書目録《インデックス》①〜㉒　㉒リバース」（同）
「創約　とある魔術の禁書目録《インデックス》①〜⑦」（同）
「とある魔術の禁書目録《インデックス》　外典書庫①②」（同）

「とある科学の超電磁砲《レールガン》」（同）
「ヘヴィーオブジェクト」シリーズ計20冊（同）
「インテリビレッジの座敷童①～⑨」（同）
「簡単なアンケートです」（同）
「簡単なモニターです」（同）
「ヴァルトラウテさんの婚活事情」（同）
「未踏召喚：//ブラッドサイン①～⑩」（同）
「とある魔術のヘヴィーな座敷童が簡単な殺人妃の婚活事情」（同）
「最強をこじらせたレベルカンスト剣聖女ベアトリーチェの弱点①～⑦
その名は『ぶーぶー』」（同）
「とある魔術の禁書目録×電脳戦機《バーチャロン》 とある魔術の電脳戦機《バーチャロン》」（同）
「アポカリプス・ウィッチ①～⑤ 飽食時代の【最強】たちへ」（同）
「神角技巧と11人の破壊者 上 破壊の章」（同）
「神角技巧と11人の破壊者 中 創造の章」（同）
「神角技巧と11人の破壊者 下 想いの章」（同）
「使える魔法は一つしかないけれど、これでクール可愛いダークエルフとイチャイチャできるならどう考えても勝ち組だと思う」（同）
「マギステルス・バッドトリップ」シリーズ計3冊（単行本 電撃の新文芸）

本書に対するご意見、ご感想をお寄せください。

ファンレターあて先
〒102-8177　東京都千代田区富士見2-13-3
電撃文庫編集部
「鎌池和馬先生」係
「はいむらきよたか先生」係

本書は書き下ろしです。

電撃文庫

創約《そうやく》　とある魔術《まじゅつ》の禁書目録《インデックス》⑦

鎌池和馬《かまちかずま》

2022年９月10日　初版発行
2024年10月10日　３版発行

発行者　山下直久
発行　株式会社KADOKAWA
〒102-8177　東京都千代田区富士見2-13-3
0570-002-301（ナビダイヤル）
装丁者　荻窪裕司（META＋MANIERA）
印刷　株式会社 KADOKAWA
製本　株式会社 KADOKAWA

●お問い合わせ
https://www.kadokawa.co.jp/（「お問い合わせ」へお進みください）
※内容によっては、お答えできない場合があります。
※サポートは日本国内のみとさせていただきます。
※ Japanese text only

※定価はカバーに表示してあります。

ISBN978-4-04-914585-4　C0193　Printed in Japan

電撃文庫　https://dengekibunko.jp/

電撃文庫創刊に際して

文庫は、我が国にとどまらず、世界の書籍の流れのなかで〝小さな巨人〟としての地位を築いてきた。古今東西の名著を、廉価で手に入りやすい形で提供してきたからこそ、人は文庫を自分の師として、また青春の想い出として、語りついできたのである。

その源を、文化的にはドイツのレクラム文庫に求めるにせよ、規模の上でイギリスのペンギンブックスに求めるにせよ、いま文庫は知識人の層の多様化に従って、ますますその意義を大きくしていると言ってよい。

文庫出版の意味するものは、激動の現代のみならず将来にわたって、大きくなることはあっても、小さくなることはないだろう。

「電撃文庫」は、そのように多様化した対象に応え、歴史に耐えうる作品を収録するのはもちろん、新しい世紀を迎えるにあたって、既成の枠をこえる新鮮で強烈なアイ・オープナーたりたい。

その特異さ故に、この存在は、かつて文庫がはじめて出版世界に登場したときと、同じ戸惑いを読書人に与えるかもしれない。

しかし、〈Changing Times,Changing Publishing〉時代は変わって、出版も変わる。時を重ねるなかで、精神の糧として、心の一隅を占めるものとして、次なる文化の担い手の若者たちに確かな評価を得られると信じて、ここに「電撃文庫」を出版する。

1993年6月10日
角川歴彦

電撃文庫DIGEST　9月の新刊

発売日2022年9月9日

七つの魔剣が支配するX 著／宇野朴人　イラスト／ミユキルリア	佳境を迎える決闘リーグ。そして新たな生徒会統括の誕生。キンバリー魔法学校の喧噪は落ちついたかに見えたが、オリバーは次の仇敵と対峙する。　原始呪文を操るデメトリオの前に、仲間達は次々と倒れていく……。
魔法科高校の劣等生 Appendix② 著／佐島 勤　イラスト／石田可奈	『魔法科』10周年を記念し、各種特典小説などを文庫化。第2弾は『夏の休日』『十一月のハロウィンパーティ』『美少女魔法戦士プラズマリーナ』『IF』『続・追憶編』『メランコリック・バースデー』を収録！
創約　とある魔術の禁書目録《インデックス》⑦ 著／鎌池和馬　イラスト／はいむらきよたか	元旦。上条当麻が初詣に出かけると、そこには振袖姿の御坂美琴に食蜂操祈ら常盤台の女子達が!?　みんなで大騒ぎの中、しかし上条は一人静かに決意する。アリス擁する　『橋架結社』の本拠地を突き止めると……！
わたし、二番目の彼女でいいから。4 著／西 条陽　イラスト／Re岳	共有のルールには、破った方が俺と別れるペナルティがあった。「今すぐ、桐島君と別れてよ」「……ごめん、できない」過熱する感情は、関係は、誰にも止められなくて。もう引き返せない、泥沼の三角関係の行方は。
アマルガム・ハウンド2 **捜査局刑事部特捜班** 著／駒居未鳥　イラスト／尾崎ドミノ	平和祈念式典で起きた事件を解決し、正式なパートナーとなった捜査官のテオと兵器の少女・イレブン。ある日、「人体復元」を謳う怪しげな医療法人の存在が報告され、特捜班は豪華客船へ潜入捜査することに……。
運命の人は、嫁の妹でした。2 著／逢縁奇演　イラスト／ちひろ綺華	前世の記憶が蘇り、嫁・兎羽の目の前でその妹・獅子乃とのキスをやらかした俺。だがその隙に、兎羽が実家に連れ戻されてしまい!?　果たして俺は、失った新婚生活と、彼女からの信用を取り戻せるのか！
こんな可愛い許嫁がいるのに、他の子が好きなの?3 著／ミサキナギ　イラスト／黒兎ゆう	婚約解消同盟、最後の標的は無邪気な幼馴染・二愛。《婚約》からの解放——それは同盟を誓った元許嫁として。逆襲を誓った元恋人として。好きな人と過ごす時間を失うこと。迫る選択にそれでも彼女たちは前へ進むのか——。
天使は炭酸しか飲まない3 著／丸深まろやか　イラスト／Nagu	天使の正体を知る後輩女子、瀬名光莉。明るく友人も多く、あざとさも持ち合わせている彼女は、恋を確実に成就させるため、天使に相談を持ち掛ける。花火に補習にお泊り会。しゅわりと刺激的な夏が始まる。
新作 **怪物中毒** 著／三河ごーすと　イラスト／美和野らぐ	管理社会に生まれた《官製スラム》で、理性を解き放ち害獣と化す者どもの『掃除』を生業としている、吸血鬼の零士と人狼の月。彼らは真贋入り乱れるこの街で闘い続ける。過剰摂取禁物のオーバードーズ・アクション！
新作 **あした、裸足でこい。** 著／岬 鷺宮　イラスト／Hiten	冴えない高校生活を終えたその日。元カノ・二斗千華が遺書を残して失踪した。ふとしたことで過去に戻った俺は、彼女を助けるため、そして今度こそ胸を張って隣に並び立つため、三年間を全力で書き換え始める！
新作 **となりの悪の大幹部!** 著／佐伯庸介　イラスト／Genyaky	ある日俺の隣の部屋に引っ越してきたのは、銀髪セクシーな異国のお姉さんとその娘だった。荷物を持ってあげたり、お裾分けをしたりと、夢のお隣さん生活が始まる……！　かと思いきや、その正体は元悪の大幹部!?
新作 **小説が書けないアイツに書かせる方法** 著／アサウラ　イラスト／橋本洸介	性が題材の小説でデビューした月岡零。だが内容が内容のため作家になった事を周りに秘密にしてたが…彼の前に一人の美女が現れ、「自分の考えた小説を書かなければ秘密をバラす」と脅迫されてしまうのだった。
新作 **リコリス・リコイル Ordinary days** 著／アサウラ　イラスト／いみぎむる 原案・監修／Spider Lily	『リコリス・リコイル』のアニメでは描かれなかった喫茶リコリコでのありふれた非日常を原案者自らがスピンオフ小説化！千束やたきなをはじめとしたリコリコに集う人々の紡ぐちょっとした物語が今はじまる！

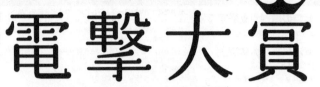